KB101263

황태자의 현실적응기

라경휘 지음 · RURET 일러스트

표지 · 본문 일러스트
RURET

목차

PROLOGUE

◆ SIDE : 레조 ◆

"어떻습니까."

경비대장이 한 질문은 요즘 들어서 하루에도 몇 번이나 듣는 질문이다. 그리고 내 대답 역시 매번 같다.

"여전히 아무도 만나고 싶어 하지 않으십니다."

"……."

동아제국으로 돌아온 우리가 에피온 황자님의 부고 소식을 들은 지 일주일째. 에라르 전하는 매일 같이 에피온 황자님의 묘소에 가서 시간을 보내고 계실 뿐이다. 아무도 대동하지 않으신 채. 홀로.

"레조 님, 황제폐하께서 찾으십니다."

"……네. 알겠습니다."

그리고 다른 사람들은 나를 통해서 황태자 전하의 안부를 묻고 있다. 전하 본인께서 한동안 아무와도 만나고 싶지 않다 하셨기에. 그리고 그건 전하의 가족 분들. 즉 황가의 분들도 예외는 아니다.

나는 황제폐하를 뵈러가기 전에 미리 한숨을 쉬어두었다. 안 그대로 힘든 폐하 앞에서 무례를 범할 수는 없는 노릇이니까.

"폐하, 레조 님이 드셨습니다."

"들라하라."

경비대장의 허가에 알현실의 안으로 들어갔다.

밖에서도 그랬지만 안은 그것과는 비교도 할 수 없을 만큼 무거운 공기가 흐르고 있었다.

"부르셨습니까, 폐하."

"에라르는 여전히 에피온의 묘소에서 시간을 보내고 있을 따름인가?"

"……예. 하지만 폐하가 다그치신 덕에 그나마 소량이지만 식사는 입에 대고 계십니다."

"그나마 다행이구나."

전하는 에피온 황자님의 소식을 듣고 나서 부터는 아무것도 하지 않으셨고 어떤 음식도 입에 대지 않으셨다. 심지어 물까지도.

거의 3일을 그렇게 보내시다가 보다 못한 황제폐하가 크게 꾸짖으셨고 그 후로는 적은 양이나마 식사를 하고 계신다.

"후……."

황제폐하의 깊은 한숨 속에서 폐하가 품고 계신 고뇌가 엿보이는 것만 같았다. 내가 감히 그것을 계측할 수 있겠냐만은.

"레조."

"예."

"그대가 보기에 현재 에라르의 상태가 어떻다고 보여 지나? 가감 없이 솔직하게 답해주길 바라네."

"솔직하게, 말씀이십니까."

"그렇다. 그대는 에라르가 처음으로 삼은 가신이며 황실을 제외하면 그나마 에라르가 접근을 허용하는 자이다. 그러니 있는 그대로의 감상을 솔직하게 말해보라."

"이런 비유가 적절할지는 모르겠습니다만, 제 개인적인 감상으로는 설산의 활화산과 같이 보여 지십니다."

"설산의 활화산이라. 실존하는지는 둘째 치고 적절한 비유인 것 같은 느낌이 드는구나. 왜 그렇게 느끼는지도 말해 줄 수 있겠는가."

"황태자 전하께서는 현재 겉으로는 냉정을 유지하고 계시는 것처럼 보이지만 그 속은 분명 분로로 가득 차 계실 겁니다. 그리고 바로 이 지점이 현상황의 가장 큰 문제라 생각됩니다. 평소 활동하던 화산이라면 그 주기 및 위력 등을 알수 있습니다만, 전하는 활동은커녕 아무런 징조조차 보이지 않고 계십니다."

"즉, 언제 어디서 어떻게 터질지 모르며, 참아왔던 만큼 폭발했을 때의 피해 또한 가늠하기 힘들다는 거군. 겉으로는 냉정한 모습을 보이고 있으니 더더욱 알아보기 힘들어지고."

"예."

"으음…… 그렇군."

단지 그렇다는 말로 끝낼 일이 아님에도 불구하고 저런 식으로 말씀하신다는 것은 황제폐하 또한 다른 사람들처럼 피를 원하고 계시는 게 아닐까 하는 생각이 든다.

물론 자식 잃은 부모로서는 당연한 감정이겠지만.

"앞으로…… 어찌될 것 같은가?"

"폐하께서도 아시다시피 얼마 전에 있었던 북아에서의 전투로 인해 부활의 사자라는 종교단체와 이제껏 황태자 전하를 습격한 자들이 같은 세력인 것은 확인 되었습니다. 그 자들의 뒤를 쫓게 될 거라 생각합니다만."

"상당한 세력이더군."

폐하의 말씀대로 상대는 상식 밖의 능력을 다수 보유하고 있는 세력이다.

우리 동아와 북아의 골머리를 썩게 만든 종단은 지금도

서아와 북아에서 활발히 활동 중인 골칫거리고 전하를 습격했던 몬스터와 이번에 에피온 황자님을 죽음으로 몰고 간 몬스터와 융합한 인간의 군단.

게다가 스티그란의 무시무시한 망자들까지 다루는 능력까지.

그들은 그런 능력을 가지고 있으면서 여태까지 철저하게 숨겨올 수 있었다. 4국 그 어디에서 걸리지 않고.

생각만 해도 머리가 아파질 만큼의 상대다. 평범한 사람이라면 도망쳐버리고 싶어지겠지.

"하지만 저희는 다릅니다. 정확히는 저희에게는 황태자 전하가 계십니다."

"에라르가 충격에서 벗어날 수 있을 거라 보나?"

"예. 물론."

절대 이렇게 무너질 그릇이 아니다.

단언컨대 우리가 앞으로 걱정해야 하는 것은 현재의 우울한 황태자 전하가 아니라 앞으로의 황태자 전하일 것이다.

상대는 지금 동아의 잠룡을 화나게 한 것이다. 그 용이 움직이기 시작할 때 그들은 자신들이 얼마나 어리석은 행동을 했는지 뼈저리게 깨닫게 되겠지.

다만 용의 분노를 전 대륙이 견딜 수 있을까, 그게 걱정일 뿐이다.

◆ SIDE : 엘리제 ◆

각오해야 합니다. 전 각오해야 합니다. 의외로 나쁘지 않을지도 모릅니다. 사랑하는 사람의 손에 죽을 수도 있고 만약 죽는다면 어머님을 만날 수도 있으니까요.

그러니까 온몸이 떨리는 이유는 그러니까…… 아, 그냥 집어치우죠. 사실 무서워 죽을 거 같아요.

하지만 말하지 않으면 안 됩니다. 말해야만 합니다. 에라르 님께 증오를 받게 되더라도. 아니, 틀림없이 증오하시겠지만, 생각만 해도 가슴이 찢어지는 것 같지만. 그래도 이야기 해야만 합니다.

그리고 죄송합니다, 어머님. 결국 어머님을 배신하게 되었네요.

"에라르 님."

"미안하지만 한동안 아무와도 만나지 않겠다고 말했던 걸로 아는데."

정중한 표현이지만 평소 온화하신 느낌과는 완전히 다른 목소리였습니다. 차가운 목소리를 들은 것만으로도 울 거 같아요.

"알고 있습니다만, 에라르 님께, 긴히, 드릴 말씀이 있습니다."

떨림을 억누르면서 간신히 입을 열었습니다. 살얼음 위를

걷는다는 느낌은 이런 느낌이었군요.

"나중에 해줘. 지금은 아무런 말도 듣고 싶지 않으니까."

"정말 중요한 일이에요. 꼭 들어주셔야만 합니다."

"……세이라, 엘리제가 돌아가겠다고 하는군. 배웅해주도록."

"에라르 님!"

"엘리제 님. 부탁입니다. 지금은 돌아가주세요."

왜 다른 사람들은 다 물리치시면서 이 여자는 곁에 두시는 거예요! 정말 불공평합니다. 원래는 제가 있어야 할 자리일 텐데!

……하지만 이런 고민도 곧 사치스러운 고민이 되겠죠.

"에피온 황자님과 관련이 있는 일이에요."

주변의 공기가 달라졌습니다.

누가 찾아와도 눈길 한번 주지 않던 에라르 님이 에피온 님의 묘비에서 천천히 고개를 돌리셨습니다.

"세이라, 물러나라."

"하지만……."

"물러나라고 했다."

"예……."

세이라 양이 침울한 표정으로 물러나는 모습을 보고 희열을 느끼는 저는 정말 저열한 인간이네요. 이제 그 벌을 받게 되겠죠.

"단순히 관심을 끌기 위해서 한 말이라면 너라도 용서하지 않을 거다, 엘리제."

진짜 무서워요. 죽을까봐 무서운 게 아니라 이제부터 이분에게 미움 받는다는 게 무엇보다 두려워요.

"그런 게 아닙니다. 정말 직접적으로 관련이 있는 이야기이니까요."

"말해봐."

"그전에 하나만 약속해 주세요, 에라르 님. 저를 죽이시는 건 제 이야기를 다 듣고 나서 하시는 걸로요."

에라르 님의 얼굴에서 의문이 피어납니다. 제가 뜬금없이 무슨 소리를 하는 거냐고 생각하시는 거겠죠.

평소라면 절대 그럴 리는 없다고 말씀해주시겠지만 지금은 다릅니다. 역시 무언가 짐작 가는 게 있으셨는지 냉정한 표정으로 고하셨습니다.

"약속하지."

사랑하는 어머님. 곧 뵐 수 있겠군요.

전 한번 호흡을 고른 다음 말을 꺼냈습니다.

"제가 숨겨온 정체부터 말씀드리겠습니다. 전 아나시타시스의 동아제국 밀정이자 그들이 스티그란 공략을 위해 마련해둔 '병기'입니다."

"아나시타시스? 즉, 에피온을 죽인 세력의 이름이라고?"

살기가 묘소를 뒤덮습니다. 몸이 뭉개질 것만 같아요. 전

도저히 버티지 못하고 무릎을 꿇고 말았습니다.

"아니, 일단 들어보기로 약속했었지."

살기가 옅어져 갑니다. 수, 숨을 쉴 수 있게 되었네요.

"아, 아나시타시스는 500년 전 멸망한 드라이어즈 제국의 부흥을 위해 만들어진 조직입니다."

"이야기가 상당히 비약했군. 드라이어즈? 그때 만들어진 조직이 아직까지 현존하고 있다고? 지금 날 놀리는 건가."

"아닙니다! 물론 긴 역사 동안 몇 번 이나 와해되고 갈라진 사례도 많았습니다만, 이 조직은 분명히 현재에도 존재하고 있습니다!"

"일단 계속해봐."

"네. 이 조직은 고대 드라이어즈 시절 황족들 중 살아남은 분들이 구심점이 되어서 만들어진 조직입니다. 구성원들도 당시 황실에 충성하던 세력의 후손들이며 세월이 흐르면서 외부에서 들여온 자들도 많습니다만, 핵심 구성원들은 예전부터 있었던 그런 자들입니다. 그들의 목적은 말씀드렸다시피 드라이어즈 제국의 부활. 그렇기 때문에 아시는 것처럼 여러 가지 실험을 하며 힘을 키우고 있고 각국에 밀정을 파견하여 동향을 수시로 살피고 있었습니다."

"너도 그 밀정 중 하나였고? 그렇다면 내 움직임을 하나하나 보고해서 우릴 습격할 타이밍을 만들었던 것도 너였군."

"그, 그렇지 않습니다! 제가 아나시타시스와 연락을 주고 받은 것은 에라르 님을 만나기 전, 정확히는 에라르 님이 그때 극장에서 사고를 당하신 후로는 일체의 정보교환이 없었습니다!"

"거짓말……은 아닌 것 같군. 그래서?"

에라르 님은 상대의 기운과 심장박동수로 상대가 거짓을 이야기하고 있는지 진실을 이야기하고 있는지 구분하실 수 있습니다. 지금 저에게는 오히려 다행인 이야기죠.

"저의 가문 역시 대대로 아나시타시스를 섬겨오던 가문으로 그 힘 덕에 지금의 지위까지 올라오게 되었습니다. 그리고 저희의 본래 임무는 다가올 대업의 날을 위해서 힘을 기르고 동아제국의 움직임을 주시하고 보고하는 것이었죠. 지금은 저의 아버님만이 간간히 연락을 취하고 계십니다만."

"그 대업의 날이라는 건?"

"공식적인 명칭은 아니지만 드라이어즈 부활의 시작을 전 대륙에 알리는 날을 가리키고 있습니다. 그 날을 위해서 각지에서 조직원들이 활동하고 있는데, 오래전부터 그래왔지만 이 조직원들 사이에서는 파벌싸움이 계속되고 있습니다. 정확히는 있었다고 해야겠죠."

"뭐 온건파나 강경파 그런 건가?"

"정확히, 예. 맞습니다. 저의 가문의 속한 온건파는 기본

적으로 피를 흘리는 것을 기피하고 있습니다. 물론 그렇다고 마냥 깨끗한 곳은 아니고 필요하다면 얼마든지 심한 일도 하는 파벌이긴 하지만 파벌의 성향 자체는 대규모 살육보다는 비교적 평화로운 방법으로 드라이어즈를 부흥시키고자 합니다."

"강경파는 일단 다 죽이고 보자는 놈들이고."

"네. 조직 내에서도 상당한 골칫거리긴 합니다만 조직원들의 상당수가 강경파에 속하고 있습니다. 다만 현 황제폐하께서도 온건한 편이시기에 가까스로 균형이 맞춰지고 있었죠. 그리고 일단 두 파벌은 지향하는 바가 전혀 다릅니다. 온건파는 일단 스티그란을 공략한 후에 그 힘을 이용해서 4국에 자신들이 자연스럽게 국가로서 인정받을 수 있기를 위한 공작을 펼치고 있었습니다. 각국에 심어놓은 고위층 밀정들은 후에 그런 쪽으로 이야기를 진행시키기 위한 자들이었죠. 상대가 강력한 힘을 가지고 있으니 일단 협상해야하고 그렇게 하려면 일단 저들을 국가로 인정해야 한다고 말하기 위한. 강경파는 현재 가지고 있는 막강한 전력을 이용해서 4국을 차례차례 무너트린 후 한 번에 전 대륙을 통합, 드라이어즈를 부흥시키겠다는 생각을 품고 있었고요."

"아까부터 말하는 투가 전부 과거형이군. 강경파라는 놈들은 이제 없는 건가? 이야기를 들어보니 그 놈들이 에피온을 죽인 놈들이라는 것 같은데 말이다. 내 말이 틀렸나?"

"가, 강경파들은 그 일로 인해 현재 주요 간부 대부분이 본국으로 압송당해서 처벌을 기다리고 있다고 합니다. 해서 현재 조직의 내부도 상당히 어수선한……."

"고작 그 정도로 나를 설득할 수 있다면 큰 착각을 하고 있는 거다, 엘리제."

"당연히 에라르 님을 설득하고자 하는 주제도 모르는 마음 따위는 추호도 없습니다! 단지 정말 일이 그렇게 흘러가고 있을 뿐입니다."

"뭐든 상관없다. 어차피 다 죽는다는 결과는 변하지 않을 테니까."

지금 에라르 님은 처음으로 타인을 죽인다고 말씀하셨죠. 그리고 그 대상에는 분명히 저 또한 포함되어 있을 겁니다.

각오는 하고 있었습니다만 역시 울 거 같아요.

"그래서 부활의 사자라는 사이비 종단을 만든 것도 너희 온건파의 계략이었고? 하지만 이상하군. 나를 습격했던 자들이 강경파라고 한다면 리델린처럼 몬스터와 사람을 융합시킨 자들을 만든 것도 강경파일 텐데 내가 북아에서 싸운 자들 중에는 하나뿐이지만 그 융합체도 섞여 있었다. 파벌이라는 것이 확실하게 나눠진 것이 아닌 건가?"

"파벌은 거의 명확하게 나눠져 있긴 합니다만, 그 파벌 안에서도 파벌싸움이 심화되어 있는 터라 저도 자세히는……."

"정말 한심한 놈들이군."

에라르 님은 경멸하시는 것 같은 어조를 뱉으셨습니다.

사실 한심한 건 맞죠. 힘을 합쳐도 모자랄 판에 자기들끼리 싸우다가 결국 이 사단까지 만들어냈으니까요.

"엘리제. 네가 스티그란 공략을 위한 병기라는 건 또 무슨 소리지? 그곳을 왜 공략하겠다는 거고?"

"말 그대로의 의미입니다. 스티그란의 망자들을 돌파하기 위해 조직에서 준비한 카드들 중 하나. 그게 바로 저 엘리제 비트레이의 진짜 용도입니다. 그리고 공략하는 이유는 바로……."

이것까지 이야기 한다면 전 완벽하게 어머님과 아나시타시스를 배신하게 되는 거겠죠. 뭐, 이미 늦었지만요.

저는 각오를 다시 한 번 굳힌 후 입을 열었습니다.

"망자들과 작발화를 제어하는 방법을 찾아서 500년 전의 배신에 대한 대가를 4국이 치르게 만들기 위해서입니다."

CHAPTER 01

· · ·

◆ SIDE : 에라르 ◆

작발화라면 지난번 망자들의 습격 당시에 어떤 어린아이가 걸렸다던 고대의 병을 말하는 건가.

아버님께서도 아직 때가 아니라며 자세히 알려주시지는 않으셨는데.

"아버님께 이름 정도는 들어본 적이 있다. 고대에서 발생했던 병이라고 하시더군."

"정확히는 드라이어즈 시절 황족들이 앓던 병입니다."

"황족들이 앓던 병이라고? 그렇다면 지금 동아제국에 있는 그 아이가 그들의 후손이라는 말이냐."

"그건 아닙니다. 그 아이는 인위적인 방법으로 망자가 되어버린 사람들의 영향을 받아 그렇게 변해버린 것일 뿐, 드라이어즈의 후예는 아니었습니다."

역시 그 사태는 그 놈들이 발생시킨 거였나.

나의 백성을 그런 모습으로 바꾸다니, 빌어먹을 놈들.

"작발화는 본래 강력한 힘을 타고나는 드라이어즈 황족들의 부작용이었습니다. 아시는 것처럼 그 병에 걸리게 되면 병에 걸린 당사자의 시간만이 멈춘 것처럼 분명 살아 있긴 하지만 모든 활동을 멈춘 채 잠에 빠져들게 되어 버리죠."

"황족들이 타고 났다는 강력한 힘은 무엇이지? 대체 그 힘이 무엇이기에 그런 부작용까지 나타나는 건가."

"그 힘과 관련이 있다는 건 분명하지만 자세한 원리는 알려진 바가 없습니다. 다만 드라이어즈의 직계는 예전부터 과거와 현재를 볼 수 있는 힘을 타고 났으며 그 힘으로 드라이어즈를 세웠다고 합니다."

과거와 현재를 볼 수 있다고? 예지능력과 비슷한 건가.

내 의문에 답하듯 엘리제가 설명을 계속했다.

"미래예지와는 비슷하긴 하지만 분명히 다릅니다. 그들이라 할지라도 미래를 볼 수는 없으니까요. 또한 원하는 대로 전부 볼 수 있는 것도 아닙니다. 개인마다 능력의 차가 크기 때문에 별 볼일 없는 사람 또한 많았죠."

"뭔가 조건이라도 있다는 거로군."

그 정도로 강력한 능력이라면 아무런 리스크가 없다는 게 더 이상하다.

"예. 능력을 사용하기 위한 전제조건은 다음과 같습니다. 먼저 직계 후손일 것. 그리고 과거와 현재를 보고자 하는 대상이 명확할 것. 마지막으로 대상이 오래 동안 사용한 물건이 있어야 할 것."

"직계라. 근친혼이라도 하나?"

"예. 맞습니다. 그런 식으로 피를 강화시켜 오고 있죠. 부작용 또한 만만치 않았지만 이번 대에 그 결실을 맺어버렸습니다."

비꼬려고 한 말이었는데 정말이었나. 그리고 그 결실이란 건 또 뭐지.

"아나시타시스는 조직원들이 활동하기 위해 편의상 부르는 이름이고 그들 자신은 드라이어즈의 백성, 혹은 황제라고 생각하고 있습니다."

"아무도 모르는 곳에서 자신들끼리 황제고 백성인가. 어이없는 소꿉장난이다."

"그것과 비슷합니다. 아직까지 어느 국가에서도 인정받지 못하고 있으니까요. 정확히는 자신들의 존재를 밝히지도 않았습니다만."

"그래서 그 결실이란?"

"현 황제의 딸인 시리스 칸의 능력입니다. 그녀는 뛰어난 마법사임과 동시에 타고난 능력으로 대상의 먼 과거나 현재 무엇을 하는지 등 미래를 제외한 모든 것을 알 수 있죠.”

상당히 성가신 능력이군.

“저 역시 그녀를 직접 만나보진 않았지만 소문으로 듣는 것만으로도 두렵기 짝이 없는 능력이라는 것은 확신할 수 있습니다.”

대책이 필요하겠어. 주의해두어야겠다.

“그런데 4국이 배신했다는 건 무슨 말인가? 드라이어즈는 말기에 횡포로 인해 분열되어서 지금의 상태가 된 것이 아니었나?”

“전 대륙에서 그렇게 가르치고 있긴 합니다만, 사실과는 조금 다릅니다. 드라이어즈는 당시 4대 귀족이었던 오거닉, 파이, 다가르, 그리고 아그제닉스의 거짓말에 속아 배신당하는 바람에 멸망한 것이었죠. 그리고 남은 권력을 가지고 4개의 세력이 다툰 끝에 지금의 대륙이 된 겁니다.”

“그리고 복수를 한답시고 모인 잔당들이 지금의 아나시타시스다? 어이가 없군. 거기에 동조하는 놈들 역시 어이가 없고. 왜 500년이나 질질 끌고 있는 건가?”

“조직을 유지하기에도 벅찼었던 대다가 안정화된 4국을 노리기에는 시간과 노력이 많이 필요했기에 본격적인 활동을 시작한 건 100년이 채 되지도 않았습니다. 거기에 더해서 몇 번이나 거의 자멸에 가까운 행위들을 반복한 적도 있었다고 합니다."

이런 멍청하고 허황된 꿈을 꾸는 놈들에게 에피온이……!

"마지막 질문이다. 너는 망자들과 작발화를 제어한다는 방법이 스티그란에 있다고 했다. 그게 무엇이지?"

"명확하게 말하자면 확실한 제어방법이라기 보다는 그 가능성이 있습니다. 고대 제국의 황성. 그곳에 봉인되어 있는 문을 열면 무언가가 있다고 합니다. 죄송하지만 그 무언가가 어떠한 것인지는 저도 알고 있지 않습니다."

"봉인되어있는 문? 어떤 문인지는 모르나?"

"황족만이 열 수 있다는 것 외에는 알려진 것이 없습니다. 이 방법 또한 근래에 들어서야 발견된 가설이라……."

또 그놈의 직계인가. 어지간히도 피에 집착하는 놈들이군.

"아는 것은 그게 전부인가?"

"……예."

나는 검을 뽑아서 엘리제의 목에 겨눴다.

"내가 널 살려야 하는 이유를 하나만이라도 이야기해 보아라."

엘리제는 비통한 표정을 숨기지는 못했지만 각오를 하고 온 것인지 별다른 반응은 보이지 않았다.

나 역시 스스로에게 놀라고 있었는데, 조금 전까지만 해도 거의 사랑한다고 생각하던 여자의 목을 겨누고 있는데도 놀랍도록 침착했기 때문이다.

"없습니다. 전 제가 아는 이야기는 모두 말씀드렸기에 더이상의 정보도 없으니까요. 게다가 배신자. 아니, 배신자도 아니군요. 처음부터 속였으니까 말이죠. 그저 이 말만은 하고 가고 싶습니다."

엘리제는 슬픔을 머금고 있는 눈으로 내 눈을 바라보며 이야기했다.

"사랑합니다, 에라르 님. 부디 좋은 황제가 되시기를 바랍니다."

그런 말을 하고 그저 눈을 감을 뿐이었다.

나는 내 손에 쥐고 있는 검을 바라보았다.

어떻게 해야 할까. 뭐가 옳은 선택일까.

레조의 말대로라면 내 선택은 내가 마음속 깊이 원하는 결과를 안겨준다고 했다.

하지만 지금은 내가 원하는 게 아니라 황태자로서 옳은 행동을 해야만 하는 게 아닐까. 그렇다면 첩자인 엘리제를 죽여야 하는 게 옳은 건가.

본인이 말했듯이 엘리제는 첩자다. 그것도 나의 적대세력에 소속되어 있었으며 상당한 지위마저 가지고 있던. 그리고 그 적대세력은 내 소중한 남동생을 죽였다.

내 마음속 한편에는 엘리제 역시 그놈들과 같은 존재이며 찢어 죽여야만 한다고 소리치고 있다.

그리고 다른 쪽에서는……

더 이상 삶에 후회를 남기지 마라 한다.

"에라르 님?!"

나는 검을 내려트렸다. 이 결정 역시 언젠가 후회하게 될지도 모르지만 그건 그때 가서 생각하자.

일어날지도 모를 일을 고민하기에는 지금 내 상태가 썩 좋지 않으니까.

"널 용서하는 게 아니다. 도저히 용서할 수가 없지. 다만 넌 아직 쓸모가 있다. 이제 나만을 따르기로 약속한다면 목숨만은 살려주겠다. 어쩌겠느냐."

"……제 목숨은 이미 당신의 것입니다. 무엇을 명하시던 그 명을 따를 것을 지금 이 자리에서 맹세합니다."

"앞으로는 황성 안에서만 지내도록. 내가 직접 감시하겠다."

"아아…… 에라르 님. 어찌 그런 황공한 말씀을……."

"너 좋으라고 하는 게 아니니까 착각하지마라. 그저 아직 너를 감시할 만한 인력이 없기에 그런 것뿐이니까. 그리고 이 사실은 레조와 세이라에게만 말하도록 하겠다. 그 외의 자에게는 일절 함구하도록."

"네! 물론입니다!"

가신들에겐 숨겨서는 안 될 것이다. 괜한 오해를 불러일으킬 수도 있으니까.

멜라닌 양은 아직 가신이 아니지만 어쨌건 동업자니까 언젠가 말해야만 하겠지. 지금은 북아에 있기도 하고.

그리고 엘리제가 아직 쓸 만하다는 것은 사실이다.

엘리제 본인은 어떻든 그의 아버지는 아직 그쪽과 연락하고 있는 것 같으니까. 그렇기 때문에 현재 그들의 상황 역시 알 수 있었던 거겠지.

"아까 말했던 것 중에 그들의 본국이 따로 있다고 했다. 거긴 어디지?"

"그, 그게 아지트라면 한 군데 아는 곳이 있지만 본국으로 가능방법은 조직 내에서도 극소수밖에 모르는 것이라…… 죄, 죄송합니다!"

"그 아지트는 너만 알고 있는 곳인가?"

"네. 동아제국에서는 저와 아버님만이 알고 계십니다."

그럼 별 쓸모없는 정보군.

엘리제가 배신했다는 걸 벌써 들켜서는 안 되기도 하고 그들 역시 머리가 있으니 벌써 철수시켰거나 중요한 정보는 대부분 빼돌렸을 것이다. 특히 북아공화국에서 만난 그 남자라면 분명 그렇게 했겠지.

"아지트는 몇 개나 있나?"

"그것 역시 각국을 감시하기 위해서 몇 개씩이나 있기에 정확히는……."

점조직으로 활동하고 있다고 생각하는 게 편하겠군.

"현재 동아제국에서 너희 가문을 제외하면 얼마나 많은 첩자들이 숨어있지?"

"제가 아는 한 저의 가문 이외에는 몇몇 하급 관리 정도만 살아남은 것으로 알고 있습니다. 지난 번 서아와의 전쟁에서 에라르 님께 숙청당한 대부분의 인물들이 저쪽 첩자들이었으니까요."

본의 아니게 첩자색출까지 해버린 건가.

레조의 말이 설득력을 얻어가는군. 이것 역시 '재주'의 일종일까?

"그 하급관리 놈들의 이름을 목록화하여서 내게 보고하도록. 직접 조지겠다."

"네! 당장 만들어서 제출하겠습니다!"

"일일이 힘주며 말하지 않아도 된다. 그럼 가봐."

"네!"

힘주지 말라니까. 뭐, 됐다.

나는 엘리제가 묘소에서 나간 걸 지켜본 뒤 다시 고개를 돌려서 에피온의 묘비를 바라보며 묘비를 쓰다듬었다.

"슬픔에 잠기는 건 이제 나중으로 미루도록 하마. 에피온. 내가 자리를 비웠기 때문에 그 자리를 채우기 위해서 용감하게 나서서 싸우고, 부하들과 백성들을 독려했다고 들었다. 훌륭하구나. 진심으로 너의 용기에 감탄한다. 그리고 수고했다. 너는 너의 일을 다 했다. 그러니 이 형도 해야만 하는 일을 다 해야겠지. 그곳에서 편히 쉬면서 이 형이 어떻게 너의 복수를 완성시켜 가는지 지켜보도록 해라."

이제부터 흘리는 모든 피는, 오직 너를 위한 피다.

◆ SIDE : 세이라 ◆

제정신을 차리신 에라르 님이 자신의 가신들에게 충격적인 말을 했습니다.

세상에, 엘리제 양이 적 세력의 첩자였다고 하네요. 그런데 그들을 배신하고 에라르 님의 편으로 완전히 돌아섰다고 해요.

"믿을 수 있겠습니까?"

레조 씨의 말도 일리는 있네요. 제 의견은 좀 다르지만 말이죠.

"믿고 안 믿고는 너희들의 자유다. 의심해도 좋고, 신뢰해도 좋다. 내가 이걸 이야기하는 이유는 나중에 괜한 오해가 생기는 것을 방지하기 위함이니까."

원래대로 돌아오셨다 말하긴 했지만 에라르 님은 역시 좀 변하신 것 같습니다.

따뜻하고 온화하신 건 변함이 없지만 그 속은 굉장히 차가워지셨다고 할까요. 특히 아나시타시스라는 자들에 대해 말하실 때는 말투와 행동에서 냉기가 풀풀 날립니다. 개인적으로 이건 이것대로 꽤나 좋네요.

"전하는 어떠십니까?"

"너희가 그녀를 믿을지 안 믿을지에 대해서 내 의견은 중요하지 않다."

"아뇨, 굉장히 중요합니다만."

에라르 님이 인상을 찡그리셨습니다. 하지만 일반적으로 봤을 때 중요한 게 맞긴 하죠. 이건 대답할 수밖에 없겠네요, 에라르 님.

"……반반이다."

얼버무리시긴 하셨지만 제가 보기에 에라르 님은 여전히 엘리제 양을 신뢰하고 계십니다. 음, 그 부분은 조금 짜증나네요.

"알겠습니다. 그럼 전 마음껏 의심하도록 하죠."

"내 의견은 왜 물은 거냐."

"말씀드렸지 않습니까. 중요해서 물었다고요."

레조 님이 보기에도 에라르 님이 엘리제 양을 의심하지 않아 보이나 봐요. 그래서 자신의 주군이 의심하지 않으면 나라도 의심하겠다고 대놓고 이야기하고 있는 거죠.

"마음대로 해라."

"넵."

"에라르 님, 말씀하신 첩자들을 전부 체포해서 잡아두었습니다만, 어떻게 하시겠습니까?"

"어디에 있지?"

직접 조지실 생각이실까요? 폭력적인 에라르 님이라니, 기대되네요.

"제가 안내해 드리겠습니다."

"아니, 너희들은 각자의 일을 하도록 해라."

"왜요?"

왜요? 라니. 여전히 그냥 생각나는 대로 말씀하시는군요, 레조 님.

전 에라르 님의 대답이 예상은 가지만 일단 들어보도록 할까요. 어차피 따라 갈 거지만요.

"명령이다."

"불복종하겠습니다."

"더럽게 당당하군."

"그 점이 마음에 드셔서 가신으로 삼으신 거잖습니까."

"으음… 난 지금부터 직접 그 자들을 심문하고, 필요하다면 고문도 불사할 생각이다. 그 모습을 굳이 가신들에게 보여주고 싶지는 않구나."

"굳이 직접 하시는 이유야 뭐, 화풀이니까 그렇다고 치고. 저희에게 보여주고 싶지 않다는 말은 무슨 말씀입니까. 당연히 봐야 하지 않습니까."

"저희는 에라르 님의 가신. 주군이 피를 뒤집어쓰시는데 가신인 저희만 멀리 떨어져 있는 것은 이치에도 맞지 않으며 저희의 자존심 역시 그런 것을 허락하지 않습니다."

"그리고 저기를 보십시오. 리델린 양 역시 전하를 따라가려 하고 있지 않습니까."

"쟤는 그냥 아무 생각 없이 따라오려는 거 같은데."

에라르 님에게 지난 며칠 동안 접근금지령을 받아서 시무룩해져있던 리델린 양은 지금은 에라르 님 옆에서 굉장히 기쁜 표정으로 과자를 쩝쩝거리고 있었습니다.

"어쨌건 저는 딱히 성자를 모시고 싶은 게 아닙니다. 단지 적들에게는 공포를, 저희에게는 만족감만 느끼게 해주시면 됩니다."

"만족감?"

"역시 이 사람 따르길 잘했다는 만족감이요."

"내가 사람 뼈를 부수고 거꾸로 매달아서 피를 빼내는 모습을 보고 만족감을 느낄 거라고?"

"저에게 하시는 것만 아니면 상관없습니다만. 그리고 그 대상이 주군의 원수들이라면 더더욱 그렇습니다."

"세이라 너도?"

"같은 의견입니다. 그렇죠, 리델린 양?"

끄덕끄덕.

"넌 뭔 말인지 알고 끄덕이는 거냐."

"자, 더럽게 훈훈한 가신들 아닙니까? 시간낭비하지 마시고 어서 가시죠."

"……너희도 정상은 아니야."

"주군께서 그러하신데 가신들이 정상일 리가."

맞는 말이네요.

저희의 완강한 태도에 에라르 님은 갑작스럽게 두통이 찾아오셨는지 머리를 감싸 쥐셨지만 결국 동행을 허락해 주셨습니다.

그리고 이어진 첩자들 및 부활의 사자들에 대한 에라르 님의 직접 심문. 아니, 고문.

전 꽤나 감명 깊게 보고 있습니다만 레조 님은 그렇지 못하셨는지 보는 내내 토하셨습니다. 그래도 꿋꿋하게 마지막까지 보려는 점은 대단하네요.

그런데 의외로 리델린 양은 에라르 님이 하시는 걸 보면서도 표정 변화 하나 없이 과자만 먹고 있을 뿐이었습니다.

너무 맛있게 먹기에 저도 모르게 하나 달라고 했는데 별 말없이 주네요. 과자를 좋아하긴 하지만 욕심은 없는 걸까요?

참고로 그 과자는 아주 맛있었습니다. 에라르 님이 리델린 양을 위해 특별히 주문 제작한 과자라고 하더니 과연 상당하네요. 그런데 여기서 떠오르는 한 가지 의문.

"에라르 님은 어디서 저런 고문 지식들을 얻으신 거죠?

아무리 봐도 처음 하는 분 같이 보이지 않는데요. 그렇다고 따로 공부하지도 않으셨는데 말이에요. 이상하지 않은가요, 레조 님?"

"우웨에에엑!"

"하지만 에라르 님이 이전에 저런 것을 한 적은 제 목숨을 걸고 말씀드리는데 단연코 없어요. 약간이지만 초심자인 티가 나기도 하고요. 그런데 그 초심자 같은 느낌이라는 것이 마치 잘 알고 있는 걸 확인하고 있는 느낌이 강하네요."

"우웨에에에엑!"

"생각하기도 싫지만 꼭 고문당해본 사람이 고문하는 느낌이 들어요. 그러나 감히 저분에게 그런 짓을 할 사람은 전 대륙 어디에도 없을 텐데 어찌된 일일까요?"

"웨에에엑! ……저는 잘 모르, 우웨에에에엑!"

"그리고 토하시는 건 상관없지만 가급적이면 저쪽으로 가서 토해주세요."

이건 나중에라도 한번 알아볼 필요가 있을 거 같군요.

가신으로서 감히 주군을 상처 입힌 자들이 있다면 가만히 놔둘 순 없는 일이겠죠.

"끝나셨나요?"

"응."

"예상했던 대로 이 자들이 아는 건 별거 없네요. 다만 기분은 좀 풀리셨는지?"

"아니. 오히려 아까보다 더 나빠졌어."

"사람이 안 하던 짓을 하게 되면 그렇게 되는 법이죠. 후회하시나요?"

"전혀. 게다가 직접 저 꼴을 만들어두고 후회라니. 웃기지도 않겠지."

에라르 님이 친히 고문하신 자들은 말 그대로 간신히 목숨만 붙어있는 상태였습니다. 온 몸의 뼈는 부서져 있고 거꾸로 매달려있는 자도 있었으며 겉은 멀쩡하지만 속은 박살이 나버린 자들도 다수 있네요. 여러 가지 방법으로 꼼꼼하게 시험하신 것 같습니다.

"이제 어떻게 하시겠습니까?"

"서아와 남아에 협력 요청을 해야겠지. 아버님부터 뵙고 와야겠군. 레조, 그만 토하고 이제 가자꾸나."

"알겠습니…… 우웨에에에에엑!"

"세이라. 레조가 다 토하고 나면 약을 먹여두도록 해라. 저렇게 계속 토하다가는 속 다 버리겠군."

"네. 준비해두겠습니다."

"리델린은 의외로 멀쩡해 보이는군. 아무런 감정의 변화도, 요동도 없어."

"저도 그 부분이 의아한 참이었습니다."

그리고 에라르 님은 잠시 시선을 리델린 양에게 돌리셨습니다.

무언가 안타까워하시는 것 같은데 리델린 양의 상태에 대해서 짐작 가는 부분이 있으신 걸까요?

우리가 그러거나 말거나 리델린 양은 여전히 과자만 먹고 있을 뿐이었지만요.

"리델린도 그 놈들의 희생자가 아닐까 생각한다."

갑자기 에라르 님께서 입을 여셨습니다. 그런데 그 내용이 이상하군요. 희생자라고요? 리델린 양이?

"여태까지는 그저 추측이었지만 지금은 거의 확신할 수 있다. 리델린은 적의 첩자나 그런 것이 아니라 순수한 피해자다. 북아에서 만난 그리폰의 형상을 하고 있는 자는 분명 몬스터와 융합 혹은 그에 준하는 일을 해서 그런 모습이 되었겠지. 리델린 역시 비슷해 보이고. 하지만 과연 그런 힘을 그냥 얻을 수 있었을까?"

절대 그럴 리가 없죠. 여기까지 들으면 저라도 예상이 갑니다. 완전히 다른 두 존재를 융합하는 거예요. 저로서는 상상도 못할 고통이 뒤따랐겠죠.

"엄청난 고통이었을 거다. 자신이 원했는지 혹은 원하지 않았는지는 지금 알 수가 없지만, 이런 모습이 되어 버린다는 걸 알았다면 분명 거부했겠지."

그렇게 말씀하시며 리델린 양을 쓰다듬는 에라르 님은 좀 전까지 비명과 저주를 만들어내던 고문자라고는 생각할 수도 없을 만큼 온화하셨지만 전 딱히 놀라지 않았습니다.

이중적이라 욕하는 사람들 역시 있을 수 있겠지만 일단 제가 상관없으니 된 거죠.

에라르 님은 저의 신이시지만 전 그 신이 무조건적인 '선'이라고는 한 번도 생각해보지 않았습니다. 특별한 이상을 상대에게 강요하는 건 서로 지치게 만들 뿐이니까요.

전 오히려 지금이 이 이상 없을 만큼 좋습니다. 적에게는 가차 없이 잔혹하지만 저희에게 따뜻한 주군이라는 건 가신으로서 굉장한 행복과 만족감을 느끼게 해주는 것이거든요.

어쨌든 그건 그거고 쓰다듬는 건 이제 그만하셨으면 하네요. 리델린 양의 행복하다는 표정이 슬슬 짜증나기 시작하니까 말이죠.

"에라르 님. 폐하께 가보셔야 하는 게?"

"음? 아, 아아. 그렇지."

리델린 양이 원망하는 것 같은 표정을 지어오셨지만 적당히 넘겨버리고 에라르 님의 뒤를 쫓았습니다. 리델린 양도 허겁지겁 따라오시네요.

"아, 레조 님을 깜빡해버렸어요."

"놔두면 알아서 찾아오겠지."

그렇겠죠. 토하던 소리가 슬슬 거슬리던 참이었기도 하고요.

◆ SIDE : 에라르 ◆

"정말 이렇게 보내자는 말이냐?"

"네."

내가 작성한 남아공화국으로 보낼 서한을 읽어보신 아버님의 표정은 별로 밝지 않으시다.

아버님의 반응도 충분히 이해가 간다. 역시 걱정하지 않을 수 없는 부분일 테니까.

"짐이 제대로 읽었는지 모르겠지만 복잡한 외교적 표현을 전부 치워두고 간략하게 말하자면 '놈들의 정보를 넘겨라. 그렇지 않으면 전쟁이다.' 라고 하는 것 같다만, 맞느냐?"

"정확하게 읽으셨습니다."

"으음…… 이렇게까지 강한 어투로 보낼 필요가 있겠느냐? 듣자하니 남아는 너에게 빚도 있기 때문에 단순하게 협력을 요청한다면 거절하지 못할 거 같다만."

"남아를 압박하기 위함도 있지만 그보다는 서아에 보여주기 위한 시위에 가깝습니다."

"서아에?"

"그전에 말씀드려야 할 것이 있습니다. 제 독자적인 정보망으로 확인한 결과 에피온을 그렇게 만들고, 이제껏 계속해서 저를 습격했으며 부활의 사자들이라는 사이비 종단과 같은 세력인데다가 남아와 북아에서도 난동을 부렸다는 조직의 이름은 아니시타시스-라는 조직으로 판명되었습니다."

아버님의 얼굴에서 분노가 차오르기 시작하셨다. 자신의 아들을 죽인 자들의 이름이다. 당연한 반응이지.

"그 놈들이 어떤 놈들인지 알아냈느냐?"

"놈들이 드라이어즈 제국의 부활을 위해 움직이는 놈들이라는 것까지는 알아냈습니다만. 그에 대해 아버님께 여쭤보고 싶은 게 있었습니다."

"드라이어즈……. 그 업보가 하필이면 내 대에 찾아와서 내 아들을…… 집어삼켰다는 말인가……."

내 질문에 아버님은 침통한 표정으로 고개를 숙이셨다. 이런 아버님은 나도 처음 보는군.

"아버님?"

"네가 묻고 싶은 게 무엇인지는 짐도 예상이 간다. 네가 황제가 된 후에 말해줄 수 있다는 것에 대해서 말하는 것이겠지."

"대략적인 것은 저 역시 알고 있습니다. 알려진 역사와는 다르게 드라이어즈는 폭군의 횡포로 인해 분열되어 멸망한 것이 아니라 현 4국의 시조가 되었던 4대 가문의 가주들의 배신으로 멸망하여 세력 다툼 끝에 지금의 대륙이 되었다고 하더군요."

"역시 대단하구나, 에라르여. 그 말이 맞다. 네 말대로 드라이어즈는 각국의 시조들의 배신으로 인해 멸망한 것이다."

"아나시타시스라는 자들의 최종목적은 대륙 중앙의 망자의 도시, 스티그란을 공략해서 강력한 망자들과 작발화를 제어하는 것이라고 합니다. 제 정보망으로는 여기까지가 한계였습니다만. 해서 아버님께 여쭙고 싶습니다. 500년 전 무슨 일이 있었던 겁니까."

아버님은 잠시 생각을 정리하시는 듯 숨을 고르시더니 이내 입을 열어 말씀하셨다.

"특별한 일은 아무것도 없었다. 언제나 있어왔던 추악한 권력 다툼. 그뿐이었지."

"저 역시 옛 문헌들을 조사해봤지만 드라이어즈에 관련된 기록은 놀라울 정도로 적더군요. 그 이유가 그것입니까? 후손들 보여주기 부끄러워서?"

"그 말이 맞다. 자신들이 해온 일을 뒤늦게 돌아보니 부끄러워졌던 것이지. 그래서 그 기록은 대대로 황제에서 다음 황제를 통해서만 전해지고 있단다."

"그렇다면 그들이 말하는 배신 또한 사실이겠군요."

"사실이다. 본래 드라이어즈는 강력한 황족의 힘을 바탕으로 한 황권을 중심으로 구성된 국가였는데 그에 반하는 귀족 세력 역시 언제나 존재했었지. 하지만 황족의 힘 앞에서는 무력했기에 언제나 굴복할 수밖에 없었고 그런 날이 계속될수록 그들의 원한도 깊어져 갔다."

"과거와 현재를 보는 힘…… 말씀이시군요."

"거기까지 조사했었던 것이냐. 너의 정보망이라는 것이 무엇인지 궁금해지는군. 그렇다면 그 힘의 부작용이 작발화라는 것도 알고 있겠구나."

"예. 알고 있습니다."

"부작용이라고 해도 항상 나타나는 것은 아니었다고 한다. 몇 대에 걸쳐 한두 명 정도였다고 하니까. 어쩔 수 없는 일이라고는 해도 부모, 혹은 자식이 그런 병에 걸리게 된다면 남겨진 자들의 마음은 찢어지는 것만 같았겠지. 그리고 우리의 선조들은 바로 그 점을 파고들었다."

"병을 고칠 수 있다고 한 겁니까?"

"그렇지. 물론 황족들 역시 처음에는 그들을 믿지 않았단다. 그들의 욕망을 잘 알고 있었으니까. 하지만 선조들은 당시 병에 걸렸던 드라이어즈의 황태자뿐만 아니라 후손들의 재발 가능성마저 막아준다고 호언장담했고 황족들은 결국 그 말에 넘어가고 말았지."

"새빨간 거짓말에 말이군요."

"선조들이 행했던 방법은 확실히 그럴 듯한 방법이었단다. 제대로 시행만 되었다면 정말로 병을 고칠 수도 있었을 거라고 전해지니까.”

“어떤 방법이었습니까?”

“강력했던 고대의 마법과 주술의 힘을 사용해서 강력한 ‘결계’ 를 만드는 거였다고 전해진다.”

“결계, 말씀입니까?”

“먼저 작발화에 걸린 황족을 마법의 ‘핵’ 으로 삼아서 도시 전체에 특수한 결계를 치고, 그 결계는 결계안의 존재들과 동화시켜 간다. 그리고 그 다수의 사람들의 ‘시간’ 을 작발화에 걸린 대상의 시간과 일치시키면 그 대상의 시간이 다시 흐르기 시작한다는 이론이었지. 기록에 따르면 거의 성공할 뻔했다고 하는구나.”

“하지만 실패했군요.”

“선조들은 의식이 진행되는 동안 황궁을 급습, ‘핵’ 이 되는 황태자의 근처까지 간 뒤에 그 대상과 영향을 받는 자를 뒤집어 버렸지.”

“드라이어즈의 황태자가 사람의 시간에 맞춰지는 게 아니라 스티그란의 백성들이 황태자의 시간에 맞춰져 버리게 되는 거군요.”

“그리고 선조들은 그 중심이 되는 황태자의 근처에 있었기에 무사할 수 있었다고 하는구나. 마치 태풍의 눈이 가장 안전하다는 것처럼 말이다.”

“그렇게 되어서 자신들을 제외한 스티그란의 모든 자들

이 망자가 되어버리게 된 것입니까?"

"그리고 황실에서 보험 삼아 밖으로 내보내둔 몇몇 황족을 제외하면 의식 도중 진행된 급습에 포로로 잡혀버린 황족들은 전부 선조들 손에 살해당했다고 한다. 그들 중 한 명, 그러니까 드라이어즈의 마지막 황제는 남은 힘을 모두 짜내서 선조들에게 예언을 남겼지. 아니, 그건 예언이라기보다는 저주라고 해야 옳겠구나."

"어떤 내용이었습니까?"

—네놈들은 중 하나는 결국 망자들의 유혹을 이기지 못할 것이다. 망자들이 대지를 뒤덮는 그날 너희는 죗값을 치르게 되리라—

"그런 말을 남기고 광소하며 자살로 생을 마감했다고 전해지고 있단다."

"그게 이유였습니까? 모든 나라가 공식적으로는 절대 동맹을 맺지 않는 이유가 고작 죽어가던 늙은이의 한 맺힌 저주 때문이었다고요?"

"단순한 늙은이가 아니라 드라이어즈의 황제였다. 증오했을지언정 그 힘을 의심하는 자는 아무도 없었지. 황당하다고 생각할 수도 있겠지만 선조들은 오래전부터 그것을 후손들에게 경고하고 있었다."

"하지만 그들의 힘은 과거와 현재를 보는 것이지 미래를 보는 건 아니지 않습니까?"

"분명 그렇긴 하다만 또 모를 일이지 않겠느냐. 그런 힘을 가지고 있는 자이니 마지막 순간에 무엇을 본건지도. 어찌되었든 그 저주에 우리 선조들이 겁을 먹었다는 건 변함없는 사실이니 말이다."

"그렇게나 두려운 힘을 가지고 있었는데 왜 선조들의 계략을 진작 파악하지 못한 거죠? 뒤통수 맞을 걸 알 수 있었을 것 아닙니까."

"그 능력은 우리가 생각하는 것처럼 만능의 능력이 아니었다는 거겠지. 황제들 사이에서만 전해져오는 기록에 따르면 개인차가 심했다고도 하니까 말이다."

아버님의 말씀을 듣고 엘리제에게 들었던 설명이 떠올랐다.

그렇기 때문에 더 피에 집착하고 그 결실이 이번 대에 나타났다고 했었던가.

"정보원의 말에 따르면 스티그란 황궁에 망자와 작발화를 제어할 수 있는 수단이 있다고 들었습니다. 그도 자세한 방법까지는 모른다고 했는데 그 수단이라는 것이 어떤 문으로 봉인되어 있다고 합니다. 혹시 짐작 바가 있으십니까?"

"그 정보원이라는 자를 꼭 한번 만나보고 싶구나. 정말 대단하군. 그 봉인된 문이라는 건 방금까지 이야기했던 드라이어즈의 황태자를 봉인해둔 문이다."

"그를요? 이상하군요. 선조들은 그를 왜 죽이지 않았습니까?"

"두려웠던 거지. 그를 죽임으로 인해서 어떤 사태가 일어날지 모르니까. 잘못하면 결계가 해제될 수도 있는데 그럼 말 그대로 세상은 망자들의 지옥으로 바뀔 수도 있으니 말이다."

그건 생각만 해도 끔찍하군.

CHAPTER 02

◆ SIDE : 에라르 ◆

"그렇다면 그 봉인을 드라이어즈 황족의 손으로만 풀 수 있게 만든 것도 황제의 저주가 두려워서겠군요."

"바로 그렇단다. 헌데 너의 정보원이라는 자는 정말 놀랍기 그지없구나. 혹시 짐도 아는 자인가?"

차마 엘리제가 적 세력의 첩자였다는 사실을 말할 수는 없었기에 아버님께는 죄송하지만 적당히 둘러대기로 했다.

"죄송하지만 그건 알려드릴 수가 없을 거 같습니다. 워낙에 기밀을 요하는 자라."

"아, 괜찮다. 짐도 다 이해하니까. 비밀스러운 가신의 존재 정도는 한둘 있기 마련이지."

고개를 끄덕이시며 뭔가 납득하시는 것 같은 태도를 취하셨다. 이해해주셔서 다행이군.

"그럼 처음으로 돌려서, 서아제국을 압박하기 위함이라는 소리는 즉, 서아가 그 조직과 연관되어 있을 가능성이 있다기에 압박을 가하겠다고?"

"아직 확실하진 않지만 그렇지 않더라도 아마 지금쯤이면 이미 접선을 시도하고 있을 겁니다. 서아는 저희 동아와 철천지원수 사이. 저희를 적으로 삼은 그들의 입장에서 도저히 지나칠 수 없는 지원군이겠죠."

"해서 허튼 짓을 못 하게 하겠다는 말이군. 효과가 있겠느냐?"

"있다면 있고, 없다면 없을 거 같습니다만 안 하는 것보다는 나을 거라 생각됩니다. 어차피 서아와의 충돌은 피할 수 없을 테니까요."

"으음… 좋다, 허가 하마."

"예."

"짐도 이제 와서 전쟁을 피할 마음은 없다. 놈들은 건들지 말았어야 하는 것을 건드렸다. 그 대가를 치르게 해주지 않는다면 짐은 황제라 자처할 자격조차 없겠지. 이번일은 모든 권한을 너에게 맡기겠다. 어디 분이 풀릴 때까지 마음껏 해 보거라!"

그렇게 말씀하시는 아버님의 눈에서는 분노가 흘러넘치고 있었다.

아버님 말씀이 맞다. 놈들은 절대 건드려서는 안 될 것을 건드렸다.

우리는 그 놈들에게 이 일에 대한 대가를 요구할 것이고 그것을 가로막거나 그놈들의 편을 드는 자가 있다면 그게 개인이든, 집단이든, 국가이든 관계없다. 모조리, 찢어버릴 것이다.

나는 남아공화국에 서한을 보냈고 남아공화국은 난색을 표하긴 했지만 지난번의 빚 때문에 내 부탁을 쉽사리 거절할 수가 없었다. 그들에게도 부활의 사자들은 성가신 존재였기에 결국 협력하기로 했다.

어차피 내가 쥐고 있는 그들의 약점 때문이라도 거절할 수가 없는 제안이다.

만약 내가 이 정보를 시중에 풀어버린다면 그들은 쿠데타와 동시에 우리의 침공을 받아야 할 테니까. 단지 아직 남아는 아나시타시스에 협력하는 것 같지 않았기에 하지 않은 것뿐이다.

"하지만 단순히 정보만 가지고 있는 걸로는 어떻게 할 수가 없지 않습니까?"

레조의 의문은 타당하다. 예전이었다면 말이다.

"왜 못 해? 우리는 지금부터 남아로 간다. 지난번과 같이 정식으로 가는 게 아니라 몰래 말이지. 가서 한 놈씩 잡아서 불게 하면 그중에 하나 정도는 아는 놈이 있겠지."

"밀입국하시겠다고요?"

"그렇다. 싫다면 따라오지 않아도 좋다."

"농담하십니까. 당연히 따라가야죠."

"그럼 이번 남아공화국행은 나, 세이라, 리델린, 레조 그리고 엘리제로 하지."

"엘리제 양도 데려가시는 겁니까?"

"황궁에 놔두는 게 더 위험해. 데려가서 감시하는 게 낫지. 써먹을 부분이 있을 수도 있고."

"그건 그렇긴 합니다만. 아, 그런데 전하께 정보를 보내자마자 유력 인사들이 사라진다면 남아에서 의심하지 않겠습니까?"

"하겠지."

"어쩌시게요?"

"상관없다. 오히려 고마워할지도 모르고."

"하긴 전하가 그들의 골칫거리들을 알아서 치워주시는 거니까 그럴 수도 있겠지만, 역시 위험하지 않겠습니까?"

"정 위험해지면 그냥 본국으로 돌아와 버리면 된다. 이 멤버라면 어딜 가든 움직이기는 쉬우니까. 그리고 만약 남아가 나에게 이빨을 드러낸다면 그들 역시 잿더미가 될 뿐이다."

어차피 쓸 수 있는 카드는 이쪽이 훨씬 많다.

남아가 내게 대적한다면 아나시타시스 놈들과 연합하기 전에 재빨리 쓸어버려야 할 것이다.

"상당히 막나가시게 되셨습니다."

"보통 그런 건 속으로 생각하며 걱정하는 게 아닌가? '우리 주군이 변하셨다' 라던가."

"그냥 말로 하면 되지 뭐 하러 속으로 삭힙니까."

"일리 있는 말이군. 나도 내가 어디까지 나갈지 잘 모르겠다. 그러니 그대들의 책임이 막중하다. 내가 도를 지나치게 행동하는 것 같다면 언제나 충언을 아끼지 말도록."

"물론입니다. 모든 게 잘나신 주군을 모시는데 제가 밥값을 하려면 그거라도 해야죠."

"출발은 내일 하도록 하겠다. 모두 간단한 짐 정도만 챙겨두도록. 그 외에 필요한 건 남아에 가서 사면되니까 말이다. 세이라, 내 짐을 부탁한다. 그리고 리델린도 챙겨주도록."

"네. 에라르 님."

현재 북아와 동아는 그 잔당들이 모두 정리가 된 상태. 남은 건 서아와 남아뿐이다.

반드시 찾아내겠다.

이 목숨을 걸고서라도.

◆ SIDE : 크라우스 ◆

"나 안 할래."

어떻게 계산해도 전쟁을 막을 수 없다는 걸 알게 된 내가 내뱉은 첫마디였다.

아무리 머리를 쥐어짜본들 전쟁은 난다. 그것도 근시일 내에.

"오늘 약 안 드셨어요, 보스?"

"다 때려 칠 거다. 도저히 못 하겠어. 우리 다 같이 도망가자."

"야, 가서 보스 약 가져와."

원래 부하들은 내 상태를 잘 알기에 평범한 느낌으로 넘겨버리지만 새로 온 부하들은 좀 다른가 보다.

"크, 큰일 아닙니까! 크라우스 님이 떠나버리신다면 저희는 정말로……."

"대책을 강구해야만……."

"아, 반이랑 스포포. 그렇게 당황하지 않아도 된다."

"그냥 가끔 약 기운 떨어지시면 우울해져서 저러는 거니까. 약 드시고 담배 몇 번 피시게 놔두면 원래대로 돌아오셔."

"애당초 도망갈 사람이었으면 진작 도망치셨겠지, 우리 보스는."

나름 신선한 반응들이라 좋았는데 다른 녀석들이 초를 치는군. 재미없게.

　나는 마야가 가져온 약을 먹고 담배에 불을 붙였다. 아― 그런데 정말 전쟁을 피할 수 없는 건가.

　그런 생각을 하며 우울해하고 있는데 스포포가 나를 빤히 쳐다보고 있는 게 느껴졌다.

　"왜."

　"아무것도 아닙니다."

　"강경파로 돌아가고 싶은 거라면 언제든 감옥으로 보내 줄 수 있는데."

　"절대 사양하겠습니다."

　"그럼 왜 그렇게 보고 있는지 말해줬으면 한다만."

　"……."

　"혹시 남자를 좋아하나? 미안하지만 나에게는 무나 양이 있는데."

　"절대 아닙니다!"

　"결백하다면 이유를 말해줬으면 한다. 아, 혹시나 해서 말하는 거지만 우리는 비교적 그런 관념에서 자유롭다. 저 봐, 데이비드랑 짐이 저렇게 붙어먹고 있어도 아무도 뭐라 하는 사람 없잖아."

　"불렀엉?"

　"안 불렀다. 이쪽 보지 마."

"알았엉."

"짐에게 집적거리지 마라, 대장!"

"돌았냐."

"보스. 전 역겹다고 매번 말하고 다닙니다만."

"넌 이제 적당히 익숙해져라. 몇 년째냐. 어쨌든 너희도 이제 내 부하니까 뭔가 고민 있으면 주저 없이 말해도 된다. 의학적 상담이 필요한 거면 지크에게 부탁하면 되고. 참고로 지크는 방금 역겹다고 말한 놈이다. 말 못 할 고민이라면 굳이 말하지 않아도 좋지만, 너무 참다가 폭발하는 건 삼가도록 해."

"정 그러시다면 질문 하나만 해도 괜찮겠습니까?"

"들어보고 판단하지. 뭐가 궁금한데?"

"크라우스 님은 왜 이 조직에 몸 담고 계시는 겁니까?"

"야! 스포포!"

옆에 있던 반이 기겁하며 말리지만 스포포는 올곧은 눈으로 날 보고 있었다. 그런 게 궁금했던 건가.

"별 이유 아니다. 너희와 비슷한 이유지. 우린 갈 곳이 없었고 정처 없이 떠돌던 중 시리스가 우릴 발견하고 주워갔어. 그게 끝이야."

"크라우스 님 정도 되는 능력이라면 어딜 가시든 침을 흘리며 달려들 겁니다. 그런데 갈 곳이 없으셨다고요?"

"스포포! 너 그만 적당히……."

"아니, 괜찮으니까 놔둬. 하긴 너희도 이제 내 부하니까 알아둬야겠지. 그런데 정말 별거 없어. 그냥 다 비슷비슷한 사정을 가진 놈들이 모이다 보니까 이렇게 된 거거든."

"다른 분들도 말입니까?"

"정확히는 나와 무나 양이 돌아다니다가 하나씩 주운 거지."

"그런 것 치고는 꽤 충성심이 높으신 거 같아서 말이죠."

"고마웠거든."

"네?"

"고마웠다. 어디 갈데없는 우리를 받아준 것도, 우릴 제일 먼저 알아준 것도, 가장 인간적으로 대해준 것도 시리스였어. 내가 충성하는 대상은 아나시타시스라기보다는 시리스라고 해야겠지. 네 말대로 우리 능력을 보고 군침을 흘렸던 사람들 많았어. 그것 때문에 협박도 많이 당했고 이용도 많이 당했다. 시리스와 그들의 차이는 딱 하나. 대우야. 우릴 인간적으로 대우해주고 있거든."

"대체 어떤 인생을 살아오셨기에 그렇게까지 황녀님께 감사하시는 겁니까?"

"그건 이야기하기 싫다. 나만이 아니라 여기 있는 모두, 너와 반도 각자 사정은 있을 거 아니야."

"보스는 다 알고 계시지만 말이죠."

"그건 너희들이 멋대로 이야기한 거잖냐."

"뭐, 어렵게 생각할 건 없다, 반, 그리고 스포포. 우린 그냥 보스에게 충성하고 있는 거고 보스는 시리스 황녀님께 충성하시지. 그래서 이렇게 일하고 있는 거야."

레오르와 지크가 한마디씩 하면서 혼란스러워 하는 스포포와 반에게 설명을 해줬다. 이런 것도 필요한 행위지. 이제부터 함께 일해야만 하니까.

"이제 의문이 좀 풀렸나?"

"완전히는 아니지만, 예. 어느 정도 공감이 가는 부분도 있고 말이죠. 그럼 이제 어떻게 하실 생각이 십니까? 전쟁을 막을 수 없다고 하셨는데요."

"안 그대로 그것 때문에 너희들에게 물어봐야 할 게 있다."

"뭡니까?"

"나랑 같이 스티그란으로 소풍갈 사람 손?"

부하들이 나를 미친놈 보듯이 보기 시작했다. 너무 그렇게 대놓고 보면 나라도 상처받는데.

"망자들의 도시가 언제부터 소풍 갈 만한 공원이 되었습니까?"

"지금 이 순간부터."

"스티그란 공략에 나서실 생각이십니까?"

"공략 팀은 따로 있잖아요?"

"그 놈들에게 맡겨서 어느 세월에 공략을 한다는 건데."

"그, 그렇다고 우리가 직접 하지 않아도……."

"응? 아. 걱정하지 마. 강요하는 게 아니라 말 그대로 의견을 묻는 거니까. 안 따라올 사람은 남아도 괜찮아."

"결국 보스는 가시겠다는 소리잖습니까!?"

"당연하지."

"안 당연한데요."

"그리고 공략 할 방법이라도 있습니까? 공략하는 건 둘째 치고 지금 상황에서는 들어가지도 못하지 않습니까."

"서아를 회유할 생각이다. 정확히는 이미 접선 중이지만."

"서아를요? 이게 알려지면 전 대륙을 적으로 돌리는 건데 과연 우리에게 협력하려 할까요?"

망자들의 도시에 대한 4국의 공식적인 태도는 '무조건 방치'이다.

단순히 암묵적인 룰이 아니라 엄연히 각국의 수장들이 오래전부터 맺어온 맹약인데 이를 깨트린다면 나머지 3국을 적으로 돌리게 된다. 보통의 상황이라면 절대 하지 않을 미친 짓이지.

"협력할 거다. 오히려 할 수밖에 없는 상황이 되었어."

"부활의 사자들과 윌리엄을 사용하실 생각이십니까?"

"네? 윌리엄? 윌리엄 폰 데스트로를 말하는 겁니까?!"

지크가 윌리엄을 언급하자 반과 스포포가 경악하고 있다.

아, 애들은 아직 몰랐구나.

"지난 전쟁에서 첩자로 동아제국에 숨어든 윌리엄을 어떤 악랄한 악당이 세뇌해서 써먹었다는 이야기를 들은 적 있지?"

"예."

"물론 들은 적 있습니다. 워낙에 유명한 이야기니까요."

"그 악랄한 악당이 나야."

둘의 정말로 볼만한 표정을 지었다. 평소 소심한 헤스마저 부지불식간에 웃음을 터트릴 정도였으니까.

"아니, 대체 어떻게요? 크라우스 님이 그런 능력까지 가지고 있었습니까?"

"내가 가끔 암시를 걸어서 사람을 조종하는 건 몇 번 봤잖아. 그거의 응용이지."

"만능은 아니라고 하셨지 않습니까? 정신방벽이 약한 사람들 한정으로 사용할 수 있는 능력이라고. 하지만 윌리엄이라면."

"그 인간 세뇌할 때 상당히 고생하긴 했지. 자세한 방법은 가르쳐 줄 수 없지만 어쨌든 성공했어."

"설마 윌리엄이 세뇌를 풀었다 하는 것도……?"

"세간에는 그렇게 알려져 있긴 하지."

정확히 말하자면 자신이 세뇌에 걸렸다는 사실은 자각하고 있지만 나의 명령에 복종할 수밖에 없는 상태다.

"그럼 동아가 왜 그때 패한 겁니까?"

"내가 그렇게 지시했거든. 동아제국 엿 먹이기 위해서."

"그런 일을 하셨는데 용케도 무사하셨군요."

"무사하지 못했었어."

전혀 무사하지 못했었지. 내 능력이 탐이 났던 동아의 정보국이 나를 죽이지만 않았을 뿐. 그리고 그 아이들 역시 무사하지 못했고.

"어쨌든 서아에서 윌리엄의 존재는 그들의 '상식'에 준하는 존재다. 게다가 부활의 사자들도 있으니 여론몰이도 쉽고. 때문에 서아를 우리에게 협력시키는 건 일도 아니야. 지금까지는 그럴 필요가 없었기에 굳이 하지 않았을 뿐."

"거기에 더해서 서아는 동아와 원수 사이이니까 말이죠. 그 증오가 아직까지 멀쩡하게 살아있을 테니 확실히 쉬울 것 같긴 합니다만."

"그렇지."

"서아의 협력으로 조사 자체가 가능해 진다고 해도 공략은 어떻게 하실 생각이십니까?"

"몇 가지 대안을 만들어둔 게 있다. 그걸로 이것저것 시험해 봐야지."

전쟁 그 자체를 막을 수 없다면 적어도 지지 않는 전쟁을 해야 할 것이다. 그렇게 되도록 만드는 것이 바로 내 역할이고. 그리고 그걸 위해서는 스티그란 망자들의 존재가 필수

불가결하다.

"아까도 말했지만 강요는 안 한다. 남는다고 한들 그 누구도 욕하지 못할 거다. 그만큼 위험한 장소니까. 그러니 다시 묻겠다."

나랑 같이 스티그란으로 소풍갈 사람?

부하들 전원이 손을 들었을 때, 평소답지 않게 조금 감동해버렸다.

◆ SIDE : 에라르 ◆

"전하. 물론 저도 전하께서 요즘 많이 힘들고 지치셨다는 건 알고 있으며 감히 제가 전하의 슬픔을 이해한다는 주제 파악 못 하는 말을 하고자 하는 것은 아닙니다만, 그래도 이것만큼은 가신으로서 말씀드려야겠습니다."

"해봐."

"돌은 먹을 수 있는 게 아닙니다."

남아로 온 지 열흘째.

프라이팬으로 돌을 굽고 있는 나를 보고 레조가 진지하게 말을 걸어왔다.

"나도 아는 사실을 굳이 말하는 이유가 뭔가, 레조?"

"그전에 왜 돌들로 요리하고 계신지 여쭙고 싶습니다만."

"내가 먹으려는 게 아니다. 저 친구 주려는 것뿐이지."

"아, 그런 거였군요."

레조는 고개를 돌려서 조금 동정하는 눈길을 남자에게 보냈다.

"그런데 왜 하필이면 돌입니까?"

"이곳은 본국과 달라서 피를 많이 튀게 하면 치우기 귀찮아진다. 매번 그럴 수도 없는 노릇이고. 그래서 돌이지."

"어쩐지 조금 엇나간 대답 같습니다만 대충 이해는 되는군요."

"읍읍읍읍!"

묶여 있던 남자는 자신이 당하게 될 일이 예상이 가는 것인지 사력을 다해 몸부림쳤지만 그래봐야 바닥에 단단히 고정된 의자는 꿈쩍도 하지 않았다.

"대충 다 된 거 같군. 그럼 시작해보도록 하지."

나는 돌을 굽고 있던 프라이팬을 그대로 들어서 남자의 앞으로 가져간 후 집게로 돌을 하나 집었다.

"레조. 입에 묶인 재갈을 풀어주어라."

레조가 남자의 재갈을 풀자 남자는 답답했던지 숨을 몰아쉬더니 곧바로 애원하기 시작했다.

"제발 이러지 마십시오! 전 정말 아무것도 모릅니다!"

"이제 알게 되겠지."

집고 있던 붉게 달아오른 돌을 그대로 남자의 옷 안에 집어넣었다. 고기 굽는 냄새가 나는군.

"끄아아아아악!"

"말하기 쉽게 네가 말해야 할 것들을 알려주겠다. 네 놈들의 아지트, 돈을 유통하는 경로, 내가 파악하고 있는 것 이외에 너희 조직의 인원들, 그리고 조직에서 높은 지위를 가진 자들에 대한 정보다."

"끄으으, 전, 진짜 모릅니다! 대체 무슨 말씀을 하고 계시는 건지…… 끄아아악!"

"가급적 빨리 말해줬으면 한다. 네가 느끼기에는 다르겠지만 나 역시 이런 일이 익숙하지가 않아서 힘드니까 말이지."

거짓말이다. 확실히 이전이라면 상상도 못할 일을 하고 있긴 하지만 내 마음은 이런 행위를 하고 있음에도 지극히 편안하다. 나 자신도 무서울 정도로.

"돌은 아직 많이 있다. 다른 것도 할 게 많고. 게다가 우린 시간까지 많아."

"아무것도 모, 모릅니……."

"레조, 남자의 입을 벌려라. 너는 어느 손으로 글씨를 쓰지?"

"제발요! 정말 모른다니까요!"

"네 친구도 처음에는 그런 말을 했어."

"친구……?"

"음? 설마 내가 잡아온 게, 네가 처음이라 생각하나? 앞에 3명 정도 있었다. 꽤나 의리와 충성심이 높은 자들이더군. 그것도 얼마 못 가긴 했지만 말이다."

"그, 그렇다면 다 알고 있을 거 아니야! 왜 나에게까지 이런 짓을 하는 건데!"

"그냥 확인 작업이다. 각자가 이야기한 게 일치하는지 아니면 거짓말을 했는지 알아보는 거지. 그러니 그냥 빨리 말하는 게 좋을 거 같은데. 어차피 결과는 정해져 있고 네 친구들도 마지막에 이르러선 다 이야기 했으니 말이다."

"……그 녀석들은 어떻게 되었지?"

"둘은 죽고 한 명은 아직 붙잡고 있다. 아, 오해할까봐 미리 말하는 건데, 2명은 자살한 거야. 내가 죽인 게 아니라."

사실 내가 죽였지만.

"아, 그러고 보니 좋은 생각이 떠오르는군. 이야기하다 보니 돌이 식기도 했고 말이지. 레조. 그 여자를 데려오거라."

온몸이 만신창이가 된 여자를 데려오게 한 후 남자와 거리가 떨어진 곳에 앉게 만들었다.

"이런 개 같은 놈들! 제인에게 무슨 짓을 한 거야!"

"네가 상상하는 그런 짓은 내 죽은 동생에게 맹세코 절대 하지 않았다. 그냥 네가 당하고 있던 것과 비슷하게 고문한 것뿐이지."

진짜 안 했다. 애당초 강제로 그런 짓을 하는 건 아무리 지금의 나라도 상상만으로 구역질이 날 수준의 일이니까.

"앞의 두 명에게 들었는데 너희 둘, 연인사이라고 하더군. 저 여자는 알고 있는 걸 전부 말했다고 주장하고 있다. 난 그걸 믿지 않고 있고. 그러니 네가 할 일은 간단해. 저 여자가 불러준 정보가 적힌 종이를 보여줄 테니 거기서 틀린 부분이 어딘지 말해라. 모두 맞는 정보라는 둥의 헛소리를 지껄인다면 죽고 싶은 걸로 알아듣고 두 사람 모두 죽여주지."

나는 여자가 말해준 정보가 적힌 종이를 남자에게 보여주었다.

"어때?"

"이, 이건, 이건 모두 맞는 정보야! 제인은 솔직하게 이야기한 거라고!"

"죽고 싶다는 소리군. 자살희망자였나?"

"정말이야! 모두 맞는 정보라니까!"

"둘 중 누가 먼저 죽었으면 좋겠지? 애인이 죽은 모습을 보고 가는 게 네 마음이 더 편할까?"

"빌어먹을! 도대체 어떻게 해야 믿어준다는 건데?!"

"사실을 이야기해."

"아까부터 사실대로 이야기하고 있다니까!"

"죽을 때 고통은 없을 거다. 죽어보지 않아서 진짜인지는 모르겠지만 한 번에 목을 베면 안 아프다고 하더군."

"젠장! 차라리 날 죽여! 대신 제인은 살려줘!"

"으음. 네 목숨으로 이게 사실이란 걸 증명하겠다고?"

"그래!"

"좋아. 레조 묶고 있는 밧줄을 풀어줘라."

그리고 나는 풀려난 남자의 앞에 단검을 하나 던졌다.

"이제 증명해봐."

"……약속 꼭 지켜."

남자는 단검을 집더니 주저 없이 자신의 목을 향해 검을 내질렀고 나는 그 검을 쳐서 날려버렸다.

"어?"

"좋은 선택이었다. 덕분에 너희 둘 모두 살 수 있게 됐어. 축하한다."

"뭐, 뭐야. 갑자기 이 무슨."

"살기 싫나?"

"아니, 아, 아닙니다!"

"그럼 어서 저 여자 데리고 나가."

"네, 네! 가, 감사합니다! 정말 감사합니다!"

남자는 허겁지겁 여자에게 가서 묶여 있던 것을 풀어주고 함께 밖으로 나갔다. 이제 이사해야 되겠네.

"미끼입니까?"

"이렇게 잔챙이들만 쫓다가는 끝이 없다. 세이라. 놈들을 미행하도록."

"예."

세이라가 나간 후 레조가 다시 질문해왔다.

"만약 저들이 정말 도망가 버리거나 잠적해 버리면 어쩌실 생각이십니까?"

"저들의 충성심을 봤을 때 그 가능성은 낮다고 보여진다. 만에 하나 정말 잠적한다 해도 아나시타시스에서 그냥 방치하지는 않겠지. 어떻게 되어도 미끼로써 충분하다."

"남아에 알린다고 해도 그쪽에서 알아서 묻어줄 테니 문제없군요."

"그렇지."

"그럼 한동안은 물고기가 걸릴 때까지 기다리는 겁니까?"

"몇 가지 자료를 검토해보기는 할 테지만 특별히 새롭게 보이는 건 없구나. 남아에서 생각보다 정보를 정확히 건네주었어."

"그래도 이름 정도는 알 수 있었지 않습니까. 북아에서 전하를 습격했던 인물들의 명단 역시 말이죠."

"크라우스라고 한다더군. 그 남자 말이다. 그 괴물 같은 여자는 무나 라고 하고."

"그 괴물 하니까 드리려던 말이 생각납니다만, 전하. 그 냥 그 쇠 팔찌 다시 차시면 안 됩니까?"

"안 된다. 이 상태에 익숙해져야 전투 때의 부담이 적어지니까."

이제 내 수준이 낮지 않다는 건 잘 알고 있지만 그래도 내가 최고라는 생각은 절대 하지 않는다. 북아에서의 싸움이 그걸 증명하기도 했고.

언제든 그 여자보다 강한 자가 나타날 수도 있다고 생각해야만 한다. 지금 하는 것도 그것을 대비하기 위한 것이고.

해서 지금은 양팔과 양다리의 달려 있던 것들을 해제하고 최대한 몸을 편안하게 유지하기 위한 훈련을 하고 있다. 이 상태에서 일상적인 행동들을 의식하지 않고도 할 수 있게 된다면 성공이다.

평소 억눌려있던 기운들이 몸 안에서 날뛰고 있었고, 그 때문에 내 몸이 먼저 부서질 것 같긴 하지만 익숙해져야만 한다. 그 정도로 그 여자는 괴물이었으니까.

앞으로 그런 자가 얼마나 더 있을지 모르는 이상 단련을 게을리 할 수는 없다.

"조금 천천히 생각하시는 게 어떻습니까. 보십시오."

레조가 가리킨 것은 내가 잡고 있던 프라이팬이었다. 손잡이가 우그러트려진 게 보였다. 팬 부분이 떨어질 것 같이 덜렁거리네.

"이게 언제 이렇게 됐지."

"특별히 힘도 안 주시고 그저 잡고만 있었는데 쇠로 만든 게 그렇게 되었습니다. 저 같은 자는 무서워서 살겠습니까."

"엄살은."

"엄살 아닙니다만."

그런 이야기를 하고 있는 사이 장보러 갔던 엘리제와 리델린이 돌아왔다.

"그 사람들은 다 풀어주신 건가요?"

"미끼로 쓰기 위해 내보냈다. 세이라가 미행 중이지. 밖은 어떻더냐."

"전하의 말씀대로 부활의 사자들의 내부에서 상당한 변화가 있었던 것 같습니다. 밖에서 활동 중인 사람들은 중에서 명단에 있던 핵심 간부들은 거의 모습을 보이지 않고 있었는데, 지금 활동하고 있는 자들은 대부분 현지에서 선출된 간부인 것 같더군요."

"역시 그런가."

내가 행동을 실행하기도 전에 미리 선수를 쳐서 중요한 정보를 가진 자들과 자료들을 전부 피신시키거나 파기했나보군. 좋은 판단이다. 남은 놈들은 별거 아닌 자들이거나 나를 낚기 위한 함정이 분명할 거고.

"엘리제는 다시 나갈 준비해라. 나와 함께 놈들의 아지트를 급습해야 하니까. 레조와 리델린은 이곳에서 대기하고 있다가 세이라가 돌아오면 함께 미리 준비해둔 다른 거점으로 이동하고. 여기 있었던 흔적들은 빠짐없이 모두 지우고 가도록. 우리도 일이 끝나면 바로 거기로 가겠다."

"알겠습니다."

나와 엘리제는 밖으로 나와서 아나시타시스의 거점 중 하나로 이동했다.

거점은 도시 밖의 산속에 있다고 하는데 동굴 같은 곳에 위장을 해두고 있었다고 한다.

"그 자들이 말한 곳은 이 근처가 확실할 텐데."

"둘로 나눠서 수색해 볼까요?"

"먼저 가서 도망치게 할 생각이냐?"

"절대 아닙니다! 전 오직 에라르 님께만 충성을 다 할 거니까요."

"두고 보면 알게 되겠지. 동아제국 근처에 있었던 아지트 역시 이런 산속의 동굴이었다. 알아볼 만한 비슷한 흔적 같은 건 없나?"

"각자 사용하는 확인 방식이 틀리기에……."

"도움이 안 되는군."

"죄, 죄송합니다."

"주변에 걸리는 기들도 없고. 이곳이 아닌가? ……음?"

"이곳이 확실합니다, 에라르 님."

갑자기 세이라의 기가 느껴져서 뒤를 돌아봤더니 메이드복을 입은 여자가 뒤에서 다가오고 있었다.

"그들은 의외로 바로 아지트로 향하기로 결정하더군요. 에라르 님도 아지트를 찾아오신 건가요?"

"그렇긴 한데 아직 찾지 못하고 있었다. 그들은 지금 어디에 있지?"

"아지트로 들어가는 것을 확인하고 왔습니다. 제가 안내하죠."

세이라의 안내를 받아서 도착한 곳은 산 깊은 곳의 어느 동굴이었다. 삼림이 아주 우거진 곳이었는데 확실히 안 보일 만도 했다. 이건 거의 숲이로군.

"지난번처럼 자폭이라도 하면 위험하니까 세이라는 이곳에서 대기하고 있도록. 위험하다고 판단된다면 거점으로 돌아가 있어. 레조와 리델린이 기다리고 있을 테니까."

"예."

"엘리제는 나와 들어간다. 방어 종류의 마법은 어떤 게 있지?"

"신체 강화마법을 걸고 간이 보호막을 치면 될 것 같습니다. 원래 결계보다 약하긴 하지만 보호막을 발동한 상태에서도 움직일 수가 있고 폭탄 같은 것에서 몸을 보호하기에는 충분할 겁니다."

"그럼 그걸 너와 나에게 발동시켜두어라."

엘리제의 마법으로 준비를 한 뒤에 곧장 동굴로 향했다.

동굴 입구에는 결계가 쳐져 있었는데 위장도 겸할 겸 기운이 밖으로 새어나가지 못하도록 만들었던 것 같았다.

"해제할 수 있나?"

"물론입니다."

내가 직접 부술 수도 있지만 그렇게 하면 안쪽에서 알게 될 수도 있다. 뒷문 같은 거로 도망치면 일일이 쫓아가야 해서 귀찮아진다.

"의외로 다른 경보 장치는 없군요. 경비를 서는 자 한둘 정도는 있을 법한데 말이죠."

"산속에서 괜히 어슬렁거리면 더 눈에 띌 수도 있으니까 그렇겠지."

결계로 막혀 있어서 몰랐는데 동굴 안은 마력등이 꽤 많이 달려 있어서 제법 밝았다.

느껴지는 기운은 대략 14명 정도. 생각보다 적은 숫자다.

나는 문을 발로 차서 부수고 안으로 들어갔다.

"뭐, 뭐야! 너희들은 누구냐!"

"불청객이지. 보면 모르나."

"─패럴라이즈─."

엘리제의 마법으로 놈들의 움직임이 전부 굳어져버렸기에 나는 느긋하게 걸어 다니며 하나씩 기절시킬 수 있었다.

"이놈들은 이제 죽여도 되겠군."

아까 살려준 남녀 두 사람은 죽였다. 미끼로 쓰려 했지만 이 이상 걸리는 건 없을 거 같으니까.

어쨌든 덕분에 아지트를 수월하게 찾았기에 고통 없이 보내주었다.

"놈들을 묶어라."

지팡이가 한 번 휘둘러지더니 주변에 있던 밧줄들이 날아와서 알아서 놈들을 묶기 시작했다. 마법이란 참 편리한 거군. 조금 부럽다.

나는 밖으로 나가서 세이라를 다시 불러왔고 기절한 놈들이 깨어나길 기다렸다가 가장 높은 지위에 있는 것 같은 남자에게 물었다.

"뭘 꾸미고 있는지 말해라. 아, 입을 막아놨으니 말은 못하겠군. 다시 말하지. 꾸미고 있는 걸 그 종이에 쓰도록."

남자는 종이에 '죽여라.' 라고 썼다.

왜 처음 하는 말이 항상 그 말인 거지. 이런 상황에서는 그렇게 말하도록 교육이라도 따로 받은 걸까?

"넌 안 죽일 거다. 대신 네 부하들을 죽이도록 하지. 보자, 남은 게 11명이니까 11번은 헛소리를 할 수 있겠군. 첨언하자면 11번만 참으면 된다는 생각 따위는 안 하는 게 좋아. 이 녀석들이 다 죽으면 다음은 네 사지를 하나씩 자를 거니까."

남자의 눈이 공포와 경악으로 물들었다.

요즘은 이런 눈을 볼 때마다 생각한다. 에피온도 죽기 전에 이런 눈을 했을까 하고.

그런 생각을 떨칠 수가 없다. 그리고 그럴 때마다 내 안의 증오가 점점 커져가는 게 느껴진다.

그리고 난, 그 증오를 억누를 생각이 없다.

◆ SIDE : 시리스 칸 ◆

"동아의 황태자가 화가 많이도 나셨군요."

"역시 그렇더냐?"

"네. 남아에서 움직이며 우리쪽 사람들을 닥치는 대로 잡아서 고문하고 있습니다."

"정말이지 머리가 아픈 일이군."

황제가 머리를 감싸 쥐며 말했다.

덜떨어진 인간 같으니. 그러니까 처음부터 온건과 강경, 양 세력의 중간에서 균형을 잘 맞춰야 할 것 아닌가.

대놓고 온건파의 편만 드니까 강경파가 계속 위기감을 느끼고 있었고 그게 터져서 결국 사고를 친 거다.

황제라는 자리에 있는 자가 이렇게 무능하다는 게 개탄스럽다. 이게 내 아버지라는 것도.

"크라우스의 말처럼 이제 전쟁은 피할 수가 없습니다. 다행히 서아와의 협상이 잘되어 본격적인 스티그란 공략에 들어갔다고 하니, 우리도 그에 맞춰서 준비를 해야겠죠."

"서아가 정말 제대로 협력해 주겠느냐? 협박에 가까운 협상이었다고 들었다만."

당연히 보통이라면 협상은커녕 제대로 된 이야기조차 불가능했을 거다. 하지만.

"자신이 계속 황제의 권좌에 앉고 싶어 하는 한 문제없습니다."

나는 서아의 황제의 과거를 보았고 그가 선황제의 적통이 아니라 방자한 어미가 다른 귀족 남성과의 관계에서 낳은 존재라는 걸 알게 되었다.

황제 본인도 짐작은 하고 있었지만 확신하지는 못하고 있었는데 크라우스가 직접 조사한 증언들, 증인들, 그리고 학자들에게서 얻어낸 공인받은 보고서로 인해 결국 인정하지 않을 수 없었다.

그의 황제와 황비의 배합으로는 절대 나올 수 없는 눈의 색과 머리색이 자신의 것이었으니까.

마법으로 속이고 있긴 하지만 그 정도의 증거만 있다면 크라우스가 세뇌하고 있는 윌리엄 폰 데스트로를 사용해서 폐위시켜 버리기에는 충분하다. 게다가 서아에는 아직 부활의 사자들도 건재하고.

정말이지 이 멍청한 집단에서 유일하게 유능한 존재라니까. 크라우스는.

"크라우스의 계획을 들었습니다. 제가 생각하기에는 여

태까지 스티그란에 직접 들어가질 못해서 문제였던 것이지 이제 들어가게 되었으니 공략은 시간문제라고 봅니다."

"네가 그렇게 말한다면 확실히 가능성이 있는 일이겠구나."

무슨 계획인지 묻지도 않는 건가. 뭐, 사실 이렇게 무능한 태도를 취하게 만든 것도 나긴 하지만.

"네, 심려치 않으셔도 됩니다."

"하지만 전쟁이라니. 역시 탐탁지 않다. 지금이라도 이야기로 서로의 오해를 풀 수 있는 방법은 도저히 없겠느냐?"

자신의 동생을 죽인 자들과 무슨 말이 하고 싶을 거라 생각하는 걸까, 이 바보는.

그게 아니더라도 어차피 전쟁은 시간문제였다. 강경파 놈들이 내가 칠 사고를 생각보다 빨리 쳐 버려서 곤란하긴 했지만 몇 년 안에 내가 일으킬 전쟁이었으니까. 단지 아직 때가 아니었기에 숨죽이고 있었을 뿐. 그리고 크라우스가 그걸 원하기도 했고.

"불가능하다 생각됩니다."

"그런가……."

슬픈 얼굴로 그렇게 말해본들 역겨운 느낌만 들 뿐이다.

'나'라는 존재를 만들기 위해 몇 백 년 동안이나 근친교배를 해온 놈들이, '나'를 사람이 아니라 자신들의 목적을 위한 도구로 보는 놈들이, 이제 와서 무슨.

"전쟁을 하게 된다면 아마 동아, 남아, 북아의 연합과 서아와 저희들의 연합이 싸우게 될 겁니다. 전력 차를 극복하기 위해서라도 스티그란 공략은 필수불가결하다는 게 크라우스의 의견이었고 저도 그에 동의하고 있습니다."

"망자들로 그 전력의 차이를 극복할 수 있는 게 확실한가?"

"극복하고도 남습니다."

한참 남을 테지. 그 망자들의 파도 앞에서는 황태자건 뭐건 한낱 물고기일 뿐이다.

"알았다. 나도 마음을 굳게 먹기로 하마. 이제 돌아가서 쉬어도 된다. 수고했다, 시리스."

"네. 아버님도 편히 쉬시길."

나는 옥좌에서 나와서 내 방으로 걸어갔다. 정말이지 저 멍청이와 이야기하다보면 내 뇌가 썩는 느낌마저 든다.

방으로 돌아오니 유모가 기다리고 있었다.

"어떻게 되셨나요?"

"잘됐어. 드디어 저 바보도 마음을 굳힌 거 같더라고."

유모는 말이 유모지 사실상 내게 어머니와 같은 존재다.

날 낳은 친어머니는 내가 태어난 날 돌아가셨고 이 사람은 그 뛰어난 미모로 인해 황제가 첩으로 쓰는 여자다.

하지만 정식으로 인정받은 첩은 아닌데, 들이지 않는 이유가 죽은 아내에게 미안해서 라나 뭐라나. 그런 주제에 몸은 고픈가 보지.

"크라우스 님이 공략에 본격적으로 나서셨으니 이제 시리스 님이 망자들의 지배자가 되실 날도 멀지 않았군요. 이 아르바, 기뻐서 눈물이……!"

"놀고 있네."

"좀 속아주면 안 돼요?"

"다른 멍청이들이랑 놀아주는 것도 머리 아파 죽겠는데 네 장단까지 맞춰줄 이유는 없어."

"어머, 너무하셔라. 하지만 기쁘다는 건 정말이에요. 이제 조금만 더 있으면 그 바보에게서 벗어날 수 있잖아요? 시리스 님. 약속 꼭 지키셔야 해요?"

"그런데 넌 정말 그런 소원밖에 없어? 나중에 내 밥에 독약 타지 말고 그냥 지금 말하지?"

"없어요. 저는 그저 평범하게 좋은 남자를 만나서 가정을 꾸리고 싶어요. 그것뿐이랍니다."

어릴 적부터 황제의 눈에 띄어 평생을 첩으로 살아온 불쌍한 여자.

내가 황제를 재끼는 날, 무슨 소원이든 다 들어주겠다고 했지만 그냥 좋은 남자 찾는 거나 도와달라고 한다.

하긴 아직 나이도 젊고 미모도 어디가질 않았으니까 찾으면 줄을 서겠지.

"네 소박한 소원을 들을 때마다 눈물이 날 거 같아."

"저랑 헤어지는 게 슬퍼서요? 전 시리스 님이 황제가 되어도 계속 옆에서 일할 건데요?"

"정시 퇴근시켜주지. 열심히 하도록 해."

나는 입고 있던 화려한 옷을 집어던지고 아르바가 건 내준 일상복을 입은 다음 침대로 몸을 던졌다. 아, 피곤해.

"언제쯤 시작하실 생각이세요?"

"크라우스가 스티그란 공략이 끝난다고 알려오면 바로."

"그런데 방금 그런 소릴 하고 뭐하지만 정말 크라우스 님이 스티그란을 공략하실 수 있을까요? 그 분의 능력이 뛰어나다는 건, 저도 잘 알고 있지만 그 스티그란이라구요?"

"문제없어. 난 미래는 보지 못하지만 크라우스는 자신의 일을 완수할 거야."

"왜 그렇게 그 분을 믿으시는 건가요?"

"이때까지 내 기대를 저버린 적이 없었거든."

"그리고 사모하는 낭군님이라서요?"

"좋은 씨지."

"표현이 너무 저속하세요."

"그렇게 자라나다 보니."

나 본인부터가 그런 존재니까 이런 식으로 생각해버리는 것도 무리는 아니지.

"그런데 시리스 님의 본심을 알게 되면 떠나시지 않을까요?"

"안 그래도 그게 고민이야."

크라우스가 떠나면 골치 아프다.

핵심 간부를 함부로 내보낼 수도 없는데다가 솔직히 말하자면 내 손에 계속 쥐고 있고 싶기 때문이다.

"이제까지의 내 노력을 알아주지 않을까? 크라우스가 원했기에 평화를 바란 척하고 있었던 건데 이게 굉장히 힘든 일이라는 건 그도 잘 알 거 아니야?"

"그런 '척'을 했다는 부분부터 이미 그른 것 같아요."

"그렇지?"

억지로 붙잡는 건 옆의 그 괴물 때문에 절대 무리일 거고.

역시 잠깐 놔주는 수밖에 없을 거 같다. 기다리면 돌아오겠지. 아니면 정복을 끝낸 뒤에 찾으면 되고.

"이제 와서 새삼스럽지만 아가씨는 앞으로 어떻게 하고 싶으세요?"

"정말 새삼스럽네. 왜? 기다리던 순간이 다가오니까 긴장 되?"

"네."

"음. 난 일단 내가 태어난 목적을 완수할 생각이야. 날 그런 단지 그런 것을 위해 만들었다는 게 화가 나기도 하고 증오스럽기도 하지만, 그와 동시에 내가 태어난 이유가 드라이어즈의 부흥을 위해서라면 내 존재 가치 역시 거기서 나오는 거겠지. 운명론이나 그런 걸 들먹이는 게 아니라 그저 이제는 내가 그걸 원해. 이게 내가 진짜 원하는 건지 아니면 어릴 적부터 받아온 세뇌교육의 효과인지는 모르겠지만 말이야. 하지만 역시 증오가 사라진 건 아니니까 세상을 전부 갈아버리고 싶은 마음도 들고 있어. 그러니까 난 내 마음을 속이지 않고 그 두 가지 감정 전부를 위해 움직일 거야. 그리고 툭 까놓고 말해서 지금 모든 것을 쥐고 있는 자들에게 그거 과거에는 우리 것이었으니까 내놔라고 하면 어떤 얼간이가 순순히 내놓겠어?"

"그로인해 세상이 멸망해 버리면요?"

"절대 안 멸망해. 이 지긋지긋한 존재들은 말이야. 그냥 방해되는 거 싹 쓸어버린 다음에 남아 있는 것들로 처음부터 다시 시작하면 돼."

"제 교육이 잘 못 됐었던 걸까요? 전 시리스 님에게 그런 인간혐오적인 사상을 가르친 기억이 없어요."

"나도 없어. 그냥 타고난 거겠지. 500년간 이어 내려온 소망과 증오와 원한의 집합체쯤 되지 않을까."

"일리가 있어서 무섭네요."

"어쨌든 미리 좋은 남자나 찾고 있어. 조만간이니까."

"네."

기쁘게 웃는 아르바를 보면서 눈을 감았다.

나는 세상이 바뀌어가는 걸 느낄 수 있었다. 정확히 말하자면 세상은, 자신의 변화에 대해 두려워하고 있다.

대비하고 있었다. 다가올 변화를.

"소용없는 짓이겠지만."

"네?"

"너보고 말한 거 아니야."

전부 태워버린 다음 새로이 만들어주겠다. 그 누구도 아닌 바로 내가 말이다.

◆ SIDE : 에라르 ◆

"끄아아아아악!"

내 고문 기술 따위는 별거 없었군.

전생에서 삼촌과 숙모에게 받았던 것들을 이것저것 써먹어 봤는데 엘리제가 지팡이 한번 휘두르는 것만 못하다.

"-디졸브드-."

"아아아악!"

지금 고문하고 있는 남자는 사지가 모두 언 다음 하반신부터 위로 천천히 녹아가고 있었다. 그나저나 엘리제, 상당한 솜씨인데?

"고문을 해본 적이 있는 건가?"

"네. 에라르 님을 살해하려던 자들에게 한번요."

"어쩐지 요령이 좋더라니. 그리고 그놈들 네가 죽인 거였나. 아무리 찾아도 단서가 안 나와서 이상하다고 생각했는데."

"가, 감사합니다!"

내가 지금 칭찬한 건가?

어쨌든 요령 좋다는 건 정말이다. 몸을 녹임과 동시에 치료를 병행해서 아슬아슬하게 죽지 못하게 만들고 있었으니까.

고문 받고 있는 당사자는 이미 말도 제대로 못할 상태가 되어서 끄륵끄륵 거리고 있었고 뒤에 대기하고 있는 자들은 공포에 제정신이 아니었다.

"이제 뭔가 새로운 사실이 떠오르고 있나? 미리 말해두지만 자살하려는 시도 따위를 한다면 이 남자보다 더 고통스럽게 죽게 될 거다. 살고 싶다면 어서 뭐든 말해."

"읍읍읍!"

"세이라 저 놈 재갈 풀어줘 봐."

세이라가 재갈을 풀어주자 곧장 침을 튀기며 소리치기 시작했다.

"화, 확실하진 않지만 짐작 가는 게 있습니다!"

"일단 말해봐."

"스, 스티그란 입니다!"

"너희 조직이 스티그란에 들어간다고? 근거는?"

"제, 제가 위쪽에 닿는 커넥션이 하나 있어서 아는데, 크라우스 님, 아니 크라우스가 최근 자, 잠적했다고 합니다."

"그냥 도망친 건 아니고?"

"예, 예! 부하들과 모두 서아제국으로 향했다는 말이 있었습니다."

"서아제국이라. 서아 방면의 문을 통해서 안으로 들어가 공략할 셈인가. 그건 그렇고. 서아가 기어이 맹약을 깨트렸다는 말이지."

"그, 그럴 가능성이 노, 높다고 보여집니다."

"증거는…… 아직 없겠군. 음."

남아나 북아를 사용해서 직접 묻는 수밖에 없나? 우리가 물으면 대답도 안 할 테니 말이다.

"위쪽에 줄이 하나 있다고 했지? 다른 정보는 더 없나?"

"예, 죄, 죄송하지만 정말 이게 다입니다."

"그렇군. 수고했다."

나는 그대로 검을 뽑아서 남자의 머리를 날렸다.

머리가 굴러가더니 대기 중이던 자들의 곁으로 굴러갔고 그걸 보고 기겁하는 모습이 보였다.

"엘리제, 이제 철수한다. 이곳에서 얻을 건 다 얻은 것 같으니까."

"네, 에라르 님. 어떻게 정리할까요?"

"전부 불태워라. 뼛조각 하나 남기지 말도록."

"분부대로. −헬프레임−."

거대한 화염이 동굴 안을 집어 삼키는 게 보였고 나와 엘리제, 세이라는 자료들을 챙겨서 밖으로 나와서 문들 닫았다. 잘도 타는군.

"동아로 돌아간다."

"아직 남아에 숨어 있는 자들이 많습니다만, 그들은 그냥 놔두시겠습니까?"

"핵심적인 인물들은 처리해줬으니까 이제부터는 남아공화국 정부에서 알아서 하라 해야지. 우리는 그보다 더 급한 일이 생겼다."

"스티그란 말씀이시군요. 하지만 전하, 그곳은 너무 위험합니다."

"그러니 방법을 찾아야지. 일단 아지트로 돌아가자. 레조와 리델린이 눈이 빠져라 기다리고 있겠군."

예상대로 레조는 세이라가 돌아오질 않아서 아지트를 옮기지도 못하고 있었다. 그래도 짐은 다 싸놨네.

"본국으로 돌아가신다고요?"

"이곳에서 얻을 수 있는 다 얻었다. 이 이상 해봐야 시간 낭비야. 그리고 크라우스라는 남자가 스티그란 공략에 나섰다는 이야기가 있었다. 물론 스티그란이 그렇게 단시간에 공략되리라는 생각은 하지 않지만 우리도 행동에 나서긴 해야겠지."

"……."

"준비는 다 되었으니 바로 출발하도록 하자."

"……알겠습니다."

밖으로 나가서 바로 마차를 하나 구입했고 짐을 실은 뒤 출발했다.

그런데 레조의 상태가 조금 이상하다. 정확히는 내가 스티그란 공략이라는 말을 꺼내고 나서부터.

"레조, 뭔가 고민이라도 있나?"

"예? 아. 네. 있습니다."

보통은 없다는 식으로 말할 텐데. 역시 솔직해서 좋다.

"스티그란 공략에 대해 전하께 듣고 나서부터 생각했습니다만, 전하께 솔직하게 말할 게 하나 있습니다."

"말해봐라."

"그전에 이걸 말한다고 절 벌하지 않겠다는 약속을 해주셨으면 합니다."

"내용에 따라 다를 테니 약속할 순 없겠는데."

"죽이지만 말아주십시오."

"뭔데 그러나."

레조는 한숨을 푹 쉬더니 각오를 다진 듯 입을 열었다.

"저, 사실 사령술사입니다."

"뭐라고요?!"

놀래라. 레조의 말에 놀란 게 아니라 옆에서 듣고 있던 엘리제가 소리쳐서 놀랐다.

"근데 그게 어쨌는데."

"역시 전하. 제 눈은 틀리지 않았다니까요."

"에라르 님! 이건 그냥 넘어갈 문제가 아닙니다!"

"왜?"

"사령술은 모든 국가에서 금지되어 있고 이건 앞으로도 변하지 말아야 할 절대불변의 규칙입니다! 보통 일이 아니라는 말이에요! 죽은 자를 희롱하고 산 자를 농락하는 끔찍하고 위험한 기술입니다!"

"너무하네요, 엘리제 양."

"당신은 잠시 다물고 있어요!"

"너나 진정해라, 엘리제."

솔직히 나는 아무런 느낌도 없다. 아무리 심각한 일이라 해본들 작금의 상황만 할까.

CHAPTER 03

◆ SIDE : 에라르 ◆

"그런데 레조. 숨기고 있었던 이유야 충분히 짐작이 간다만, 그걸 굳이 지금 이야기하는 이유는 뭔가?"

"에라르 님! 사령술은."

"진정하라고 했다, 엘리제."

황궁의 모든 서적을 읽어본 나는 어지간한 지식은 모두 알고 있기 때문에 당연히 사령술이 무엇인지도 알고 있다.

자신들의 지식욕을 위해서라면 수단과 방법을 가리지 않는 마법사들에게도 특히나 기피되는 위험한 기술들. 무시무시하고 위험하기 짝이 없는 외도의 마법들이라고 한다.

"나는 사령술에 대해서 특별히 혐오감 같은 건 가지지 않는다. 하지만 위험한 기술인 것은 확실하지. 동아제국에서도 금지하고 있고, 내 가신이 그런 능력을 가지고 있다는 건 큰 문제가 될 수도 있는 이야기다. 그런데 그 모든 걸 감수하고 지금 그 이야기를 꺼냈다는 건 스티그란의 망자들에 대한 대책이 너에게 있다는 말인가?"

사실 그냥 법을 바꿔버리면 해결되는 문제이긴 하다. 마법사 협회가 거품 물긴 하겠지만 지금의 내가 필요하다고 하면 분명 들어주겠지.

그럼에도 불구하고 굳이 이런 식으로 말한 건 레조의 진의가 궁금해서다.

"확실하지는 않습니다. 제 입으로 말하긴 뭐하지만 저의 수준이 낮은 편은 아닙니다만, 그래도 스티그란의 망자를 컨트롤 하는 것은 무리입니다. 스티그란의 망자들은 일반적인 움직이는 시체들과는 근본적으로 다른 존재니 말이죠. 그렇다고 해도 보통의 방법을 시도하는 것 보다는 가능성이 있다는 건 분명합니다."

"예를 들자면…… 탐색활동에 영혼들을 사용한다거나?"

"정확합니다."

확실히 인명피해를 줄일 수 있는 방법이긴 하다. 생각해 보니 이것저것 시도할 수 있는 방법이 많군.

여태까지 스티그란이 공략되지 않은 건 아예 들어가질 못하게 해서였던 걸까.

"일단 탐색은 그렇게 한다고 치더라도 직접 들어가지 못하면 의미가 없는데. 지리를 알았다고 해도 망자들이 사라지는 것은 아닐 테고."

"제국 공동묘지에 있는 시체를 쓰게 해주시면 이기지는 못해도 물량으로 밀어붙여 길은 만들 수 있습니다만."

"각하다."

"그러실 거 같았습니다."

"소중한 백성들이 잠들어 있는 곳이다. 그런 행위는 절대로 안 돼."

앞에 한 말을 철회해야겠다. 왜 사령술사들이 기피하는지 조금 알 거 같군.

"그렇다면 다른 방법을 생각해봐야겠군요."

"스티그란의 옛 황족들은 소환할 수 없나?"

"500년이나 지난 지금이라면 무리입니다. 원념이 가득 담긴 물건이나 사체가 남아있으면 또 모르겠지만 말이죠."

"원념이 담긴 물건이라는 말을 들으니 생각났는데, 영혼을 소환하기 위해서는 매개가 필요하다고 알고 있다만?"

"물론 필요합니다. 대상과 연관이 깊은 물건이라야 하죠."

"그렇다면 스티그란 탐색에 누구의 영혼을 사용할 생각이지?"

"아, 그건 저의 스승님을 보낼 예정입니다."

스승님?

"당신 설마 자신의 스승마저 도구로 삼아서 가지고 다니는 건가요?!"

"사령술사는 보통 그렇게 합니다만. 마법사들은 다릅니까?"

"그걸 지금 질문이라고? 마법사만이 아니라 사령술사들을 제외한 그 누구도 절대 그런 짓은 하지 않습니다!"

"아… 그랬었군요. 전 마력을 다루는 직종은 다 이러는 줄 알았습니다. 스승님께 또 속았군요."

떨떠름한 표정을 짓는 걸로 보아 정말 몰랐었나보다.

하긴 사령술사가 같은 사령술사 이외에 다른 마법사들과 이야기할 기회가 그렇게 많지는 않겠지.

"그 스승님이라는 분께 스티그란에 대해 물어볼 수는 없겠나?"

"스승님의 학식도 그리 깊지는 않으셔서…… 물어보긴 하겠습니다만 크게 기대는 안 하시는 편이 좋으실 겁니다."

"그리고 말이 나온 김에 네가 어떤 능력을 사용할 수 있는지 이야기해줬으면 한다. 혹시 단서가 될 만한 능력이 있을 수도 있으니 말이다."

평소 억눌려 있던 욕구 때문인지 레조는 자신이 사용할 수 있는 여러 가지 사령술을 신나게 설명했지만 우리가 얻을 수 있던 건 사령술에 대한 혐오와 기피 감뿐이었다.

특히나 엘리제와 세이라는 표정관리가 전혀 안 되고 있을 정도였고 리델린 마저 본능적인 무언가를 느꼈는지 얼굴을 찡그리고 있었다.

"그런데 전하. 전하는 제가 없었으면 어떤 식으로 탐색하실 생각이셨습니까?"

"그냥 나 혼자 들어간 다음 지붕 위를 뛰어다니며 방법을 찾아볼 생각이었는데."

"""절대 안 됩니다!"""

"왜?"

"대체 무슨 생각을 하고 계셨던 거예요, 에라르 님!?"

"전하께서 동아제국의 제국민들을 심장 쫄려 죽게 만들려고 하시는 게 아니라면 당장 그 생각 갖다 버리시는 게 좋을 겁니다."

"곤란하네."

"정말 곤란한 건 저희들입니다, 에라르 님."

"역시 전하는 그런 능력이 있는 게 분명합니다. 이렇게 정확히 저 같은 자가 필요로 할 때 옆에 제가 있지 않습니까?"

"자기 자랑인가?"

"아뇨. 전에 제가 말씀드렸던 이야기 생각나십니까? 전하는 전하가 의도하시건 그렇지 않던 전하께 유리한 방향으로 상황이 흘러가게 만들 수 있다는 이야기 말입니다."

레조의 이야기를 듣다 보니 내 머릿속을 지나가는 생각이 하나 있었다. 끔찍한 생각 하나가. 처음 레조의 이야기를 들었을 때부터 떠올랐던 의문.

애써 피하고 무시했던 의문 하나가 다시 고개를 들고 있었고, 의식하기도 전에 입을 열어 그 의문을 입에 올리고 있었다.

"……그렇다면 지금의 상황도 내가 원했다는 말인가?"

"아뇨. 그건 절대 아닙니다."

"에피온이 죽은 것도 내가 원해서라고?!"

"절대 아니라니까요. 그리고 갑자기 소리 지르지 말아주십시오. 놀랐잖습니까."

나도 모르게 고함을 질렀던 것 같았지만 지금 나에게는 그런 걸 신경 쓸 겨를이 없었다. 엄습해오는 죄책감에 무너지지 않기도 벅찼기에.

생각해 보면 분명 레조의 말이 일리가 있다.

최근에야 알게 된 사실들이지만 어릴 적부터 나에 대한 주위의 평가가 터무니없이 고평가였다.

물론 나 자신이 자존감도 없으며 자신감도 낮아서 스스로를 비하하고 상처 입힌다는 것을 알고 있긴 하지만, 그것을 감안해도 제 3자 입장에서 볼 때 상황은 확실히 나에게 유리하게 흘러가고 있었다.

이건, 확실히, 이상하다. 그리고 이 세계는 별의별 능력들이 다 있는 이상한 세계.

그런 능력이 있다는 것도 말이 안 되는 게 아니다. 오히려 그런 능력이 나에게 있다고 한다면 앞뒤가 맞는다.

도저히 농담으로 웃어넘길 수 없는 나를 향한 사람들의 태도도. 가족들의 사랑도. 가신들의 충성도. 모두.

"방금 내 무의식이 그런 상황을 유도할 수도 있다고 하지 않았나? 만약 정말 그런 것이라면 나는……."

내 본성은 대체 뭐라는 말인가? 설마 전생의 나와 여동생이 학대와 고문에 시달리는 나날에 휩싸였던 것도, 여동생이 결국 죽은 것도, 현생에서 전쟁이 일어난 것도, 지금 전쟁이 일어날 것 같은 것도, 에피온의 죽음도 다. 다, 나 때문이라고?

"진정하세요, 에라르 님."

"에라르 님! 숨을 천천히 쉬세요. 젠장. 빠른 머리 회전이 이럴 때 독이 되다니."

엘리제와 세이라가 나를 진정시키려 하고 있었지만 나는 거의 숨도 못 쉬는 상태가 되어가고 있었다. 하지만 숨을 멈춰서 지금 당장 죽더라도 이것만큼은 물어야 한다.

"대답해라, 레조!"

내 외침에도 레조는 여전히 평소와 같은 눈으로 날 보며 입을 열었다.

"대답했지 않습니까. 아니라니까요. 더 확실하게 말씀드리자면 전하는 절대 '신'이 아니십니다. 그런데 생각해 보니 전하가 지금 겪고 계신 상실감을 생각해 볼 때 그런 식으로 생각하시는 것도 무리는 아니군요. 죄송합니다, 전하."

그렇게 말하며 고개를 깊게 숙이고 있었다.

그 모습을 본 나는 천천히 숨을 골랐고, 다시금 레조에게 질문했다.

"네가 생각하는 바를 정확하게 말해보아라."

"예, 전하. 말씀 드렸듯이 전하는 절대 '신'이 아니십니다. 인간들 중 그 누구도 그렇게 될 수는 없죠. 제가 말씀드리는 능력이란 전하 개인에 국한된 것이지 절대 온 세상을 대상으로 하는 게 아닙니다."

"나 개인에 국한된 능력이라고?"

"저 혼자서 멋대로 '인과조율'이라 부르고 있긴 합니다만, 어쨌든 전하가 하시는 조율은 전하 스스로밖에 영향력을 행사할 수 없습니다. 생각해 보십시오, 전하. 예전 서아와의 전쟁 때, 전쟁이 일어나지 않게 하려고 동분서주 하셨다고 들었습니다만 결국 전쟁은 일어났습니다. 전하의 그것을 능력이라 지칭한다면 당연히 무의식적인 효과보다 의식적인 효과가 더 강해야 합니다. 이건 모든 능력들의 공통된 특성이라 예외는 존재하지 않습니다. 자연의 법칙 같은 거죠."

"전쟁으로 인해 나는 명성을 얻었다고 한다. 그럼 이것 역시 내가 유도한 게 아닌가?"

"순서가 뒤바뀌었습니다. 전하는 전쟁을 막으려 하셨지만 확실하게 '실패' 하셨지 않습니까. 명성은 그냥 그 후 전하의 활약에 뒤따라 온 겁니다. 뭐, 그때는 능력이 발동되고 있었을 수도 있겠군요."

"발동 조건과 타이밍이 엉망진창인 거 같은데."

"당연하지 않습니까. 전하 본인도 인지하지 못하고 계셨으니까요. 추측컨대 전하의 마음 속 소망과 겉의 마음이 충돌을 일으켜서 전하와 주변사람들의 서로 착각하고 착각이 오해를 불러서 곤란했던 적이 있지 않습니까?"

"……확실히 있다. 어떻게 알았지?"

"전하와 제가 지금 그렇게 될 거 같으니까요."

"……아."

방금 질문은 정말 놀랐다. 내가 불과 얼마 전까지 가지고 있었던 괴로움을 완벽하게 꼬집어 낸 것이지 않나.

그걸 조금이나마 극복하고 자각할 수 있었던 것도 가족들이 있어서였지. 특히나 에피온은 목숨을 걸고 나를 이 현실에 적응시키려 해줬었다.

그렇군. 마음 속 깊이 숨어있던 인정받고 사랑받고 싶다는 소망에 반응한 능력과 그런 게 가능할리 없다는 겉마음의 충돌로 스스로와 주변 사람들이 착각의 소용돌이에 휘말려 버렸던 것인가.

"잘난 척 말하긴 했지만 전하의 능력은 아마 역사 속에서도 보기 드문 것이었을 겁니다. 대부분은 자신이 그런 능력을 가졌다는 것도 몰랐을 겁니다. 저도 전하를 모시기 전까지는 듣도 보도 못 했으니까 말이죠. 해서 해명되지 않은 부분 역시 많지만 적어도 방금 말씀드린 부분은 제 목숨을 걸고 확실하다고 자신할 수 있습니다."

레조의 설명을 듣고 나니 마음이 조금 진정되는 것 같다.

그렇다면 이 능력을 사용해서 사람들을 좋은 쪽으로 이끄는 것도 가능할까? 그런데 그 전에 다시 몇 가지 질문을 던져야겠다.

"어떻게 내가 그런 사람이라고 확신하나? 네가 들은 것은 결국 소문일 뿐, 사실 내가 전쟁을 원했을 수도 있지 않나. 동생의 죽음을 원했을 수도 있고."

"그런 말을 입에 올리는 것도 괴로워서 표정을 그렇게 만드는 분이 무슨 말을 하시는 겁니까?"

아차.

"이것도 사실 연기라면……."

"아, 됐습니다. 안 믿으니까 그만하십쇼."

레조는 귀찮다는 듯이 고개를 돌리며 손을 휘적거리고 있었고 엘리제와 세이라도 '그건 좀 아닌 거 같은데요.'라는 표정을 지으며 날 보고 있었다. 차라리 말로 해라.

"어쨌건 전하의 능력은 전하 스스로가 계속 발전시켜 나가셔야 합니다. 어디 참고할 만한 것도 없으니까요."

"그런데 아까 이걸 '인과조율'이라고 불렀었나?"

"네. 마음에 안 드십니까?"

"아니, 상관은 없긴 한데 이름이 굳이 필요한가?"

"아주 중요한 부분을 지적하셨군요. 예. 당연히 필요합니다. 부를 때마다 매번 '황태자 전하의 상황을 자신에게 유리하도록 유도하는 능력'이라고 부르면 귀찮지 않습니까. 그리고 이름이라는 것은 그 대상을 확실하게 인식하고 자각하기 위함이기도 합니다. 고대의 마법 중에는 이름으로 상대방을 제어하는 기술이 있었다고 할 정도니까 말이죠. 안타깝게도 자세한 방법은 전해지지 않습니다만, 아무튼 앞으로 전하가 그 능력을 갈고 닦기 위해서라도 꼭 필요한 부분입니다."

"듣고 보니 일리가 있는 것 같군. 알겠다. 앞으로 그렇게 부르도록 하지."

"후대에 꼭 제가 명명했다고 기록해주셔야 합니다."

"약속하마."

"흠흠."

엘리제가 갑작스럽게 헛기침을 하며 주의를 끌었다. 뭐지?

"이야기가 다 끝나신 거 같으니 제가 한 번 정리해 봐도 될까요? 한 사람의 마법사로서 대단히 흥미로운 이야기라. 허락해 주시겠습니까, 에라르 님?"

"허락한다. 이야기해 보도록."

"감사합니다. 그러니까 다시 말해 에라르 님의 능력은 에라르 님 본인과 자신이 중심이 되는 상황에 한정된다는 거군요?"

"제가 보기에는 그렇습니다. 그리고 전하의 위치와 능력이 그것과 합쳐져서 더 큰 효과가 발생하는 거죠."

"사람의 감정에도 직접적인 영향을 미칠까요?"

"그것과는 다른 이야기입니다. 어디까지나 상황이 그렇게 될 뿐이지 그 상황을 어떻게 받아들이는 가에 대해서는 모든 사람이 다 다르니까 말이죠. 해봐야 간접적인 영향 정도라 생각합니다만 이건 일반 사람들이 평범하게 주변을 받아들이는 것과 같습니다. 소문의 예를 생각해보면 되겠군요."

다행이군. 혹시 다른 사람들의 감정마저 마음대로 휘두르면 어쩌나하고 걱정했는데 그건 아니라고 딱 잘라 말해주니 매우 안심되었다.

"그렇다면 원래 가지고 있던 감정을 강하게 이끌어 내는 건 가능할까?"

"상황만 일치한다면 가능하겠죠. 전하가 직접 나서서 병사들의 사기를 올리는 연설을 하신다거나."

단순히 예로든 것이겠지만 분명 근시일 내에 써먹어 보게 될 것만 같은 느낌이 들었다.

CHAPTER 04

◆ SIDE : 에라르 ◆

며칠 뒤, 본국으로 돌아온 나는 급히 남아와 북아에 서한을 보내 회담을 요청했다. 중요한 사안인 만큼 직접 얼굴 보고 이야기해야 하는 부분이니까.

"그들이 회담요청을 수락하겠느냐?"

"할 겁니다. 이건 이제 단순히 국가에 국한된 이야기가 아니라 이제 전 대륙 존속의 존망이 걸린 일이니 말이죠. 그런데 아버님, 혹시 드라이어즈 시절의 유물이 남아있는 것이 있습니까?"

"유물? 당시의 것이라면 아마 없을 거라 생각된다만. 무슨 일이라도 있느냐?"

"레조가 가지고 있는 능력으로 스티그란 공략의 단서를 발견할 수 있지 않을까하여 여쭤봤습니다. 하지만 역시 직접 나서는 방법밖에 없겠군요."

"호오. 그자에게 그런 능력이 있었던가?"

"예. 사령술사라고 합니다."

"뭐? 사령술사?!"

예상대로 경악에 물든 아버님의 모습이 눈에 들어왔다. 일단 아버님부터 설득해야겠군.

"해서 부탁드릴 것이 있습니다만."

"설마 사령술을 합법화 해달라는 이야기는 아니겠지?"

"그 설마가 맞습니다."

"에라르여. 네가 하는 일이니만큼 분명 필요한 일이긴 하겠지만, 지금 이 시국에 굳이 나라를 한 번 더 뒤집어야겠느냐?"

"물론 레조와 상의하여 철저한 기준을 가진 법을 만들 생각입니다. 함부로 그러한 힘을 남용할 수 없게 말이죠. 또한 모든 사령술사는 국가에 소속되어야 하고 그 외에 사령술을 다루는 자들은 지금보다 더 큰 벌을 받도록 처벌을 강화할 것입니다."

"그 처벌의 수위는?"

"최소 사형으로 할 생각입니다."

"최소 사형이라. 사령술사들로 구성된 국가 기관을 만들 생각이더냐?"

"예. 마법사 협회처럼 말이죠."

"그 마법사 협회의 반발이 상당할 거다."

"제가 직접 협회장과 이야기를 나누겠습니다."

아버님은 잠시 고심을 하시는 것 같았다.

내가 생각해도 무리한 부탁이긴 하지만 지금의 상황이기에 더욱 더 새로운 전력증강은 필수적이다. 무엇보다 상대가 그 스티그란의 망자들이니까.

"좋다. 협회장을 설득할 수 있다면 사령술을 합법화하도록 하마. 대신 철저한 관리가 필요할 것이다."

"네. 제 억지를 받아주셔서 감사합니다, 아버님."

그렇게 해서 만나게 된 마법협회의 장이었지만.

"도대체 무슨 말씀을 하시는 겁니까, 전하!"

내 예상과 한 치의 오차도 없는 반응을 보여주고 있었다.

"진정하고 이야기를 들어보시게."

"전하의 호출에 기쁜 마음으로 달려왔습니다만, 이 무슨 청천벽력 같은 말씀이십니까?! 정말 제가 그 이야기에 동의할 거라 생각하셨습니까?"

"일어서서 이야기하지 말고 일단 앉는 게 어떤가?"

"그런 말씀은 더 이상 들을 수가 없군요. 실례하겠습니다!"

마법사 협회의 장이라면 당연히 상당한 권력을 가지고 있다. 어느 정도는 황실에 항의할 수 있기도 하고, 특히 마법과 관련된 일이라면 더더욱 그렇다.

그렇기에 협회장의 반응도 이해는 가지만 이렇게 보낼 수는 없지.

"앉으라고 했다."

"윽…!"

할 수 없이 목소리에 압력을 담아 앉게 만들었다. 그래도 협회장이란 명함이 장식은 아닌지 제법 저항도 하는군. 소용없겠지만 말이다.

어쨌든 일단 앉기는 앉았기에 나는 내뿜고 있던 압력을 다시 거두어 들였다.

"미안하네. 그대가 너무 흥분한 것 같아 조금 거친 방법을 사용할 수밖에 없었군. 괜찮나?"

"괘, 괜찮, 습니다. 제가 큰 결례를……."

"아닐세. 나야 말로 배려가 부족했군. 부디 용서하시게나."

"화, 황공한 말씀이옵니다."

압박이 너무 과했나? 협회장은 식은땀을 엄청나게 흘리고 있었다. 아, 그러고 보니까 팔찌를 풀고 있었던 걸 잊고 있었네.

"어쨌든 다시 이야기를 해보도록 하지. 오해가 있었던 것 같네만 난 절대 그대들을 힘으로 누를 생각이 없다. 힘으로 눌러본들 지금 당장은 나에게 따르겠지만 서로간의 골은 깊어지기만 할 테지."

"저, 저희가 어찌 감히……."

"난 그대들에게 제안을 하고자 하는 것이다. 사령술사들이 위험하다는 건 나 역시 잘 알고 있다. 그들을 관리하기 위해 많은 노력이 필요하다는 것도. 해서 난 그 역할을 자네들에게 맡기고 싶은 거다."

"……사령술 협회를 마법사 협회의 하위조직으로 만들고 싶으시다는 말씀이십니까?"

"생각해보게. 동아제국 전체에서 숨어 있는 사령술사들을 다 끌어 모아 본들 몇 명이나 될 것 같나? 100명? 200명? 장담컨대 두 자리 수를 넘기기도 힘들 걸세. 게다가 이번에 새로 생기는 기관인 만큼 누군가 그들을 이끌어야 하는데 레조는 날 따라다녀야 하니 무리지. 그렇다고 그들에게 맡겨두면 자기들끼리 서로 자리를 차지하려고 싸울 테고 결국에는 흐지부지 되고 말걸세. 사령술사들이라는 자들은 결국 그것밖에 안 되지 않나. 그건 그대들이 더 잘 알고 있을 테지?"

내가 의도적으로 던진 마지막 말에 협회장의 얼굴이 조금 편안해졌다.

평소라면 이 닳고 닳은 노인을 구워삶으려면 상당한 노력이 필요했을 테지만 지금의 협회장은 아까 내 압박을 받은 것 때문에 약간 흔들려 있는 상태다. 협회장은 조금 웃음기를 띠며 말했다.

"예. 그 자들은 충분히 그러고도 남을 자들이긴 하죠."

"잘 알고 있지 않나. 그러니 자네가 그들을 잘 이끌어 주길 바라네. 그들 역시 더 이상 숨어 살지 않게 돼서 좋고, 자네들은 약간의 수고로 황궁의 지원을 받게 돼서 서로 좋지 않겠나?"

"지원…… 말씀입니까?"

"내가 상인 조합을 거의 손아귀에 쥐고 있다는 건 자네도 알고 있을 테지?"

나도 최근에 알았지만. 도대체 언제부터 상인조합이 내 거였는지에 대해서는 아무리 생각해봐도 모르겠다.

"예…… 뭐……."

협회장은 어색하게 말을 하긴 했지만 그 눈은 분명 탐욕으로 물들어 있었다. 열심히 주판 튕기고 있는 중인가 보군.

"솔직히 지금까지는 여러 가지 규제들 때문에 그대들도 힘들지 않았나? 그만큼 우리 동아제국 마법사들의 진보도 늦어졌고 말일세."

"아, 예…… 그렇지요."

규제를 피하기 위해 다양한 수단을 사용해서 마법 연구에 필요한 재료들을 공수하던 협회의 협회장은 뜨끔하다는 표정을 짓고 있었다. 내가 그걸 몰랐을까봐.

"난 그런 것으로 인해 마법사들의 연구가 지연되는 것은 국가적 손실이라고 생각하고 있었네. 지금까지는 여러 일들로 인해 미처 신경 쓰지 못하고 있었네만 이제라도 황태자로서 그대들의 말에 귀를 기울여야 하지 않겠나?"

이 정도 말했으면 대충 알아들었겠지.

협회장이 잠시 고민하고 있는 척을 했다. 이미 결론을 낸 주제에 말이다.

"소신의 생각이 아주 짧았다는 것을 인정할 수밖에 없겠군요. 황태자 전하, 부디 이 늙은이의 어리석음을 용서해 주시길."

"어리석음이라니 그게 무슨 말인가. 그대의 의심은 아주 합리적이었다네. 그러니 내가 그대들을 더 종용하려는 게 아니겠나."

"과분한 말씀이옵니다, 전하."

"결정되었다면 이제 망설일 이유가 없지. 잠시 이 서류를 봐주겠나? 사령술사들에 대한 법을 만들어 봤네만 자네가 한 번 봐주길 바라네."

"예. 영광이옵니다."

그리고 나는 밖에 대기하고 있던 레조를 불러서 협회장과 인사시켰고 둘에게 의견을 조율하여 법을 보완하라 지시했다.

또 다른 갈등이 생기지는 않을까 걱정하기도 했지만 다행이 기우로 끝났고 무사히 협의를 마칠 수 있었다.

"일주일 정도의 준비기간을 둔 후에 정식발표가 있을 걸세. 그대들도 준비를 해두길 부탁하네."

"여부가 있겠습니까. 협회에는 제가 잘 이야기 해두겠습니다."

"음. 그러면 앞으로 잘 부탁하지."

"잘 부탁드립니다, 협회장님."

"이쪽이야말로 잘 부탁드리겠습니다, 레조 님."

협회장을 배웅한 뒤에 가신들이 모이게 했다.

"일단 문제 하나는 해결되었군요. 이제 저도 겉으로 나설 수 있게 되었습니다."

"협회장이 생각보다 말이 통하더군. 좀 더 꽉 막힌 자일 거라 생각했었다."

"에라르 님이셔서 가능했던 겁니다. 원래 그분은 깐깐하고 앞뒤 막혔기로 유명해요. 그것도 보수적이기로 유명한 마법사 원로원들 중에서도 특히나 말이죠."

"하지만 아무리 마법사들이라고 해도 절대 황실을 무시할 수는 없는데다가 다른 자도 아닌 에라르 님 본인이 직접 나셨기 때문에 원활하게 진행되었던 거였을 겁니다. 그보다 리델린 양을 좀 말려주시지 않으시겠어요? 저희가 하는 말은 아무리 해도 듣지를 않아요."

"리델린? 평소처럼 잘 먹고 있는 걸로 보이는데."

"잘 먹긴 하죠. 문제는 그 양이 지나치다는 겁니다."

"지금 먹고 있는 케이크가 몇 개째인데?"

"4개째요."

"리델린은 어차피 살도 안 찌니까 괜찮지 않나?"

숨 쉬는 매순간을 먹는 것에 투자하고 있는 리델린이지만 처음 봤을 때의 몸매 그대로 유지하고 있었다. 몬스터와 융합한 것에 대한 부작용일까? 그런데 이걸 부작용이라 불러도 되는 건가.

"같은 여성으로서 굉장히 억울한 부분입니다만, 예. 신기하게도 전혀 살이 찌지 않으시죠. 하지만 제 말은 건강에 좋지 않을까 염려된다는 말입니다."

"아, 그 부분을 확실히 생각하지 못했었네. 리델린. 먹고 있던 거 놔두고 잠시 이리로 와라."

리데린은 내 말에 케이크를 퍼먹던 포크를 놔두고 총총 걸어왔다. 무슨 강아지 같네. 뱀인데.

"자, 이걸로 입을 닦고. 세이라는 밖에 대기하고 있는 메이드들에게 말해서 야채로 만든 영양가 높은 음식들을 잔뜩 준비하라 일러라. 앞으로 간식도 그런 종류로 항상 구비해두도록 하고. 그리고 리델린은 음식이 나오길 기다리는 동안 이 사탕을 먹고 있어라."

나는 사탕 주머니에서 사탕을 하나 꺼내서 리델린의 입에 넣어주었고 리델린은 커다란 사탕을 오물거리며 맛있게 먹었다. 항상 생각하는 거지만 참 뭘 먹든 맛있게도 먹는군.

"사탕은 왜 가지고 다니시는 겁니까."

"가끔 이걸 주면 얌전해지더라고."

"전하의 품에 안겨 있어서 얌전해지는 게 아니고요?"

"당장 떨어지세요!"

"지팡이 내려라, 엘리제. 세이라도 포크 내려놔. 그건 왜 집고 있는 건데? 아무튼 이제 레조도 거릴 것 없이 움직일 수 있게 되었으니 본격적으로 스티그란 공략을 위한 준비를 할 생각이다. 원래라면 오늘 당장이라도 출발하고 싶었지만 북아와 남아로 보낸 서한의 답신이 도착할 시간을 생각하면 애매해지지. 따라서 그때까지는 이곳에서 만전의 준비를 하도록 한다. 필요한 것이 있다면 무엇이든 이야기 하도록."

"아, 전하. 안 그래도 그것 때문에 전하께 부탁드릴 게 있었습니다만."

"뭔가, 레조?"

"시체가 필요합니다."

"묘지 건은 이미 안 된다고 말했을 텐데?"

"사람 시체를 말하는 게 아닙니다. 아까 협회장과 만든 법률에서도 인간의 시체는 절대 사용을 엄금한다고 명시했었고 말이죠. 제가 말하는 건 몬스터들의 시체입니다."

"몬스터라. 지난번 습격 때 몬스터들이 쳐들어왔다고 듣기는 했지만 그 사체들이라면 이미 다 태웠을 거다만."

"불에 대한 강력한 저항력을 가진 몬스터의 뼈는 쉽게 타

지 않습니다. 그런 것은 어딘가에 묻었을 거라 생각됩니다만 한 번 알아봐 주시겠습니까?"

"그러도록 하지. 다른 자들도 필요한 것이나 도움이 될만한 것이 있다면 주저 말고 말하도록 해라."

"네. 열심히 생각해 보겠습니다."

"그리고 세이라. 경비대장을 불러다오. 레조가 말한 것을 물어봐야겠구나."

"알겠습니다."

경비대장의 이야기를 들어 보니 확실히 레조가 말한 것과 같은 몬스터들이 있었다고 한다.

도시 밖에다가 묻었다고 해서 안내해 달라고 했고 나는 처음으로 사령술사의 주술을 눈으로 보게 되었다.

"-리바이벌-."

병사들이 다시 파낸 구덩이에 있던 여러 가지 뼈들이 공중을 휘저으며 다시 조립되고 있었다.

"제법 크군. 이건 무슨 몬스터였었던 거지?"

"모양으로 추측컨대 아마 불의 거인 이프리트가 아닐까 합니다."

"놈들은 이런 것도 다뤘던 건가."

"그런 것 같군요."

순간적으로 이 몬스터가 에피온을 죽인 몬스터들 중 하나라는 생각이 들어서 감정이 격앙 될 뻔 했지만 어떻게든 가까스로 가라앉힐 수 있었다.

안 되지. 이런 '것'에게 이 표출하기에는 아깝다. 에피온도 만족하지 못할 테고 말이다.

"이제 이건 네 통제 하에 있나?"

"네. 완전히 제 소유가 되었습니다. 보아하니 다른 몬스터들의 뼈도 있는 것 같은데 전 한동안 이곳을 들락거리면 되겠군요."

"네가 조종할 수 있는 최대의 숫자가 몇이나 되지?"

"이 정도 몬스터로 만든 스켈레톤이라면 많아봐야 5개체 정도입니다. 개체에 따라 다룰 수 있는 수가 달라지거든요."

"매번 데리고 다니면 불편할 것 같은데."

"제 소유가 되었다는 각인이 새겨졌으니 어디서든 소환하기만 하면 됩니다."

"그렇군. 그럼 난 황성으로 돌아가 볼 것이니 수고하도록 해라."

"예, 전하. 조심히 들어가십시오."

황성으로 돌아왔더니 주위가 분주해지고 있었다. 무슨 일이라도 있는 것인가?

"전하! 티라미스 제1황녀님께서 밖으로 나오셨습니다!"

나는 마차에서 그대로 뛰쳐나가서 티라미스의 방으로 내달렸다.

에피온이 죽은 후 누구와도 만나지 않고 말하지도 않던 아이였는데 드디어 밖으로 나온 것인가?!

"티라미스!"

막상 오긴 왔는데 무슨 말을 해야 할지 몰랐지만 곧 그런 것 따위는 필요하지 않다는 걸 티라미스의 눈을 보고 바로 알 수 있었다.

"오라버니."

나는 말없이 다가가서 티라미스를 안아주었고 티라미스 역시 내 품에 안겨 아무 말도 하지 않았다.

세상이여, 감사하나이다. 이 아이마저 데려가지 않아주셔서.

◆ SIDE : 크라우스 ◆

"진짜 때려 칠까."

옛날 고아원 근처 빵집 아주머니가 자주하셨던 말씀이 생각나는군.

'한번 살아봐라 인마. 세상이 네 생각대로 굴러가나.'

생각대로 굴러가지 않는다는 건 진작 깨달았지만 지금의 상황은 좀 너무하지 않나요, 아주머니.

"어떻게 할까요, 보스? 이 이상 인형을 만드는 것도 한계라고 합니다만."

"우리 진짜 죽는다, 대장."

"잠깐 기다려봐. 생각중이니까."

데이비드와 짐이 내 명령으로 이전부터 생산해온 인형들을 무사히 옮기는 것까지는 수월하게 진행되었지만 별의별 방법을 다 동원해 봐도 망자들을 뚫을 수가 없다.

기록에는 분명 산 자만을 공격한다고 되어있었는데 왜 인형을 공격하는 거지? 자신들을 제외한 모든 움직이는 존재가 공격대상인가?

"젠장. 만약 그렇다면 계획을 근본부터 수정해야 하는데."

"그렇게 하기에는 저희들에게 남겨진 시간이 그리 많지 않을 것 같습니다만. 들리는 소식에 의하면 동아가 북아와 남아에게 직접 회담을 요청했다고 합니다."

"나도 안다. 알아."

다시 한 번 생각해보자. 놈들이 가진 특성이 어떤 게 있지?

살아 있지 않은 망자들. 허나 움직이는 시체들. 썩지는 않지만 인간처럼 생식활동은 하지 않는다. 그럼에도 불구하고 생전의 행위들로 보이는 행동들을 반복해서 한다. 산 자에 대한 공격성. 움직이는 것에 대한 공격성. 자신들과 다른 존재에 대한 적대감.

확실하게 죽은 존재이기 때문에 암시에도 걸리지 않고,

레오르의 능력으로 꿈 속 침입도 불가능.

스티그란의 망자들은 보통의 좀비 혹은 구울들과 근본적으로 다른 존재라 사령술사들을 동원해도 탐색 이상의 효과는 기대하기 힘들다.

강대한 공격력. 완력과 민첩성 모두 뛰어나며 인형을 대량으로 투입했을 때 눈을 동기화해서 확인한 결과 망자들 주제에 진을 짜서 공격하기까지 한다.

외모를 제외하고 행동하는 것만 따졌을 때는 도저히 죽은 사람들 같지가 않을 정도.

"역시 이런 단시간에 스티그란을 공략한다는 건 불가능한 거 아닙니까? 500년을 걸려도 못했던 일이라고요, 보스."

"지난 500년 동안에는 아예 이 근처까지 오지도 못했다. 그러니 우리가 최초의 탐험대라고 할 수 있지."

생각해라, 크라우스. 생각.

인간이 원인이 되어 일어난 현상인 이상, 절대 완전무결한 존재일 리는 없다. 그것이 망자든, 망자들의 도시든 말이다. 분명히 길이 있을 터. 그 길을 찾으면 된다.

일단 황성까지만 안전하게 갈 수 있게 된다면 그 뒤는 확실하게 답을 내보일 수 있다.

"그러니까 그 중간지점의 연결이 힘들다는 건데……."

"역시 제가 변신해서 직접 돌격을…!"

"한번만 더 그 짓거리를 다시 했다가는 이번에는 진짜로 본국으로 돌려보낼 테니 그리 알아라."

"죄, 죄송합니다, 보스."

"켈리. 지금 보스는 심각하고 중요한 생각을 하고 계신다. 방해하지 마."

정면 돌파는 자살행위. 그렇다면 어떻게든 편법을 찾아야만 하지만 하수도 같은 편리한 샛길 따위는 못 쓴다. 제대로 된 설계도도 없는 상태에서 대뜸 들어가 버리는 것 역시 자살에 가까운 행위니까.

망할. 도망칠 때 설계도 같은 거라도 들고 도망을 치던가. 아니면 도주를 위한 비밀의 문 같은 거라도 만들어 둬야 했었던 거 아닌가.

"다른 길은 없으니 결국은 있는 길을 사용해야 한다는 말인데 그 길은 망자들이 막고 있고."

"제가 그리폰으로 변해서 날아가 볼까요?"

"꼬챙이가 되고 싶은 거냐. 놈들은 활도 살아 있는 사람처럼 잘만 쏜다. 화살이 떨어지면 창고에 가서 가져오기까지 하더군. 도저히 죽은 망자라는 느낌이 들지 않아."

"이 기괴한 한기만 빼면 말이죠."

스티그란 주변은 망자들의 귀기가 넓게 퍼져있기에 가만히 서 있기만 해도 지쳐버린다. 수색을 오래 할 수도 없으니 더더욱 확실한 방법이 필요한 건데.

"자, 다시 생각해보자. 망자들에 대한 의문을 하나씩 깨보자는 거지. 뭐든 좋다. 이유를 갖다 붙여보도록 해봐. 일단 망자들의 강함부터. 이놈들, 왜 이렇게 강한 거지?"

"그렇군요. 드라이어즈의 황태자의 상태와 같아진다면 작발화에 걸려야 할 텐데 죽기는 했지만 신체는 활발하게 활동하고 있단 말이죠."

"게다가 생전보다 훨씬 강해진 상태로. 왜 그런 거지?"

"그건 아마 내가 대답할 수 있을 거 같은데."

"스포포?"

"드라이어즈가 멸망하고 난 후로 500년이라는 세월이 흘렀다. 마력의 핵인 작발화에 걸린 드라이어즈의 황태자가 여전히 존재하고 있고 망자들과 연결되어 있으며 도시에는 결계가 쳐져 있지. 세어나가지 못하는 마력을 직접적으로 500년이나 받아 온 거다. 보통 사람이라면 견디지 못했을 테지만 놈들은 망자. 해당사항이 없는 이야기지."

"짙은 농도의 마력을 오랫동안 온몸으로 받아왔기 때문에 신체능력이 비약적으로 상승한 건가. 말이 되는군. 그런데 스포포. 너 마법사였나? 마력의 흐름에 꽤나 해박한 것 같은데."

"정확히는 마법사의 가문이었습니다. 재능이 없었기에 어릴 때 버려졌지만 말이죠."

"그런가. 아무튼 도움이 되었다. 그럼 다음으로 넘어가서

놈들이 자신들을 제외한 모든 것에 공격성을 나타내는 이유
가 뭘까?"

"산 자에 대한 증오……가 아닐까요?"

"구울이나 좀비라면 이해가 가지만 이 녀석들은 근본적
으로 다른 존재라며?"

"저와 보스가 확인해본 결과 확실히 자아는 없었으니 분
노라는 감정 역시 없을 겁니다. 그런데 왜 우릴 공격하는 거
죠?"

"본능을 느낄 만한 머리도 없을 텐데."

"가, 각인 되어 있는 게 아닐까요……?"

"각인?"

"자, 자신도 모르게 어느 순간 저런 모습이 돼버렸다면
죽기 전에, 괴, 굉장히 화가 났을 거 같아서요…….."

"괜찮은 의견이다. 그 각인이 역시 500년간 쌓여온 마력과
상승효과를 일으켰다는 말이지. 좋은 의견이었다, 헤스."

"가, 감사합니다, 보스…….."

"그럼 마지막은 망자들이 생전의 행동을 반복하는 이유
겠네요."

"그거에 관한 거라면 이미 오래전부터 조직이 연구해온
결과가 있다. 조직에서는 '루프'라고 부르는 현상이라고 하
더군."

"루프요?"

"시간 속에 갇혀 있다는 뜻이라고 하던데. 망자들은 500년 전 그 순간부터 그 시간 속에 갇혀버렸기에 같은 행동을… 계속… 반복…?"

반복?

"응? 보스. 왜 그러세요?"

"보스?"

"자, 잠깐만. 지금 뭔가 중요한 걸 지나친 거 같아서 말이다. 잠시만 조용히 있어봐."

반복한다는 말은 그 행위가 몸에 배여 있다는 말이고, 그 뜻은 의식이 없더라도 특정한 대상이라면 인식할 수 있다는 말이 되나…?

아니, 말이 안 된다. 의식이 없고 자아가 없는데 인식을 할 수 있을 리가…… 없지는 않지. 스티그란 망자들은 단순히 걸어 다니는 시체가 아니라 신종 마법생물로 분류해야 할 존재들이니까.

반복되는 행동이 망자가 되기 직전, 의식의 찌꺼기들로 인해 생겨난 행위들이라면 특정한 대상에 대한 행동역시 같지 않을까?

"예를 들어 황제폐하라거나."

"……네?"

"보스, 지금 무슨 말씀을."

"본국으로 연락해서 당장… 아니 시간이 없다. 데이비드

그리고 짐! 황제폐하의 옷차림을 기억하나?"

"직업병이라 한번 본 옷은 다 기억할 수 있긴 하지. 근데 무슨 일인데 대장?"

"폐하의 옷은 갑자기 왱?"

"지금 가져온 물자들을 이용해서 만들 수 있어?"

"아니, 일단 이유나⋯⋯."

"닥치고 대답이나 해! 만들 수 있냐고!"

"예?! 예. 만들 수 있습니다."

"좋아. 시간은 얼마나 걸리지?"

"어⋯ 우리 능력을 풀로 사용하면 3시간쯤?"

"당장 아지트로 돌아가서 2벌 만들어서 가져와."

"옷 사이즈는 어떻게 할깡? 보스가 입어?"

"나와 무나 양의 사이즈에 맞게 만들도록 해."

"알았엉."

데이비드와 짐은 그대로 썰매를 타고 아지트로 이동했고 남아 있는 부하들은 내게 설명을 요구하고 있었다.

"무슨 일이십니까, 보스? 갑자기 폐하의 옷은 왜요?"

"안 될 가능성이 높긴 하지만 시도해 볼 만한 생각이 떠올랐거든."

"그런데 저 둘은 어떤 능력을 가지고 있기에 그런 단시간 안에 옷이나 인형을 뚝딱 만들어내는 겁니까?"

"진짜냐. 지금 이 상황에 그게 궁금한 거야?"

반의 질문에 스포포가 어이없어 하는 걸 보고 내가 깜빡하고 그 둘의 능력을 설명해 주지 않았다는 게 생각났다.

"아, 그 둘은 테일러다. 기본적으로 재단에 관한 능력을 가지고 있긴 한데 인형제작에도 뛰어난 기술을 가지고 있지. 나중에 시간 나면 능력을 쓰는 걸 구경해도 좋을 거다. 투명한 손들이 튀어나와서 여러 가지 일을 돕는데 보다보면 신기하거든."

"녀석들의 역겨운 행위를 견딜 수 있다면 말이지만."

"동료에게 그런 말은 하지마라고 했는데, 지크."

"보스도 그렇게 생각하시지 않습니까."

"난 입 밖으로 내진 않잖아."

"어차피 그 둘은 누가 뭐라 해도 신경 안 쓰던데 말이죠."

"그건 그렇지만."

"아무튼 이야기를 돌려서, 폐하의 옷으로 뭘 하실 생각이십니까? 제발 부탁이니 그걸 입고 스티그란으로 들어가시겠다는 말씀만은 하지 말아주십시오."

"그걸 입고 스티그란으로 들어갈 거다."

내 획기적인 의견에 대한 부하들의 반응은 열광적이었다.

"또 약을 과용하신 겁니까?! 연달아 드시면 안 된다고 제가 그렇게나 말했지 않습니까!"

"앞으로 보스 약은 제가 관리할…… 히익! 죄송해요! 농담이었어요, 무나 씨."

"그냥 지금이라도 보스 데리고 멀리 떠나는 게 낫지 않을까?"

놔두면 정말로 보쌈이라도 할 기세였기에 일단 내가 한 말에 대해서 해명해야 할 필요성을 느꼈다.

"난 약에 취해 있는 게 아니다. 내 정신은 멀쩡해. 한 번 생각해봐. 스티그란은 드라이어즈의 수도였지. 당시 사람들에게 드라이어즈 황족이란 어떤 존재였을 거 같아?"

"신과 같은 존재였겠죠. 지금 조직에서 하는 것처럼 어린 아이일 때부터 꾸준히 세뇌교육을 하고 있었을 테니까요."

"보스가 하시려는 말과 행동은 알 것 같습니다만, 그래도 너무 위험합니다. 차라리 켈리를 보내세요."

"맞습니다, 보스! 제가 들어가겠습니다!"

"아니, 이건 내가 해야 할 일이다."

"왜입니까!"

"위험하니까."

"그러니까 저희가 들어가야 하는 거잖습니까!"

"시끄러. 닥쳐. 명령이다."

"보스!"

"무나 양도 같이 들어가니까 너무 걱정하지 않아도 된다. 아니 그냥 걱정하지 마. 징그러우니까."

"저, 저도 징그러우세요…?"

"……저도요?"

"니들은 예외다, 헤스, 그리고 마야. 내가 징그럽다고 하는 건 저 시커먼 놈들이거든."

무나 양이 내 발을 지긋이 눌러왔다. 아픕니다, 무나 양.

"자, 무작정 기다리고 있지 말고 일들 하자. 다른 단서들은 없는지 계속 확인해 봐야지."

물론 새삼스럽게 나오는 건 없었지만 그걸 알아도 하지 않을 수 없는 일이었다. 가만히 있어봐야 불안만 더 커질 게 분명하니까. 그리고 몇 시간 뒤, 기다리던 옷들이 도착했다.

"예상은 했지만 정말 대장이 직접 입으려고?"

"죽고 싶어서 그랬?"

"드라이어즈 시대에 황족의 권위는 지금과 상상도 못할 만큼 거대한…… 됐다, 귀찮아. 저 뒤에 삐쳐 있는 녀석들에게 입 아프도록 설명해 놨으니까 그거 듣고 있어."

무나 양과 나는 옷을 갈아입고 난 후 성문으로 다가갔다.

"후, 긴장되네요."

"걱정 마십시오, 크라우스. 언제 어느 순간이라도 제가 크라우스를 지킬 겁니다."

"역시 든든해요, 무나 양."

성문으로 들어가기 전 뒤에서 부하들의 응원이 들려왔다.

"무나 씨. 보스를 잘 부탁합니다."

"위험한 짓 못하게 막아주세요."

"안 되겠다 싶으면 그냥 들고 뛰어버리세요!"

"들고 뛰라니 내가 물건이냐."

응원이 아니라 사고 칠까 염려하는 애들 부모 같군.

"그럼 갔다 올게."

나와 무나 양은 성문 안으로 한발 짝 내딛었다.

◆ SIDE : 시리스 ◆

됐다.

"됐다, 됐어! 역시 크라우스. 날 실망시키지 않아! 최고야!"

"성공한 건가요?"

"살면서 내가 이렇게 흥분하는 모습을 본 적이 있어? 당연히 성공이야. 크라우스는 무사히 스티그란으로 입성했어. 이제 방법을 알았으니까 내가 직접 가기만 하면 돼. 아슬아슬 하겠지만 시간은 맞을 거 같아. 준비는 다 해놨지?"

"예. 나가시기만 하면 되요."

"아, 그전에 짐 안에 황궁의 예복도 같이 넣어두도록 해. 크라우스가 그걸 입어야 들어갈 수 있다고 했으니까."

"의외의 맹점이었군요. 그곳의 망자라고 하면 일단 무서운 힘만을 떠올리니까 말이죠."

"너에게 이 모습을 보여주지 못하는 게 안타까워. 그 스티그란의 망자들이 크라우스가 지나가는 길마다 무릎을 꿇고 있어."

"죽어서까지 벗어나지 못하는 권위라니, 소름끼치게 무섭네요."

"무섭지. 하지만 지금 우린 이걸 이용하지 않으면 안 돼."

"물론이죠. 예복은 제가 챙겨 드릴 테니 어서 가세요. 급하시잖아요?"

나는 급하게 밖으로 나와서 짐과 내 몸을 마차에 싣고 달리게 했다. 황제에게 일일이 보고하는 귀찮은 짓은 하지 않는다.

왜냐하면──.

내가 돌아올 때, 드라이어즈의 주인은 바뀌게 될 테니까.

◆ SIDE : 에라르 ◆

"먼저 먼 길을 마다않고 친히 와주신 것에 대해 감사의 말씀을 드립니다."

지금 이곳은 동아제국 황궁에서도 가장 큰 회의장. 각국의 수상과 그 나라에서 내로라하는 기사들이 모여 있다.

"서로 간에 쓸데없는 인사치레는 치워두고 바로 본론으로 들어갔으면 하오만."

"물론입니다, 미스트로 수상. 그리고 그라프니스 수상 역시 바쁘신 몸이시니 말이죠. 제가 오늘 두 분에게 회담을 요청한 이유는 다름이 아니라 500년 전 드라이어즈 황제가 예언했던 배신자가 나타났기 때문입니다."

두 사람이 움찔하는 게 보였다. 각국의 수장만이 알고 있는 사실을 황태자인 내가 아는 것이 의외였겠지.

하지만 이들이라면 회담을 요청한 게 나인 것과 회담장에 아버님이 아닌 내가 왔을 때부터 이미 예상했을 터.

"역시 알고 있었군. 그렇다면 동아제국의 전권은 현 황제가 아닌 에라르 황태자, 당신에게 있다고 봐도 무방한 거요?"

"예. 아직 정식으로 승계 받지는 못했지만 아버님이신 황제폐하께 전권을 위임받은 건 사실이니 그렇게 생각하셔도 무방합니다."

"그렇군. 알겠소. 이야기를 계속해 주시오."

"두 분 모두 예상하셨겠지만 서아제국이 배신을 했습니다. 이는 이전까지 있었던 국가 간의 다툼, 혹은 전쟁과는 차원이 다른 문제입니다. 그들은 예언처럼 망자들의 유혹에 넘어갔고 드라이어즈를 부활시키겠다는 조직과 연합해서 현재 스티그란을 공략 중에 있습니다. 이 정도 정보라면 각국에서도 확인하신 정보겠죠."

정확히는 내가 던져준 단서들로 확인한 것 밖에 되지 않지만 이들의 자존심을 생각해서 조금 돌려 말해주었다. 물론 이 둘 역시 알고 있겠지만.

"그렇소. 확실히 사실이더군."

"서아가 맹약을 깨트렸다는 것은 이제 확실해졌지만 정말로 스티그란 공략이 가능할 거라 보오?"

"저 역시 시도하고 있기에 분명 단시간 안에는 힘들 거라 생각되지만 결론적으로 가능할 것이라 보여집니다. 미리 보내드린 자료에서 설명한 것처럼 서아와 연합한 조직의 이름은 아나시타시스라고 하며 그들은 스티그란에 한해서 저희보다 많은 정보를 가지고 있고 500년이나 존속되어 온 사념과 욕망의 조직입니다."

"그들의 힘이 그 정도로 위험하다는 말이오?"

"동아뿐만이 아니라 남아와 북아 역시 그들의 음모에 당할 뻔한 적이 있지 않습니까. 대표적인 예로 부활의 사자 사건이나 몬스터들에 의한 습격이 있겠군요."

"그것 역시 황태자가 보내준 자료를 읽어서 알고는 있지만 정말 그 모든 게 하나의 조직에서 일으킨 일이었다는 말이오?"

"미스트로 수상. 비공식적인 일이었지만 나는 황태자와 함께 직접 그들의 뒤를 파헤쳐 본 적이 있소. 그들은 분명 하나의 목적을 가지고 여러 방면으로 활동하는 거대한 무언가였소."

"그리고 그 조직은 이제 나라 하나를 등에 업고 망자들의 힘마저 다룰 생각을 하고 있습니다. 어쩌면 이미 성공한 후에 준비 중인 걸지도 모르죠."

"준비라니, 설마 전쟁을 일으킬 거라는 말이오?"

"그들이 그 정도의 힘을 가지려고 하는 건 단순히 드라이어즈라는 이름을 세상에 알리기 위함만은 아닐 것입니다. 분명 500년 전의 '완전한' 드라이어즈를 부활시키려 하겠죠."

"믿기 힘들지만 일리가 있는 말이오. 하지만 왜 서아가 그런 자들에게 협력하는 거요? 그들로서도 좋은 이야기는 아닐 터인데."

"동아에 대한 증오가 원인이거나 혹은 서아의 황제가 협박당하고 있을 수도 있겠군요."

"서아의 황제를 협박한다고? 무슨 협박을 어떻게 해야 그게 가능한 거요? 차라리 동아에 대한 증오심 때문에 일을 벌인다는 게 말이 되지 않겠소?"

"아나시타시스의 핵심이라고 할 수 있는 황녀가 있다고 합니다. 그 황녀는, 두 분 모두 아시겠지만 드라이어즈 황족의 힘을 사용할 수 있다고 하더군요. 그것도 역사상 유래를 찾을 수 없을 정도의 강대한 능력이라고 합니다."

"'인과타량?' 그 황녀라는 자가 과거와 현재를 마음대로 볼 수 있다는 말이오?"

"그렇게 부르는 것이었군요. 타량이라. 현재와 과거를 보는 것을 기점으로 추측하고 헤아리는 것이니 말은 되는군요. 아무튼 그 능력을 사용해서 서아의 황제를 협박한 것이 틀림없을 겁니다."

"앞으로 우리의 행동은 항상 그들이 보고 있다고 생각하는 게 좋겠군."

"맙소사."

두 수상은 그 정도의 힘을 가지고 있다는 건 예상하지 못한 거 같았다. 하지만 나는 그것으로 이 두 사람을 얕볼 생각은 없다. 상식 밖에서 일어나고 있는 일을 가지고 상식 안의 사람에게 요구하는 것은 불합리 하니까.

하지만 이제부터는 나를 포함한 모두가 상식 밖으로 나서야 할 때다.

"해서 저는 이 자리에서 두 분께 제안 드립니다. 저희 동아제국과 북아공화국, 남아공화국이 힘을 합치는 것을 말이죠."

"정식적인 동맹을 제안하는 거요? 하지만……."

"황태자의 말이 맞소. 우리 북아와 달리 남아가 서아와의 긴밀한 협약을 맺고 있었다는 것은 잘 알고 있지만 이전까지의 협정과는 그 성질이 다르오. 지금은 대륙 전체의 위기이니까. 그리고 생각해보시오, 미스트로 수상. 만약 그들이 남아의 존속을 약속한다고 하더라도 그냥 가만히 놔둘 거 같소?"

절대 가만 놔두지 않을 거다. 500년간 억눌려온 욕망이

분출하기 시작하면 그 여파는 나라 하나만으로 감당할 수 있는 게 아닐 테지. 전 대륙이 휘말리게 되는 건 이미 필연이다.

"어쨌든 우리 북아공화국은 본래 동아제국과 맺었던 협약을 이제 공식적으로 밝히도록 하겠소. 배신자의 존재도 밝혀졌으니 이제 몸 사릴 이유가 없지 않겠소?"

"협력에 감사드립니다, 그라프니스 수상."

"감사는 무슨. 대륙의 평화를 위해서 해야 할 일을 할 뿐이오."

"…좋소. 망자들의 편에 서는 것 보다는 인간과 협력하는 게 좋을 테지. 일단 말은 통할 테니까."

"그럼 남아공화국 역시 동맹에 대한 제안을 받아들이신 걸로 생각해도 되겠습니까?"

"어차피 당신이라면 미리 만들어둔 서류가 있을 거 아니오. 사인 할 테니 어서 주시오."

나는 옅게 웃으며 뒤에 대기하고 있던 세이라에게 손가락을 튕겼고 세이라는 금색 쟁반에 담긴 서류를 가져왔다.

"동맹에 있어서 모든 국가는 평등하며 사후 처리 역시 각국의 협의 하에 진행될 것을 약속합니다."

그라프니스 수상과 미스트로 수상은 서류를 쭉 읽어본 뒤에 망설임 없이 사인을 했다.

"이로써 역사상 최초로 3개국의 동맹이 이루어졌군요."

"균형을 위해 동맹을 하긴 했지만 이야기가 먼저여야 할 것이오, 황태자."

"그것만큼은 나 역시 미스트로 수상에 동의하오. 전쟁은 일어나지 않는 게 가장 좋은 일이겠지. 그것이 설령 망자가 상대라 할지라도 말이오."

"물론입니다. 저 역시 먼저 대화를 나눠야만 한다고 생각하고 있었습니다."

말이 통하는 상대라면 말이지.

그런 생각을 하고 있자 미스트로 수상이 내게 질문해 왔다.

"에라르 황태자. 확실하게 하나 약속할 수 있겠소?"

"무엇을 말입니까?"

"그 멍청한 작자들이 용의 역린을 건 들였다는 건 알고 있고 그로 인해 일어난 귀국의 참변에는 매우 유감스럽게 생각하오. 나 또한 수상이기 이전에 한사람의 가장이자 부모로서 말이오. 그렇기에 황태자의 분노를 전부는 아니더라도 조금이나마 이해할 수 있소."

"예, 감사합니다."

"그래서 묻는 거요. 에라르 황태자. 정말 그들 앞에서 냉정하게 이성을 유지할 수 있겠소?"

미스트로 수상의 의문은 타당하다. 나 스스로도 그게 가능할지에 대해서 의심하고 있었으니까.

하지만 이제 이 문제는 나 혼자만의 문제가 아니다.

"약속합니다. 제가 이성을 잃고 날뛸 일은 푸른 용에 맹세코 없을 겁니다. 미스트로 수상. 그리고 그라프니스 수상. 우리는 모두 각 나라의 중심에 서 있습니다. 우리가 원해도, 원하지 않아도, 자국의 이익을 위해서 생각하고 움직일 수밖에 없다는 것을 저 역시 잘 알고 있습니다. 하지만 굳이 말하겠습니다. 이번 일이 결국 전쟁이 되던, 그렇지 않으면 평화롭게 매듭을 지을 수 있게 되던, 전 절대 제 개인적인 복수심으로 행동하지 않을 것이며 오직 대륙의 균형과 평화를 위해서 움직일 것을 이 자리에서 약속합니다."

"……알겠소. 황태자의 각오를 믿도록 하지."

"나도 마찬가지요. 그래서 이제 어떻게 하면 좋겠소? 일단 서아에 연락을 해서 회담장으로 끌고 와야 할 것 같은데."

"일단……."

"그, 급보입니다!"

3국의 수장들이 회담을 하고 있는 회의장에 난입한 긴급 속보라.

"스, 스티그란의 망자들이…… 도, 도시 밖으로 나오기 시작했습니다!"

올게 왔군.

"어느 방향으로 움직이고 있지?"

"그, 그게 망자들이 일제히 서아제국 방향으로 움직인다는 보고가……."

"뭐? 서아?"

"이게 어떻게 된 일이오? 서아는 놈들과 연합한 게 아니었소?"

"전력의 재정비를 위해 서아에 군집시킬 수도……."

수상들이 당황하며 말을 쏟아내자 전령이 다시 소리쳤다.

"전부는 아니고 대략 반 정도의 숫자라고 합니다!"

"나머지는 스티그란에 여전히 대기 중이고?"

"예! 확실하진 않지만 그렇게 보여 진다고 합니다!"

"지금 바로 동맹의 정찰대를 꾸려서 서아제국으로 급파하도록 하죠."

"그, 그게 좋을 거 같군."

"나도 동의하오."

그런데 망자들이 가장 처음 향하는 곳이 서아제국이라. 어떻게 된 일이지?

◆ SIDE : 시리스 ◆
-3국의 회담 시작으로부터 3시간 전-

나는 서아제국을 경유해서 스티그란으로 곧장 향했다.

지금 내 눈앞에는 황제의 용포를 입고 있는 크라우스가

있었다. 제법 잘 어울리는데?

"확인하고 바로 온 거냐? 빨리도 왔군."

"그리폰을 타고 날아왔어. 그보다 그 모습을 보니 확실하게 안전했나 보네."

"몇몇 망자들이 덤비긴 했지만 한둘 정도였다. 뭔가 특별한 사정이 있었던 망자들이었겠지."

"예복을 가져왔으니까 다시 함께 들어가 줘. 길은 다 확인했겠지?"

"물론. 어서 갈아입고 오기나 해."

나는 옷을 갈아입은 후 성문에서 기다리고 있는 크라우스의 옆에 섰다. 기분 되게 묘하네.

"이러고 있으니까 우리 황제와 황후 같지 않아?"

"어지간히 긴장했나 보군. 네가 그런 농담을 하다니."

"응. 기분이 상당히 묘하네. 기다렸던 일일 텐데 말이야."

그리고 단순히 농담한 것도 아니었다. 옆의 괴물이 노려보고 있기에 말을 못 했지만.

"들어가지 말까?"

"장난해? 어서 들어가자."

나와 크라우스 그리고 괴물은 스티그란으로 입성했다.

인과타량으로 봤던 것처럼 망자들이 우리들의 모습을 보고 무릎을 꿇는 게 보였다.

"최고의 기분이야."

"아까 말한 것처럼 가끔 공격해 오는 녀석들도 있으니 방심하지 마."

"누굴 걱정하는 거야? 난 아나시타시스 최강의 마법사라고."

"비트레이보다 네가 더 강했던가?"

"만난 적은 없지만 아마 그럴걸?"

"그거 대단하군."

나는 황성으로 걸어가며 주위를 둘러보았다.

역시 직접 눈으로 보는 건 또 다른 감상을 떠올리게 하네. 이게 우리가 잃었던 곳이란 말이지. 우리의 고향. 나의 도시.

"꽤 머네."

"상당히 거대한 도시니까."

그 후로도 한참을 걸어갔고 잠시 뒤, 드디어 꿈에서나 그리던 드라이어즈의 황성을 두 눈으로 마주볼 수 있었다. 세월의 흔적이 느껴지긴 하지면 여전히 위풍당당한 모양이군.

황성의 문 앞에는 옛 경비대로 보이는 완전무장한 수많은 망자들이 있었고 우리를 보자마자 일제히 고개를 숙였다.

"마치 환영해주는 거 같아."

"죽어서까지 벗어나지 못하는 권위의 속박에 묶여있는 불쌍한 자들이지. 나 역시 세뇌 기술을 다루긴 하지만 드라이어즈의 기술은 정말 경악스러울 정도더군."

"분위기 깨지 마, 크라우스."

성문을 지나 안으로 들어가자 자욱한 먼지가 우리를 반겨주었다. 이제부터는 간단하다.

"그 봉인된 문이라는 게 어디 있는데?"

나는 대답 대신 홀의 중앙 계단 뒤편으로 다가가서 지팡이를 휘둘렀다.

"-파테피오-(열려라)."

거대한 벽이 움직이며 아래쪽으로 향하는 무수히 많은 계단이 나타났다.

"오, 숨겨진 문이라는 건가?"

"당연하지. 어서가자."

우리는 계단을 내려갔고, 내려갔고, 내려갔다. 더럽게 기네.

"잘못 구르면 죽겠군. 그런데 이 빛은 어디서 들어오는 거지? 500년 전에도 마력등이 있었나?"

"아니. 이건 봉인된 문에서 흘러나오는 빛이야."

"이게? 문 앞으로 가면 실명하겠는데."

"빛을 위로 향하도록 장치를 해뒀었다고 해."

"왜 그렇게까지 귀찮은 일을 한 거지?"

"문에 사용해야 할 필수적인 보석들이 이런 빛을 내뿜는 거라 어차피 통로도 어두우니까 겸사겸사 사용하자라고 생각했던 거겠지. 기록에 따르면 크라우스 말대로 실명하지 않기 위한 장치를 만들려고 당시 장인들이 꽤나 골머리를 썩였던 모양이야."

그런 이야기를 하며 내려가다 보니 드디어 계단의 끝이 보였다.

그 끝에는 세월의 흔적에도 찬란히 빛나는 거대한 문이 있었다.

"뭐야 저 거대한 보석들은?"

"문에 박힌 5개의 거대한 보석들이 마력을 순환시키며 봉인역할과 방위 역할을 동시에 하고 있어."

"방위 역할? 예를 들어 직계가 아닌 자가 손을 댄다 거나?"

"그런 짓을 하면 보석들이 온갖 고대의 저주와 공격마법을 난사해댈 거야."

"우리는 뒤로 빠져 있죠, 무나 양. 그런데 배신자들은 왜 이 문과 안의 황태자를 멀쩡하게 놔두는 거지?"

"황태자를 잘못 건들면 스티그란의 결계가 무너질 수도 있거든. 그들 입장에서는 괜한 위험을 무릅쓰고 싶지 않았겠지. 어차피 목적은 달성했을 테니까."

"황족들은 전부 죽었다고 생각했거나 어차피 이곳까지 도달하지 못할 거라 생각했기에 그냥 놔둔 거고?"

"응. 드라이어즈의 황태자를 건들이지 못한 것과 마찬가지의 이유일 거야."

"문은 어떻게 여는데?"

"이렇게."

나는 문의 거대한 보석 이외에 문의 아래쪽 중앙에 박힌 황금빛 보석에 손을 댔다.

그 보석으로부터 위쪽 보석들로 빛이 연결되며 퍼져나가더니 마침내 문이 열리기 시작했다.

"자, 이제 선조님을 만나러 가볼까."

문 안으로 들어가자 마치 신전과도 같은 거대하고 웅장한 장소가 나타났다.

신성한 느낌마저 주는 공간의 중앙에는 제단이 놓여 있었고 그 위에는 사람의 형체로 보이는 자가 누워 있었다.

"안녕, 선조님."

제단으로 다가가니 확실하게 보였다.

온몸에 마력을 띠고 있는 푸른 덩굴 문신을 두른 옛 드라이어즈의 황태자의 모습이.

"초면이지만 실례할게요."

난 준비해온 단검을 꺼내서 누워 있는 황태자의 심장에 꽂아 넣은 다음 가슴을 갈랐다.

예상했던 대로 500년간 응축된 마력으로 인해 황태자의 심장은 심장이 아니라 마력이 응축된 보석이 되어 있었다.

"잘 쓸게요. 이제 편히 쉬시길."

심장이 있던 곳에서 보석을 꺼내자 드라이어즈 황태자의

몸이 먼지가 되어서 사라져 갔다.

"그거야? 생각보다 작네."

보석은 내 손바닥의 반 정도 되는 크기였기에 크라우스가 의아에 하는 것도 무리는 아니다.

"500년간 응축되고 압축된 마력의 결정체야. 그냥 들고 있기만 해도 엄청난 마력이 느껴져."

"그 보석이 망자들과 동기화되어 있으니 이제 망자들을 다룰 수 있게 된 건가?"

"마지막 하나의 과정이 남아 있긴 하지만. 잘 봐."

나는 아까 사용했던 단검으로 이번에는 내 오른손 바닥을 찢었고 그 안으로 보석을 쑤셔 넣었다.

CHAPTER 05

◆ SIDE : 시리스 ◆

"으으… 더럽게 아파."

"그렇군. 같은 직계의 피가 필요하다는 말이지."

"으응. 아나시타시스가 피에 집착한 이유 중 하나가 바로 이거야. 황족의 피는 마력으로 이루어져 있으니까. 같은 피가 아니면 500년이나 응축된 마력을 받아들일 수가 없어. 보통사람이라면 바로 터져버릴걸?"

보석은 내 피와 공명하며 내 손으로 흡수되어 갔다. 그 마력 역시 내 몸에 동화되면서 망자들의 기운이 하나하나 느껴지기 시작했다.

"아— 아—! 최고야! 최고의 기분이야! 고마워 크라우스!

다 네 덕분이야!"

할 수 있다. 이 힘만 있다면 분명 이 개 같은 세상을 갈아 엎을 수가 있다!

드라이어즈의 부활은 식은 죽 먹기고 그 후의 일들도 내 마음대로 다 할 수가 있는 거다!

"이제 뭐부터 시작할 생각이지?"

"일단 아나시타시스를 완전히 내 손아귀에 넣어야겠지. 서아도 마찬가지고."

나는 망자들을 둘로 나눠서 한쪽은 스티그란의 방위를 맡겼다.

다른 한쪽은 서아제국으로 향하게 했다. 정확히는 그 뒤에 있는 아나시타시스의 근거지로.

"서아제국이 놀라서 공격하면 어쩌려고?"

"오기 전에 미리 황제한테 들러서 이야기해두고 왔어. 망자들이 다가와도 절대 공격하지 말라고. 그럼 무사할 거라고 말이야."

뭐, 한둘 정도는 얼떨결에 죽을 수도 있겠지만 내 알 바 아니다. 명령을 듣지 않은 자신의 멍청함을 탓해야겠지. 아니면 서아제국이 망자들을 공격해서 멸망하는 것도 좋고. 이제 별 쓸모없을 테니까.

"다른 3국에 대항해서 싸우려면 서아제국의 군사력도 필요하다. 아직 버리긴 일러."

"흠, 그런가?"

"특히 동아는 최근에 전쟁을 겪어본 자들이 많이 있기에 더더욱 그렇지. 경험에서 밀리니까. 너도 아직 망자들을 완전히 다룰 수 있는 건 아닐 거 아니야."

"알았어. 일단 그런 이야기는 나중에 하고 아나시타시스, 아니 드라이어즈로 돌아가자."

"거점은 이곳으로 안 옮기고 그대로 사용할 생각이냐?"

"그래야 서아가 방패막이가 되어줄 테니까."

"그렇군. 헌데 망자들을 다룰 수 있는 제한 거리 같은 건 없어?"

"응. 달려가고 있는 망자들과 연결된 게 잘 느껴지고 있어. 아무래도 거리는 상관없나 봐."

우리는 망자들의 호위를 받으며 밖으로 나왔고, 기겁하고 있는 크라우스의 부하들을 데리고 드라이어즈로 향했다.

"미리 그리폰들까지 준비해둔 거냐. 준비성도 좋으시군."

"그렇지 않으면 며칠을 달려가야 하잖아? 기껏 망자들을 다룰 수 있게 됐는데 모양 빠지게 그럴 수는 없지."

몇 시간 뒤, 우리는 거점으로 돌아갈 수 있었다. 거기서 내 명령대로 황제를 구속하고 있는 망자들과 그에 당황하고 있는 신하들을 볼 수 있었다.

인과타량으로 실시간으로 보고 명령을 내릴 수 있으니 편하네.

"마, 망자들을 다루는 것에 성공했구나, 시리스. 그, 그런데 왜 이 녀석들이 나에게 창을 겨누고 있는 것이지? 무언가, 자, 잘못된 것이냐?"

"아뇨. 잘못된 것은 아무것도 없어요, 아버님. 마침 신하들도 다 모여 있으니 딱 좋네요."

나는 검을 뽑아서 황제에게 다가가 그대로 직접 내 아버지란 작자의 목을 날려버렸다.

죽는 순간까지도 한심했던 얼간이 같으니.

"히, 히익!"

"화, 황녀 전하, 대, 대체 이게 무슨!"

"모두 닥치고 들어."

시끄럽게 나불거리던 놈들을 조용히 시킨 후에 망자들을 시켜서 황제의 시체와 목을 갖다 버리게 했다. 나는 놈이 앉았던 권좌에 걸터앉았다.

"자, 그대들도 머리가 있으니 지금 어떻게 돌아가고 있는 상황인지 알 수 있을 테지? 난 여기 크라우스와 그의 부하들의 도움으로 스티그란을 완전하게 정복하여 손에 넣었다. ―그리고, 이제부터는 내가 드라이어즈의 황제다."

내가 미리 포섭해둔 몇몇을 제외한 대부분의 신하란 자들은 겁을 집어먹고 숨도 제대로 못 쉬고 있었다.

"우리들은 아나시타시스라는 가명을 버리고 이제부터는 드라이어즈라는 본래의 이름을 내걸고 세상 밖으로 나가겠다. 모두에게 전하라. 이제 어둠속에서 숨어 살던 시절은 끝났다고. 이제 저 태양 아래의 세상의 지배자들 더 이상 추악한 배신자들이 아니라 바로 우리들이라고 말이다!"

"자, 모두 박수."

크라우스, 그런 건 좀 티 안 나게 말해주면 고마울 텐데.

어쨌건 크라우스의 시큰둥한 한마디에 하나 둘 박수 치기 시작했고 곧 거대한 함성과 갈채로 이어졌다. 뭐, 처음 치고는 나쁘진 않네.

"배신자 놈들에게 징벌을 내릴 때다. 지금 바로 서아의 황제를 불러 회의를……."

"아, 잠깐, 시리스, 아니, 폐하. 그전에 드릴 말씀이 있사옵니다."

"응? ……좋아. 나머지는 잠시 물러나 있어라."

신하들과 크라우스의 부하들 모두 밖으로 나갔고 나와 크라우스만 남게 되었다.

아니 근데 저 괴물은 왜 안 나가? 말해봐야 소용없으니 놔두긴 할 테지만.

"뭔데?"

"폐하의 분노는 알고도 남음이 있습니다만……."

"오글거리니까 둘만 있을 때는 그냥 하던 대로 해."

"네가 매우 세상에 대해서 화가 많고 증오도 많다는 건 알겠는데, 일단 놈들에게 한번만 자비를 베풀어 주면 안 될까?"

"자비?"

"어."

"내가 왜?"

"딱히 이유가 없으니까 자비지. 넓은 도량으로 한번만 이야기를 해줘."

"그들이 이야기를 들을 거라고 생각해?"

"아니."

"그런데 왜 그런 무의미한 헛수고를 해야 하는데?"

"필요한 행위니까."

"드라이어즈를 위해서?"

"인류를 위해서."

"난 네가 박애주의자인 줄은 몰랐는데. 나랑 비슷하다고 생각했었어."

"비슷해. 단지 내가 증오하던 놈들은 내가 복수하기도 전에 다 죽어버려서 내 마음을 분출할 대상이 없다는 게 다를 뿐이지."

"설마 이제 와서 동아의 황태자에게 간다는 소리는 아니지?"

"당연하지. 가본들 죽기밖에 더하겠어? 게다가 내 원수들을 죽여줬다고 황태자가 내 은인인 건 아니야."

"그렇다면 더더욱 이유를 모르겠어. 왜 그들과 이야기를 해야 해?"

"쉼표를 찍어보고 싶거든."

"쉼표?"

"난 내가 무슨 짓을 했는지 잘 알아. 은인인 너를 위한답시고 세상에서 가장 위험한 무기를 세상에서 가장 위험한 여자에게 넘겨줘 버렸지. 그 결과를 알고 있으면서도 말이다."

"후회해?"

"전혀. 그저 한번만이라도, 위선이라도, 헛수고라도, 말 그대로 이제 와서긴 하지만 대화라는 걸 시도해보고 싶을 뿐이야."

돌려 말하고 있긴 하지만 크라우스가 어떤 말을 하는지는 알 것 같았다.

그는 나를 위해서이기도 했지만 그보다도 대화가 하고 싶었기에 나를 그들과 같은 테이블에 앉히기 위해 스티그란을 공략하고 지금까지의 일들을 해온 것이었다.

이제 와서가 아니다. 지금이기 때문에 앉을 수 있는 자리인 거다.

같은 테이블에 앉기 위해서는 그들과 동등하거나 그 이상의 힘을 가지고 있어야만 하니까.

대화라는 수단을 알려주길 위해. 그리고 그 모든 건——

나를 증오에서 구하기 위해서.

"안됐지만 이미 늦었어. 난 세상을 부술 거야. 그리고 그로 인해 한번 정화된 세상 위에서 처음부터 다시 새로운 세상을 쌓아 올릴 거고. 하지만 마음은 고마워, 크라우스. 이건 진심이야."

"네 증오가 알기 쉽게 날뛰는 종류였으면 정말 좋았을 텐데."

"하지만 이제까지 수고해준 너의 의견을 무시할 수도 없는 노릇이겠지. 알았어. 딱 한번만, 놈들과 이야기할게. 놈들이 나에게 굴복한다고 하면 살려주겠지만 그 외의 대답을 할 경우 다 죽일 거야."

"파토 날 게 분명한 회담이군."

"그렇지. 대신 한 가지 조건이 있어."

"뭔데?"

"날 떠나지 마."

"처음부터 끝까지 옆에 있을 생각이긴 했지만 뭔가 말하는 뉘앙스가 다른 것 같은데?"

"무슨 뜻인지 알잖아?"

"너 자꾸 잊고 있는 거 같은데, 무나 양 아까부터 여기 있었거든? 앞으로도 내 옆에는 항상 있을 거고."

"물론입니다, 크라우스."

괴물이 날 노려보고 있지만 난 상관하지 않았다. 첩 한둘 정도야 황제의 도량으로 봐주지 뭐.

"둘 보고 헤어지라 말하거나 떨어트려 놓으려 할 생각은 없으니까 안심하고 약속이나 해."

"알겠다. 약속하지."

"좋아. 그럼 서아의 순록에게 연락해서 회담 자리를 만들어 라고 해볼까?"

그리고 아르바의 새신랑 찾기도 도와줘야겠지.

전쟁 준비도 그렇고 앞으로 할 게 많겠구나.

◆ SIDE : 에라르 ◆

"회담 요청?"

"네. 북아와 남아에도 같은 서한이 도착했다고 합니다."

망자들이 깨어나서 전쟁준비로 각국이 바빠 진지 벌써 이틀 째.

본래라면 준비를 끝낸 우리가 했어야 할 서한이 어떻게된 일인지 상대편에서 날아왔다.

"무슨 의도라고 생각하나, 레조?"

"기분 내기……가 아닐까요? 분명 우리에게 알아서 굴복해라! 따위의 말을 협상이랍시고 할 텐데, 그걸 들어줄 리 없다는 건 저쪽도 알고 있을 테니 말이죠."

"역시 그렇지?"

나라로 존재를 확립하기 위한 행위일 수도 있거나 아니면 의외로 정말 협상을 바라는 걸 수는…… 없나.

"회담 장소는?"

"알아서 정하랍니다."

"제법 세게 나오는군."

"예. 자신 있다는 거죠."

"좋아. 그럼 스티그란 동문에서 회담을 갖기로 하지."

"바로 전쟁으로 들어가게 되겠군요."

"그러니 동문으로 해야겠지. 어차피 남아와 북아 모두 자신들과 가까운 곳에서 하는 것은 난색을 표할 테니까."

"그렇다고 저희가 배려해줄 필요가 있습니까?"

"빚을 달아두면 전쟁 후 처리 과정에서 좀 더 유리한 고지를 점할 수 있지 않겠나."

"시작도 안 한 전쟁의 후처리까지 생각하고 계신 겁니까?"

"이번 전쟁으로 인해 내 능력을 다시금 확인해 볼 생각이다. 레조, 너의 말이 맞으면 분명 이기겠지."

"분명히 말씀드리지만 저희가 열세입니다. 그리고 자신감이 지나치면 독이 되고 말이죠."

"딱히 방심하고 있는 건 아니다. 오히려 기대감으로 인해 흥분하고 있지. 드디어 에피온의 복수를 직접 할 수 있으니까. 하지만 지금 내가 어떻게 보이나?"

"겉으로 보기에는 평소의 황태자 전하십니다."

"그래. 난 지금 평온한 상태다. 게다가 팔찌를 풀고 있는데도 말이지. 난 내 몸 안에서 날뛰던 기들을 진정시키면서 내 감정을 다루는데 더 능숙해졌다. 이제 전처럼 격정에 휘말리지 않아."

"전에도 크게 격정에 휘말리신 적은 없었습니다만."

"내가 스스로 느끼기에 그랬다는 말이다."

"과연… 티라미스 황녀님 덕분입니까?"

"정확하게 집었다, 레조."

티라미스가 밖으로 나온 후, 내가 앞으로도 이 아이를 지키기 위해서는, 그리고 이 아이에게 제대로 된 세상을 가르쳐 주고 보여주기 위해서는 절대 내가 무너지면 안 된다는 생각이 들었다.

그 전까지는 나 자신이 죽어도 에피온의 복수를 위해서라면 괜찮다고 생각했지만, 동생의 복수에 집착해서 다른 동생이 아직 남아 있다는 걸 잊고 있었던 거다.

"나는 정말 멍청하고 단순한 놈이라는 걸 다시 한 번 깨달을 수 있었다."

"여동생으로 인해 깨달음을 얻는 주군이라니, 맙소사."

"그런 말투로 말하면 내가 변태 같잖나."

"실제로 그렇지 않습니까."

"아니, 그렇지는…… 않은가?"

"예를 들어 티라미스 황녀님이 시집을 간다고 생각해 봅시다. 어떻게 하실 겁니까?"

"어쩌긴, 축하해줘야지."

"티라미스 님의 상대도요?"

"축하할 거다. 물론 한 대 정도는 때리겠지만. 그 정도야 오빠로서 당연하지 않나."

"……티라미스 님은 평생 독신으로 살 수도 있겠군요. 약혼자가 매번 죽어나갈 테니 말입니다."

레조는 고개를 절레절레 흔들긴 했지만 역시 그 부분은 양보할 수 없는 부분이다.

반드시 한 대는 때릴 테다.

"어쨌건 각국에 답신을 보내도록. 회담 장소는 스티그란 동문 방향에서 하겠다고 말이다. 정확한 시간과 장소를 적어서 보낸 후 그 장소로 인원을 파견하여 미리 준비토록 하라."

"함정이라도 파둘까요?"

"아니. 어찌되었든 회담은 회담이다. 그런 짓을 할 수는 없지."

"정확히 말하자면 먼저 할 수 없다는 말씀이시군요."

"물론이다."

그로부터 다시 사흘 뒤, 스티그란 동문 근처에 마련된 커다란 천막에서 역사상 최초로 4개국 회담이 열렸다.

"장관이군."

"그렇군요."

각 방향으로 대륙 모든 국가의 군세가 집결해 있었다. 덤으로 망자들마저.

자신이 망자들을 완벽하게 제어하고 있다는 걸 보여주기 위함인지 망자들은 마치 살아 있는 병사들처럼 줄과 열을 맞춰서 나란히 서 있었다.

"레조, 사령술사들과 마법사들의 준비는 잘 끝났나?"

"예. 몇 없긴 하지만 사령들과 좀비, 그리고 몬스터의 뼈로 만든 스켈레톤 부대가 마법사들을 지킬 겁니다. 적어도 마법을 발동하기 전까지 시간 벌이 정도는 되겠죠."

세이라를 제외한 내 가신들은 모두 곁에 모여 있었다. 엘리제는 결국 써먹지도 못하고 배신했다는 게 밝혀져 버리겠군. 이제 상관없는 이야기긴 하지만.

세이라는 가끔 가르치긴 했지만 아직 전장에서 활약하기에는 무리이기 때문에 티라미스의 호위로 붙여두고 왔다. 따라오려는 걸 말리느라 애먹었었지.

"자, 이제 가볼까."

미리 설치해둔 천막으로 향했다. 말이 천막이지 거의 회의실 하나를 통째로 만들어 놓은 수준의 장소였다.

각국의 정상급들이 모이는데 이 정도는 당연하겠지만 이걸 짓는다고 병사들과 기술자들이 꽤 고생했겠군.

안으로 들어가자 서아를 제외한 북아와 남아의 수상을 대리하는 자들이 이미 모여 있는 모습이 보였다. 드라이어즈 역시 아직 도착하지 않았나 보군.

"오셨습니까, 황태자 전하. 그라프니스 수상각하의 대리를 맡은 하스 하뮤라고 합니다."

"마찬가지로 미스트로 수상각하의 대리를 맡은 알레한드로 카터입니다."

"동아제국의 황태자인 에라르 데 오거닉입니다."

한 명은 알고 있는 얼굴이었지만 공식석상에서는 처음 보는 사이여야 하니 나도 적당히 맞춰주었다.

그렇게 이야기를 하고 있자 천막 안으로 망자들의 호위를 받으며 어느 여자 하나가 들어왔다.

"흠…? 오늘은 분명 각국의 정상들이 모이는 자리였을 텐데, 내가 잘못 안 건가? 그나마 동아제국은 제대로 나오긴 했구나."

"초면에 상당히 무례하군요. 시리스 칸."

"호칭을 제대로 붙이는 게 좋겠구나, 동아의 황태자여. 짐은 드라이어즈의 황제다."

말로 듣기는 했지만 실제로 들으니 정말 황당하군. 각국의 수상대리들과 그 호위들마저 어이없다는 표정을 하고 있었다.

문제는 저 여자가 가지고 있는 힘이 그 말에 설득력을 더한다는 점이 위험하다는 거지.

"뭐, 됐다. 이제부터는 그대들도 인정하지 않을 수 없을 테니. 이제 회담을 시작하지."

천막 안으로 호위를 위해 대동한 것으로 보이는 갑옷을 걸친 망자들을 제외하고도 살아 있는 남녀가 시리스 칸을 따라 들어왔는데, 기운으로 느껴지기에 저 자들이 북아에서 날 습격했던 크라우스라는 남자와 무나라는 여자인 것 같다. 이거 위험하겠군.

"아직 서아제국의 사람이 오지 않았습니다만."

"서아제국은 오늘 아침부터 우리 드라이어즈의 속국이 되기로 했다. 따라서 짐이 직접 왔으니 굳이 서아의 황제가 올 필요가 없었지. 그런데도 남아와 북아는 대리 따위나 보내다니, 부끄러운 줄 알라."

서아제국이 벌써 굴복했다고?! 둘의 관계는 우리처럼 동맹이 아니었다는 말인가?

그러고 보니 망자들이 가장 먼저 향한 것도 서아제국 방향이었다.

설마 여태까지 서아제국이 뒤를 봐주고 있었다는 것은…… 아니, 지금 이런 생각은 의미가 없다. 괜찮다. 변한 건 아무것도 없으니까.

"좋습니다, 그럼 회담을 시작하죠. 이의 있으신 분계십니까?"

"없습니다."

"없군요."

두 사람 모두 갑작스러운 소식에도 아무렇지도 않은 듯 표정을 잘 유지하고 있었다. 역시 수상의 대리를 맡을 만한 인물들이군.

모든 참석자들이 자리에 앉았고 바로 회담이 시작되었다.

"회담을 주최한 짐부터 말하도록 하지. 짐의 요구는 간단하다. 그대들의 나라를 존속시켜 줄 터이니 드라이어즈에 복종하라. 그렇게 한다면 목숨만은 살려주겠다."

대리로 오긴 왔지만 남아와 북아 모두 나에게 동맹의 대표를 맡아 달라고 미리 말을 맞춰놨었기에 나는 시리스 칸의 황당무계한 주장에 맞서 입을 열었다.

"저희의 제안 역시 간단합니다. 드라이어즈라는 곳을 나라로 인정해드리겠습니다."

"그리고?"

"그게 다입니다."

"흐음. 아무래도 짐의 말을 잘못 알아듣고 있는 것 같구나. 짐은 지금 너희들의 원죄를 용서해주겠다고 하는 것이다."

"저희는 드라이어즈를 우리와 동등한 입장으로 대우하겠다고 하는 것입니다."

"너희들은 원래 신하이며 나라를 훔친 도적들이다. 그런 주제에 감히 주인에게 '대우'라고?"

"500년 전의 일을 들먹이실 거면 드라이어즈 전의 국가들에 대해서도 이야기를 꺼낼 수 있겠군요. 전 이래 봬도 취미가 독서이기 때문에 지금 여기서 역사 강의를 해드릴 수도 있습니다만? 하지만 그럴 경우 드라이어즈가 대륙의 정당한 지배자임을 주장하시기는 힘들어질 것이라 생각됩니다."

이 녀석들의 착각은 드라이어즈가 대륙 최초의 '국가'라고 생각한다는 점이다.

당연한 말이지만 드라이어즈 통일 전까지는 다른 국가가 대륙을 지배하고 있을 때도 많았다. 그게 분열되기도 했었고 다시 통합되기도 했었지. 드라이어즈의 4대 귀족 역시 그런 국가들의 후손이었고.

그렇기에 이런 논쟁은 아무런 의미도 없는 소모적인 논쟁이다.

이 회담에서 나올 수 있는 결론은 단 3가지.

우리 주장을 드라이어즈가 받아들이거나 드라이어즈의 주장을 우리가 받아들이거나 혹은——.

"전쟁이군."

"전쟁이겠군요."

정해진 결말이었다.

이 흐름은 그 누가 오더라도 바꿀 수 없다. 각자가 지켜야 할 것이 있기에.

"어리석은 자들 같으니. 마지막 기회를 줬건만 끝까지 도적들로 남겠다는 것이냐."

하지만 그럼에도 마지막으로 나는 나의 원수들에게 손을 내밀어 보았다. 어쨌든 간에 저자들도 나에게 손을 내밀어 왔었으니까.

"다시 생각해보시는 게 어떻습니까, 칸 황제. 당신들의 목적은 처음부터 드라이어즈의 부활이었지 않습니까?"

"제법 많이 조사했구나, 황태자여. 그리고 호칭을 제대로 부른 것에 대한 칭찬으로 말해주지. 처음부터 우리의 목적은 '전 대륙에 대한 징벌'이었다."

"당신은 지금 그 대륙 전체에 싸움을 걸고 있는 겁니다. 마지막으로 말하겠습니다. 저희의 조건을 받아들이십시오."

"틀렸다. 조각조각 분리된 너희가 하나의 완전한 짐에게 덤비고 있는 것이다. 승산이 없는 건 그대들이지."

"과거와 현재를 볼 수 있으면서 미래는 읽지 못한다는 겁니까?"

"미래는 짐이 태어나기도 전부터 이미 정해져 있었다. 대륙의 지배자. 그게 짐의 미래지."

"드라이어즈는 이번에야 말로 완벽하게 역사 속으로 사라질 것입니다."

"아니, 사라지는 건 그대들이다. 그러고 보니 아주 재밌겠구나. 그대 역시 특별한 '힘'을 가지고 있다지? 아직 다른 자들에게 말하지 않은 건 그 능력이 불완전하기 때문인가?"

젠장. 이 여자. 역시 나를 보고 있었나!

"안 좋은 취미를 가지고 계시는군요."

내가 비꼬든 말든 시리스 칸이라는 여자는 자기만의 생각에 빠져든 것 같았다.

"재미있군. 아주 재밌겠어. 짐의 '인과타량', 즉 과거와 현재를 관측하는 힘과 그대의 '인과조율', 원하는 미래로 현실을 조율해서 유도할 수 있는 힘. 어느 쪽이 강할지 기대되지 않나!"

그 말을 내뱉은 시리스 칸의 목소리는 도저히 젊은 여성의 몸에서 나온다고는 생각할 수 없는 엄청난 박력과 무게를 지니고 있었다.

"마치 누군가가 정성들여 짜놓은 놀이판 같지 않나! 과거 그 자체를 상징하는 짐과 미래 그 자체인 그대의 대립이라니. 이놈의 운명이란 것은 정말이지 유쾌하기 짝이 없군!"

다른 자들은 칸이 뿜어내는 압력에 짓눌려 입을 열지도 못하는 것 같았다.

생각보다 훨씬 강한 여자군. 하지만 이기지 못할 정도는 아니다.

"희망은 언제나 미래에 있습니다."

"아니, 현재와 미래 따위는 결국 과거의 연속에 지나지 않는다. 따라서 희망이란 것이 있다면 과거에 있겠지."

"과거에 발목 잡히는 현실은 미래가 아니라 족쇄일 뿐입니다."

"견해가 참 다르군. 하지만 그렇기에 짐의 상대로서 걸맞아. 여기서 약속하지 그대의 목은 짐이 친히 베겠다."

"저도 약속하겠습니다. 무슨 일이 있더라도 당신들을 살점 하나까지 놓치지 않고 전부 찢어발겨놓겠다고 말입니다."

시리스 칸은 내 말에 히죽 웃음을 지었다. 저 아름다운 얼굴에서 나올 거라 생각할 수 없는 소름끼치는 미소로, 그녀는 대답했다.

"이제야 본심이 나오는구나. 참느라 애먹었겠어."

"당신들 덕분에 수양할 기회가 많았기에 그리 힘들지는 않았습니다."

"그런가? 하긴 동생이 그리 죽었으니 말이지."

이전 같았으면 바로 검을 뽑았을 테고 그렇게 되면 지금 당장 전쟁이 시작되어버렸겠지.

시작이 혼란스럽다 가정한다면 망자들이 유리하다. 하지만 지금의 나는 차분하게 대답할 수 있었다.

"조만간 만나실 수 있을 테니 직접 물어보시는 게 어떻습니까? 물론, 당신들은 제 동생과는 다른 곳으로 떨어지실 테지만."

"기대하고 있도록 하지. 생각보다 재밌는 회담이었다. 그럼 다음에는 전장에서 보자."

"마찬가지로 기대하고 있겠습니다."

당신만큼은 내가 직접 죽이겠다는 말을 목구멍으로 삼키고 변함없는 태도로 드라이어즈의 일행들을 배웅했다.

시리스 칸이 밖으로 나가자 곳곳에서 한숨 소리가 들려왔고 각국의 수상대리들의 질문이 쏟아져 왔다.

"예상은 했었습니다만 결국 이렇게 되는군요. 황태자 전하를 탓하는 것이 아닙니다. 누가 와도 지금의 상황에서 평화를 끌어낼 수는 없을 테니 말이죠."

"그리고 저 시리스 칸이라는 여자는 생각보다 훨씬 무서운 여자더군요. 하지만 왜 당장 전쟁을 시작하지 않는 걸까요? 우리 역시 대비하고 있다지만 당장 시작하면 유리한 건 저쪽인데 말입니다."

그것에 대해서는 짐작 가는 바가 있기에 내가 대답해 주었다.

"말과 행동에서 유추해 볼 때 저 여자는 자신들이 하나의 국가로서 성립하고 있다는 것을 강조하고 싶어 하는 것 같았습니다. 그렇기에 전쟁 역시 다른 국가들처럼 시작하고 싶어 하는 것 같군요. 지금 바로 덮치진 않겠지만 전쟁은 이미 시작되었다고 생각해야 합니다."

"물론입니다."

"어서 본국으로 돌아가서 이 사실을 알려야겠군요."

두 사람은 각자 자신들이 데려온 군세를 대동하고 서둘러 귀환했고 나 역시 가신들에게로 돌아갔다.

"어떻게 됐습니까?"

"어떻게 되긴. 파토 났다."

"그런 것 치고는 망자들이 얌전히 물러나던데요?"

"저 시리스 칸이라는 여자는 형식을 상당히 중요하게 여기는 것 같더군. 자신들이 '나라'라는 걸 강조하고 싶은 모양이야."

"그렇군요. 그런데 남아와 북아의 군사들은 저렇게 돌려보내도 괜찮은 겁니까?"

"어쩔 수 없어. 상대의 공격력과 기동력이 더 뛰어나니까. 서아제국 쪽이라는 건 알지만 본거지도 아직 자세하게 알지 못하고 있고. 정찰대가 열심히 찾고 있다고는 하지만 말이다."

"먼저 한 대 맞고 시작할 수밖에 없는 싸움이라는 거군요."

"가장 먼저 공격당하는 나라는 최대한 방어전으로 몰고 가면서 다른 동맹이 도착할 때까지 놈들을 붙잡고 있는 게 역할이다. 물론 그것도 양동일 수 있으니 적의 숫자를 정확하게 파악해야겠지만."

"전력은 비등하지 않습니까?"

"우리가 숫자가 많아서 그런 거다. 장기전으로 갈수록 불리해. 놈들은 지치지도 않고 잘 다치지도 않는데 우리는 픽픽 죽어나갈 테니까."

"단기결전을 생각해봐야겠군요."

"문제는 그걸 놈들도 알고 있을 거라는 말이지."

주위가 어두워져서 하늘을 올려다보니 물방울이 얼굴에 떨어지는 게 느껴졌다. 날씨도 난리군.

"전하, 안으로 드시지요."

"아니 곧바로 돌아가겠다. 마차를 준비하라."

어떻게 싸워야 할까. 우리가 어떤 식으로 계획을 짜든 미리 수를 읽히고 하는 싸움이다.

무계획으로 마구잡이로 싸운다? 각개격파 당해서 한순간에 전멸할 거다.

단순하게 밀어 붙인다? 뒤를 당해 지켜야 할 것들이 사라져버리겠지.

"앞으로는 말도 조심해야겠군. 그 여자가 언제 어느 타이밍에 지켜보고 있을지 모르니 말이다."

"그 여자가 전하도 지켜보고 있었다고 합니까?!"

"그렇다하더군."

엘리제가 이를 갈고 있었다. 굉장한 소리가 나고 있는데.

"전술적인 회의를 할 때는 종이에 적어서 숨기는 편이 좋겠군요."

"그렇다고 해도 움직임을 훤히 보고 있으니 결국 읽히는 건 마찬가지지."

"골 아프네요. 그냥 전하가 병사들을 이끌고 '전쟁에서 이길 테다!' 라고 외치며 돌격하시는 게 어떻습니까?"

"만에 하나 그게 성공한다고 해도 '전쟁에서 이겼지만 아무것도 남아 있지 않았다' 는 패턴일 거 같은데."

"뭡니까, 그거. 엄청 설득력 있는데요."

"그냥 흔한 이야기……는 아니구나."

현생에서는 말이다.

황궁으로 도착한 나는 아버님께 회담의 결과를 알려드렸고 아버님 역시 결과를 예상하고 계셨기에 그저 한숨만 내쉬셨을 뿐이셨다. 그다음은 그저 전쟁에 대비하라는 말씀을 남기셨다.

"모두 잠시 쉬도록 해라. 이제 쉴 수 있는 순간도 한동안 없을 테니."

가신들을 모두 돌려보낸 후 내 방으로 향하자 티라미스가 앞에서 기다리고 있는 모습이 눈에 들어왔다.

"티라미스."

"아, 오라버니!"

티라미스는 나를 보자마자 뛰어와서 내 품에 안겨들었고 나 역시 티라미스를 꼭 안아주었다.

에피온이 죽어서일까. 어리광이 더 늘어난 느낌이다. 물론 에피온의 죽음을 극복해낸 후 많이 성숙해진 느낌도 들지만.

"어떻게 되셨나요."

"미안하구나. 전쟁은 피할 수 없게 되었다."

내 대답에 티라미스는 머리를 좌우로 붕붕 흔들었다.

"아니에요! 오라버니의 잘못이 아니에요! 모든 잘못은 그 나쁜 자들에게 있어요! 그 자들이 에피온 오빠까지……."

"무리하게 이야기하지 않아도 된다, 티라미스. 오빠도 잘 알고 있으니 말이다."

"오라버니……."

"괜찮다. 너도 알다시피 이 오라비는 상당히 강하다. 지금이라면 적어도 동아제국에서 날 상대할 자는 없다고 단언할 수 있을 정도지."

"동아제국만이 아니라 전 대륙에서 세 손가락에 드는 강자라고 아버님이 그러셨어요."

그, 그런가?

"그래. 그만큼 강한 오라비다. 그러니 걱정하지 않아도 된다. 사랑하는 여동생아. 그저 내가 돌아오길 기다리고 있기만 하면 된단다. 그러면, 모든 게 끝나있을 거야."

"네, 전 오라버니를 믿어요."

그러면서 더 강하게 내 품으로 안겨 들어왔다.

사실 티라미스에게 한 말은 나 자신을 다독이기 위한 말이기도 했다.

 레조와 티라미스에게는 강하게 말하긴 했지만 솔직히 말하자면 나 역시 이번 전쟁의 결과를 전혀 예측할 수 없으니까.

 해서 바란다. 만약 나에게 정말 그런 특별한 능력이 있다면 제발 깨어나 달라고. 그래서 부디 내가 계속 세상을 사랑할 수 있게 해달라고 말이다.

CHAPTER 06

◆ SIDE : 에라르 ◆

끝이 없군.

쓰러트려도, 쓰러트려도 망자들이 줄어드는 느낌이 들지 않는다.

확실히 말하자면 분명 줄어들고 있긴 하겠지만 망자들이 줄어드는 속도보다 우리들이 죽어나가는 속도가 훨씬 빠르기에 이렇게 느껴지는 것이겠지.

"하앗!"

"젠장, 좀 죽어라!"

"야, 눈을 떠! 야 인마! 이런, 젠장!"

"으아아아악!"

곳곳에서 들려오는 처절한 비명과 절규들이 귀를 때리고 있다.

하지만 나조차 그에 신경을 쓸 틈이 없다. 주변에 수십의 망자들이 겹겹이 나를 포위하고 있으니까.

가장 가까이에 있던 망자를 반으로 가른 다음, 그 자세 그대로 양쪽에 있던 망자들의 다리를 잘랐다.

먼저 기동력을 빼앗은 다음 마무리를 가하는 공격 패턴.

지난 4개월간의 전투 동안 지긋지긋하게 했기에 인식하기도 전에 몸이 먼저 움직일 정도의 동작들.

북아에서의 싸움이후 끝없이 스스로를 단련한 덕에 이제 나 혼자서도 수십의 망자들 정도는 상대할 수 있게 되었지만 전쟁 속에서는 나 혼자만 잘해서는 아무 소용없었다.

그렇다고 싸움을 멈출 수는 없었기에 계속해서 베어나갔다. 머리를 부수고, 사지를 자르고, 반으로 쪼개고 상반신과 하반신을 분리하면서까지, 내가 할 수 있는 모든 공격들을 망자들에게 퍼부었다.

하지만 여전히 끝이 나질 않는다. 오히려 망자들은 점점 내 주위로 모이지 않게 되었고, 다른 병사들을 찾아가 학살을 자행하기 시작했다.

처음에는 나만을 집요하게 노렸지만 이제는 방향을 바꿔서 병사들을 소모시킬 생각인 것 같았다. 하긴, 나라도 그렇게 하겠지.

"마법 부대! 시전은 아직인가!"

"곧 갑니다! 조금만 더 시간을 벌어주십시오!"

"빌어먹을. 이쪽은 지금 죽을 판이라고!"

잠시 전황을 확인해 보니 계획대로 중장보병들이 포위진을 구성하면서 대기하고 있었다. 그 앞에는 마법사들이, 그리고 그 앞은 레조를 비롯한 사령술사들이 소환한 사령과 좀비, 그리고 스켈레톤들이 중보병들과 함께 마법사들이 마법을 사용할 수 있게끔 망자들로부터 보호하고 있었지만 말그대로 시간 벌이밖에 안 되는 상황.

나는 옆에서 망자들을 뭉개고 있었던 리델린의 머리 위에 올라타 서둘러 그곳으로 나아갔다.

리델린은 내 의도를 알아챈 것인지 망설임 없이 망자들 사이로 화살과 같이 쏘아져 갔다.

리델린과 함께 달려드는 망자들을 일일이 걷어차고 사지를 가르며 떨쳐내길 수분. 드디어 애타게 기다리던 순간이 찾아왔다.

"모두들 떨어져라! 마법이 온다!"

앞에서 싸우고 있던 경보병들이 재빠르게 물러서기 시작했고 그 전장에 마법사들의 마법이 작열했다.

"-헬 프레임-!"

거대한 불꽃들이 한데 모여서 앞으로 쏘아지며 전장을 불로 뒤덮었고,

"-라이트닝-!"

그 위를 눈이 멀 것만 같은 수많은 벼락들이 적을 몸통을 꿰뚫었으며,

"-황혼의 바람-!"

강렬한 회오리바람이 불과 벼락의 전장을 다시 한 번 휘감으면서,

"-화환의 눈물-."

마지막으로 해일과 같은 물들이 망자놈들을 쓸어버렸다.

"지금이다! 전군 돌격!"

상대가 보통 인간이었다면 전부 죽었거나 못해도 그에 가까운 상태가 되었을 테지만 상대는 그 지긋지긋한 스티그란의 망자들. 그들은 혼란을 겪지도 않고 상처의 고통에 몸부림치지도 않는다. 그저 다시 일어나서 싸울 뿐.

그렇다고는 해도 신체의 대미지를 무시할 수는 없기에 확실하게 움직임은 둔해져 있었다.

"진형을 유지하라! 한 마리도 빠져나가게 해서는 아니 된다!"

뒤에서 대기하고 있던 거대한 방패를 들고 기다란 창을 가진 중장보병들이 앞으로 나서며 겹겹이 망자들을 둘러싸고 압박하기 시작한다.

"뒤에 있는 자들은 확실하게 앞의 동료를 지지해주어라! 망자들의 움직임이 둔해져 있다! 이제 놈들은 처음과 같은

돌파력을 발휘하지 못해!"

망자들은 기를 쓰고 포위망을 돌파하려 하고 있었고 창에 찔린 상태 그대로 병사들에게 다가가며 공격을 가했다.

하지만 포위망 안에는 망자들만 있는 게 아니다.

"-디졸브드-!"

엘리제가 이끄는 독립 마법병단이 마법으로 보병들을 공격하는 망자들을 녹여가며 견제하고 있었고.

"차앗!"

나와 다른 대장급 기사들이 거기에 가세해서 망자들을 점점 더 안으로 몰아넣고 있었다.

"쑤셔 박아!"

각 부대 백인장들의 외침에 뒤에서 지지해주고 있던 중장보병들 역시 앞의 동료와 마찬가지로 창을 앞으로 나란히 눕혔다. 엘리제의 마법병단과 나, 그리고 기사들이 포위망에서 이탈하는 순간, 그대로 돌진해서 망자들을 꼬챙이로 만들어버렸다.

"마지막까지 방심하지 마라! 목을 확실히 날아갔는지 확인해! 그래야만 놈들의 움직임을 멈출 수 있다!"

창들에 둘러 싸여서 꼬챙이가 된 망자들이 계속 저항했지만 그 움직임으로 인해 자신들끼리 뒤엉켜 버려서 넘어지기 시작했다. 곧 그곳에 있던 모든 망자들이 행동을 멈추게 되었다.

"기름! 어서 기름을 가져와!"

"마법사들은 어서 불을 붙여라! 뭐, 마나? 염병, 대형 마법이 아니라도 돼! 그냥 불만 붙일 수 있으면 된다는 말이다!"

전쟁 초기, 망자들을 쓰러트렸다고 방심했다고 역공을 당한 부대가 많았기 때문에 이후로는 겉보기로 절대 판단하지 않는다.

최후의 최후까지, 모든 망자들을 재로 만들기 전까지는 전투가 끝난 것이 아님을, 이제 모두가 잘 알고 있었다.

"기름 도착했습니다!"

"좋아, 뿌려!"

뒤에 아슬아슬한 지점까지 대기하고 있던 보급부대가 서둘러 달려와 기름을 통째로 망자들에게 던졌다. 그 위에 마법사들의 만들어낸 작은 불씨들이 모여 들자 모든 것은 순식간에 불타기 시작했다.

"경기병들은 주위를 수색하라! 혹여나 저번처럼 망자들이 숨어 있을지도 모르니 샅샅이 찾도록!"

"옛!"

인간과의 싸움이라면 일단 전투가 끝난 상태라고 해도 좋겠지만 이 순간을 노리고 급습해온 사례도 있기에 여전히 긴장을 풀 수가 없었다. 병사들 역시 자신들의 자리에 돌아가서 진을 만들어 대기 중이었고.

상대가 그런 전법을 사용해 온 것은 단 한번 뿐이었지만 그 한번으로 인해 우리가 언제 어디서나 긴장의 끈을 놓지 못하게 만들어 버렸다.

그리고 그 긴장은 우리의 피로로 이어진다. 상대 역시 그 걸 노리고 한 행동들이겠지.

수십 분 동안 그 상태에서 대기하고 있으니 주변 수색에 나섰던 경기병들이 하나둘씩 돌아오기 시작했다.

"서쪽 방면, 이상 무!"

"북쪽 방면, 이상 무!"

"남쪽 방면, 이상 무!"

"동쪽 방면, 이상 무!"

일단 이번 전투는 확실히 끝난 것 같다.

"전하, 어서 이 소식을 다른 병사들에게도!"

옆에 있던 부장군이 잔뜩 흥분한 얼굴로 내게 말해왔다. 아, 그렇군. 이번 전투는 우리가 이긴 거구나.

나는 검을 높이 치켜들었고 그로인해 그 일대는 병사들의 환호성이 가득 메우게 되었다.

고개를 돌려 뒤를 보니 다른 대장급 기사들도 정신없이 소리 지르고 있었다. 심지어 평소 항상 침착하고 조용했던 대장군마저 목이 터져라 외치고 있었다.

하지만 난 그 모습을 타박할 생각이 없다. 타박은 무슨. 치하하면 치하했겠지. 내 곁으로 다가온 리델린의 머리를 쓰다듬으며 그렇게 생각했다.

아무렴, 이 전투는 우리가 4개월 동안의 전쟁 중 처음으로 확실하게 이겼다라고 말할 만한 전투였으니까.

"리델린, 이제 원래 모습으로 돌아오너라. 너의 사기 때문에 힘들어 하는 병사들이 있는 것 같구나."

리델린은 고개를 한번 끄덕이더니 안개에 휩싸이기 시작했고 곧 검은 망토를 걸친 아름다운 흑발의 여성으로 변했다.

"이 녀석, 안겨 붙지 말거라. 몸에 피가 잔뜩 묻어 있으니."

"그건 리델린 양도 마찬가지니까 상관없지 않을까요."

소리가 난 방향으로 고개를 돌려보니 리델린을 노려보며 걸어오는 엘리제가 보였다.

"수고했다, 엘리제."

"황공한 말씀입니다, 에라르 님. 그보다 리델린 양은 슬슬 떨어지는 게 좋겠군요. 에라르 님은 아직 해야 할 일이 많으시니 말이죠."

내 몸에 머리를 부비던 리델린을 엘리제가 억지로 떨어트려 놓았다. 리델린은 바둥바둥 거리며 저항했지만 엘리제를 떨쳐내진 못하고 끌려가버렸다. 의외로 엘리제가 더 힘이 강한 건가?

"전하는 어디에 계시던 장밋빛의 삶을 살고 계시는군요."

"부러운가?"

"전혀요."

레조는 진심을 담아 고개를 저었다. 어쨌든 다행히 이번에도 무사했군.

"몸은 괜찮나."

"예, 살만합니다. 그것보다 대장군께서 회의를 위해 전하를 모셔와 달라고 부탁하더군요. 미리 준비하고 있겠다고 합니다."

"그렇군. 엘리제. 그만하고 리델린과 가서 쉬고 있거라. 난 회의를 마친 후에 돌아가겠다."

"네, 에라르 님."

바둥바둥.

"엘리제와 함께 얌전히 있거라. 곧 돌아가마."

끄덕끄덕.

"그래, 착하구나. 그럼 레조, 우리는 가보도록 하지."

"예, 전하."

레조와 함께 지휘관용 막사로 들어가자 대기하고 있던 기사들이 다시 환호성을 지르며 맞이해주었다. 기뻐하는 건 좋지만 소리는 너무 크게 지르지 말아줬으면 한다. 목 아플 거 같으니까.

그런 속마음을 뒤로하며 나는 가장 상석으로 가서 앉았다.

"죄송합니다, 전하. 쉬시지도 못하게 하는군요."

"괜찮다. 지금 같은 상황이 가장 위험할 수도 있다는 걸 우리는 뼈저리게 깨닫지 않았나."

"하지만 전하의 전략으로 인해 이번에야 말로 승리할 수 있었지 않습니까!"

젊은 기사 하나가 흥분하며 그렇게 외치자 옆에 있던 상관으로 보이는 노년의 기사가 젊은 기사의 뒤통수를 휘갈기며 나에게 사죄를 해왔다.

"죄, 죄송합니다, 전하."

"괜찮으니 그만하도록 하여라. 망자들보다 그대에게 먼저 맞아죽겠구나."

내 말에 기사들이 작게 웃는 소리가 들려왔다. 음? 내가 방금 농담을 한 건가?

"어쨌든 이제까지와는 다르게 망자들을 놓치지 않고 몰살할 수 있었지만 아직 수많은 망자들이 남아 있다. 게다가 상대도 바보가 아닌 이상 같은 수는 통하지 않겠지. 하지만 너무 걱정들 하지 마라. 이번 전투로 인해 시리스 칸, 그 여자의 능력 또한 완전한 것이 아니라는 것을 증명해내지 않았더냐."

그 말을 들은 기사들은 조금이나마 활력이 돌아온 것 같았고 곧 회의가 시작되었다.

회의 내용은 모두 손으로 가린 종이로 쪽지를 만들어서

주고받는다. 마치 시험시간에 컨닝 페이퍼를 돌려보는 학생들 같아 웃길 수도 있겠지만 그 분위기는 상당히 진지하다.

시리스 칸이 언제 어느 타이밍에 우리를 훔쳐보고 있을지 모르기 때문에 상위 요직에 있는 기사들은 더욱더 철저하게 기밀을 유지하고 있다. 거의 아슬아슬 할 때까지 서로 어떤 작전을 실행할지 모를 경우도 있으니까. 위험하긴 하지만 정보가 세어나가는 것보다는 낫다.

어쨌건 방금은 기사들의 기운을 돋우기 위해 이렇게 말하긴 했지만 그 증명을 위해서 죽어간 병사만 6만이다. 망자들에게 잿더미가 된 이름 있는 도시만 4개고. 거기에 작은 마을들까지 합치면 생각하기조차 싫어진다.

겨우 3천. 살아 있는 자도 아니고 이미 죽은 망자들 3천 마리를 다시 죽이기 위해 그렇게나 많은 자들이 죽어갔다. 죽은 자들에게서부터 산 자들을 지키기 위해.

"전하?"

"음? 아아. 미안하구나. 잠시 생각에 빠졌던 것 같다."

"무리도 아니십니다. 가장 많은 전장을 떠돌고 계시는 분이 다름 아닌 전하시니 말이죠."

"오늘은 이만 하시고 쉬시는 게 좋지 않겠습니까?"

"그렇군. 정해질 건 다 정해진 것 같으니 오늘은 이만하도록 하지. 모두 푹 쉬도록 해라."

"옛!"

나는 막사를 나와서 내가 사용하는 천막으로 향했다.

천막에는 레조와 세이라, 리델린 그리고 엘리제가 기다리고 있었다.

"고생하셨습니다, 전하."

"아아. 너희들도 수고가 많았다. 다친 사람은 없느냐?"

"예, 모두 무사합니다."

"이곳은 이제 어느 정도 정리가 되었으니 이제 다른 곳으로 옮기시는 건가요?"

"그래야겠지. 상대가 서아제국군이라면 괜찮지만 망자들이 공격해 오는 곳은 내가 필요할 테니 말이다."

전쟁이 계속되면서 확실해진 것들 중 하나가 레조가 처음 말했던 내 능력이 정말 실존하는 것 같다는 느낌이 들고 있는 것이다.

아직까지 확실하게 컨트롤 할 수는 없지만 상황을 뜻대로 유도할 수 있을 것만 같은 느낌이 든다고 해야 하나.

"하지만 전하가 움직이시는 것과 동시에 망자 역시 계속해서 움직이고 있으니 문제군요. 아무래도 전하를 피하고 있는 모양새입니다."

"그렇긴 해도 점점 망자들을 따라잡기가 수월해 지고 있다. 놈들에게는 감정이 없기 때문에 확실하다고는 말할 수 없지만 왠지 상대가 당황하는 것 같은 느낌이야."

"에라르 님이 그걸 원하셔서 그런 게 아닐까요? 그래서 전하의 능력이 시리스 칸의 능력을 방해하고 있는 것이라면 말이 되지 않을까 생각합니다."

"정말 그런 것이었으면 좋겠군."

"그럼 방해꾼은 이만 물러나도록 하겠습니다. 더 있다가는 전장이 아니라 다른 곳에서 비명횡사 할 거 같으니 말이죠. 편히 쉬시길."

"그래. 편히 쉬도록 해라."

그런 말을 하며 레조는 밖으로 나갔고 나는 앉아 있던 의자에서 일어나 침대로 가서 누웠다. 그러자 이 순간을 기다리던 3명이 곁으로 바짝 다가왔다.

"오늘은 피곤한데."

"네, 에라르 님. 오늘은 몸의 피로를 풀어드리기 위해 마사지를 해드릴까 합니다."

"그런가, 그럼 부탁하마."

나는 가만히 엎드리며 침대에 몸을 걸친 리델린의 머리를 쓰다듬었고 세이라와 엘리제가 해주는 마사지를 받았다.

"어떠신가요?"

"좋구나. 엘리제는 피곤할 텐데 무리하지 않아도 된다."

"아뇨. 제가 좋아서 하는 것이니 부디 말리지 말아주셨으면 합니다."

"그런가."

뭉쳐있던 근육들이 서서히 풀어지며 몸이 노곤해지는 기

분이 들어간다. 확실히 피로가 풀리는 느낌이군.

"에라르 님. 너무 걱정하지 마세요. 에라르 님은 아주 잘하고 계십니다."

"……더 많은 자들을 살릴 수 있었다. 내가 제대로만 했다면 말이지."

"전에도 제가 말씀드린 적 있지 않았나요? 에라르 님은 분명 저의 신이시지만 모두의 신은 아니라고 말이죠."

"그렇긴 하지만……."

"지금은 그저 눈앞에 닥친 일에 최선을 다 할 수밖에 없습니다. 그렇게 하다 보면 분명 길이 열릴 거예요."

"그래, 그렇겠구나."

잠시의 휴식에 몸을 맡기며 나는 서서히 눈을 감았다.

◆ SIDE : 크라우스 ◆

"도대체 왜야? 왜 안 보이는 거지?!"

"뭘 말하고 싶은지는 알겠지만 일단 의자는 내려놓고 말하지 그래."

나는 대화를 나누기 위해선 친애하는 여제폐하의 발광을 진정시켜야 할 것 같아서 무나 양에게 시리스로부터 의자를 뺏도록 만들었다.

"의자 내놔!"

"왜 의자에 집착하는지는 차지하고, 뭐가 안 보인다는 건지부터 말해봐."

"동아의 황태자! 그 놈의 현재가 보이지 않아!"

이건 또 무슨 소리인가. 시리스의 능력으로 볼 수 없는 상대가 있다고?

"전혀 안 보인다는 말이야?"

"엄밀히 말하자면 보이긴 보여. 하지만 다른 자들처럼 뚜렷하고 확실하게 보이는 게 아니라 뭔가 잡음 같은 게 자꾸 끼어들고 있어. 그 주기는 점점 짧아지고 있고."

발광할 만한 일이긴 했군.

"어떻게 해봐도 안 돼?"

"다른 자의 현재를 보는 방법으로 우회 방법까지 써봤는데도 안 보여. 오히려 그 대상이 된 인물의 모습까지 안 보이게 되어버린다고!"

자신이 모르게 되는 존재가 생겼다는 것이 시리스에게 엄청난 스트레스로 다가오는 듯했다. 지금까지는 그런 존재가 전무했으니까. 그렇다고 해도 너무 당황하는 거 같은데.

"네가 한 말 때문에 그러는 거냐."

"무슨 말?"

"회담 때 황태자와 희망에 관한 담론을 나눴었잖아. 황태자가 한 말이 실현될까 봐 무서운 거냐고."

"무서워한다고? 내가? 크라우스, 지금 농담해?"

"아니. 실제로 그렇게 보이니까."

"그냥 조금 당황한 것뿐이야! 황태자 하나 못 보게 된다고 해서 우리의 승리가 흔들일 일은 절대 없어!"

"알았으니까, 일일이 소리 지르지 마. 너 그 보석인가 뭔가를 흡수하고 나서부터 좀 이상해졌어."

"그건 또 무슨 말이야? 내가 이상해졌다니?"

"분명 힘은 강해졌긴 했지만 확실히 이전과는 달라졌다. 화도 잘 내게 되었고 평소에도 상당히 신경질적이게 되었고 말이지."

"우리 지금 전쟁 중이거든? 이 상황에서 태연하게 있을 수 있는 건 전 대륙을 통틀어도 너뿐일 거라고!"

"그걸 감안해도 말이다."

"됐어. 쓸데없는 소리하지 말고 어서 전쟁을 끝낼 계획이나 내봐."

시리스가 보기에는 태연해 보일지도 모르지만 나는 나대로 요즘 한숨이 늘어나고 있다. 물론 전쟁 때문에.

"동부전선이 격파 당했어. 남부와 북부도 밀리고 있고."

"그건 나도 알아! 그러니까 그 대비책을 마련해 오랬던 거잖아!"

"그래서 말인데. 역시 내가 처음 말한 대로 장기전으로 끌고 가야해. 그래야만 승산이 있어."

시리스는 내 말에 또 무슨 헛소리를 하냐는 표정으로 쳐다보았다. 다시 설명해야 하나.

"아직 우리가 압도적으로 유리한데 무슨 소리야? 어서 끝내야 다음 일을 진행할 수 있는 거잖아."

"드라이어즈의 완전한 부활 같은 건 전쟁에 이기고 천천히 해도 돼. 그 중요한 전쟁에서 이기지 못하면 아무 쓸모없는 계획들이니까."

"그렇다고 굳이 우리가 질질 시간을 끌 이유가 있어?"

"당연히 있지. 이것 역시 처음에 설명했던 거지만 우리 군의 최대 강점이 뭐지?"

"대부분의 병사들이 망자라는 점이지. 강하고, 지치지도 않고, 보급도 따로 필요 없는 완벽한 병사들이니까."

"맞아. 그리고 상대는 그저 평범한 인간들일 뿐이지. 싸우면 싸울수록 지치는 건 우리가 아닌 그들이야. 따라서 우리는 지금처럼 망자들의 대군을 이끌고 다니는 게 아니라 소규모 부대를 많이 편성해서 게릴라 형식의 소모전으로 끌고 가야 돼. 그렇게 하면 틀림없이 이겨."

"하지만 그렇게 하면 필요할 때 방어를 못하게 되잖아?"

"그래서 미리 윌리엄을 사용해서 서아제국을 속국으로 삼아뒀었잖아. 우리는 서아 바로 뒤에 있기 때문에 적들이 우릴 치려면 필연적으로 서아를 넘어야만 해. 최소 필요 수의 망자들과 서아의 제국군이 있으면 다른 망자들이 대륙 어디에 있든 돌아올 때까지 충분한 시간을 벌 수 있어."

"지금 크라우스가 하고 있는 말은 결국 우리가 여태까지 해왔던 일들과 같잖아. 어둠속에 숨어서 속닥속닥 거리며 하는 일들, 난 이제 지겨워."

"정신 차려, 시리스. 이건 지금 죽느냐 사느냐의 생존 싸움이야. 단순히 취향 문제로 이길 수 있는 싸움을 포기할 수는 없어."

"그럼 네가 보기엔 지금처럼 하다가는 질 수도 있다는 거야?"

"질 수도 있는 게 아니라 틀림없이 져."

"이유를 말해 봐."

"현재 전쟁 중인 국가들의 비율이 3대2 라고는 하지만 실질적으로는 3대1에 가까운 상황이다. 전력 차를 말하는 게 아니라 영토, 즉 지리적 이점을 생각해 보도록 해. 아직까지 스티그란은 건재하긴 하지만 그 건재함 때문에 확실한 표적이 되어서 사방으로 공격 받고 있지. 다시 말하자면 우리는 지금 포위되어 있는 형국이라는 말이야."

"그래서 처음 크라우스가 발안한 대로 중앙에 본대를 놔두고 다른 부대들을 사방으로 퍼트려서 공격과 방어를 동시에 하고 있는 거였잖아. 주위의 부대 중 밀리는 부대가 있으면 본대를 움직여서 원군을 보내는 방식으로 말이야. 그런데 지금 여기서 본대의 병력을 더 쪼개자고? 각개격파 당하는 거 아니야?"

"우리 병사들이 인간이라면 바보 같은 짓이지. 하지만 몇 번이나 말했듯이 그들은 망자야. 게다가 인과타량이 가능한 너도 있고. 적들이 그런 움직임을 보이면 언제라도 후퇴시켜 버릴 수 있어. 망자들의 속도를 따라잡을 수 있는 건 기병대, 그것도 경기병대 정도인데. 그들만으로는 도리어 역으로 박살날 게 자명하니까 추격해 오지도 않을 테고."

"무슨 말인지는 알겠어."

"소규모 부대라고는 해도 아주 잘게 쪼개자는 말은 아니야. 너도 컨트롤 하는 것에는 한계가 있으니까. 지금 각지에 있는 부대 정도만 되면 충분할 거다. 그 정도라면 스티그란 방어에도 무리가 없을 거고."

내 설명을 들은 시리스는 잠시 고민에 빠진 걸로 보였다. 나는 일말의 희망을 가지고 그녀의 대답을 기다렸지만.

"역시 안 돼."

그녀의 대답은 내 예상을 벗어나지 못했다.

"시리스."

"달콤한 목소리로 불러도 안 되는 건 안 돼."

"이유나 들어보자."

"황태자야."

또 그놈인가.

"시리스. 그가 아무리 뛰어나다 해본들 결국은 한 명의 사람일 뿐이야. 물론 뛰어난 전략가는 전쟁의 판도를 뒤집을 수도 있긴 하지만 지금 우리에게 그 정도의 차이는 없어."

"그게 아니야. 그런 게 아니라고."

"그럼 뭔데."

"그 능력. 아무래도 그 능력이 내 능력을 방해하고 있는 거 같아."

"능력? 아, 그 인과조율이라 했던 거? 하지만 그건 황태자 본인의 상황밖에 조율할 수 없는 능력이라며. 네가 그때 인과타량으로 보고 말해줬었잖아. 확실히 그것 그를 볼 수 없는 게 말이 되긴 하지만 지금의 자세를 고수해야할 이유는 못 되는데?"

"단순히 황태자 본인에게만 적용되는 능력이 아닌 것 같아…… 이건 위험해. 그 능력은 점점 진화하고 있어. 그리고 황태자는 그 능력을 사용하는 것에 있어서 익숙해지고 있고."

"하지만 그 정도라면 예상했던 바가 아니었나? 아니면 네가 예상한 것 이상이란 거야?"

"아까 우리가 지금 포위된 상태라고 했었지?"

"응? 어. 그랬었지."

"최소한의 방어 부대를 제외한 전 망자들을 북아공화국으로 보내겠어."

"뭐? 시리스, 잠깐 기다……!"

시리스는 내 외침에도 아랑곳하지 않고 망자들에게 명령을 내렸다.

"설마 정말로 북아공화국을 멸망시킬 생각이냐?!"

"새삼스럽게 왜 그래? 순서가 조금 앞당겨졌을 뿐 일어날 일이었잖아."

알고는 있었다. 이런 여자인 줄은. 진작 알고 있었다. 하지만.

"생각해봐, 크라우스. 놈들을 한 번에 일소시킬 수 있는 기회잖아? 3국은 동맹을 맺고 있어. 북아를 직접 타격하면 분명 남아와 동아역시 몰려들 테고, 그럼 그냥 다 죽여 버리면 간단하지 않겠어?"

"협공을 당해 도리어 우리가 전멸할 수도 있다."

"말도 안 되는 소리하지 마. 스티그란의 망자들은 무적이야."

"제발 부탁이다, 시리스. 방금 내린 명령이니, 아니 너라면 언제라도 돌아오게 할 수 있잖아. 그러니 지금 당장 망자들의 움직임을 돌려."

"싫어."

"시리스!"

"괜찮다니까!"

"놈들이 북아를 포기하고 곧장 서아와 우리를 공격해 올 가능성도 있다. 그렇게 되면 망자들이라도 시간에 못 맞춰."

"남아는 그렇다 치고 그 황태자가 그런 선택을 할 리가 없잖아. 날 믿어, 크라우스. 분명 이제 곧 다 끝날 테니까."

그 끝이 우리가 바랐던 끝은 아닐 거라는 예감이 든다, 시리스.

◆ SIDE : 에라르 ◆

숨 쉴 틈도 없이 계속되는 전투 속에서 변해가는 무언가가 하나 있다. 그것은 바로 나 자신.

감정적인 부분을 말하는 것이 아니다. 마침 주변에 적당히 예로들만 한 것이 있었다.

난 지금 하늘에서 우리를 공격하고 있는 적측 비행 몬스터 부대를 격파하고 싶다고 생각했다.

그리고 마음 속 깊이 바랐다. 저 하늘의 괴물을 퇴치해서 지상의 아군들의 피해를 줄이고 싶다고.

그런 소망이 마음 한편을 지나간 후, 난 움직이고 있었다. 무언가 떠올랐거나 생각이 나서 움직인 것이 아니다.

앞으로 달리던 나는 어느 지점에서 도약했고 아무것도 없는 공중을 향해 검을 휘둘렀다. 그리고 내 검은 하늘에서 쏘아 내려진 암기들을 모두 쳐냈고 그 행동으로 인해 원래라면 죽었을 병사들의 목숨을 구했다는 것을 알 수 있었다.

고개를 들어 하늘을 자세하게 보니 몬스터의 등 뒤에 달린 서아 제국의 제국군들이 보였다.

기분 탓인지는 모르겠지만 당황하고 있는 눈치였고 그건 나또한 마찬가지였다. 방금 했던 행동은 전혀 의식하고 했던 행동이 아니었기 때문에.

"몬스터의 등 뒤에 서아제국의 병사들이 숨어 있다. 하늘에서 떨어지는 암기에 주의하라!"

지상의 병사들에게 주의를 준 후, 바닥에 떨어진 창을 하나 집어서 던져 가고일 한 마리를 꿰뚫어 떨어트렸다. 이건 생각해서 의식적으로 한 행동. 방금과는 느낌이 전혀 다르다.

"마법사들의 영창이 끝났다고 합니다!"

"좋다, 쏘아라!"

내 명령과 동시에 다양한 마법들이 하늘을 수놓았다.

"-윈드 커터-."

"-체인 라이트닝-."

"-아이스 랜스-."

적군 마법사들 또한 프로텍트 계열의 마법을 사용해서 방어에 나섰지만 마법사들의 수를 따지자면 이쪽이 우위이기에 그들이 펼쳐놓은 결계는 얼마 버티지 못하고 깨어졌다. 몬스터와 그 등에 타고 있던 적 병사들이 하늘에서 떨어지기 시작했다.

그 모습을 본 나는 이대로 무사히 우리가 이길 수 있기를 소망했고 그 소망에 응답하듯 또다시 몸이 움직이기 시작했다.

달려왔던 방향에서 우측으로 도약한 나는 그 주변에 검풍을 마구잡이로 날려댔고 그 검풍으로 인해 땅속에 숨어 있던 코볼트와 고블린 부대를 찾아낼 수 있었다.

"땅속에 몬스터들이 숨어 있다! 모두 토벌하라!"

지상으로 나온 몬스터들은 그 대부분이 땅속에서부터 기습을 가하는 방식을 사용하는 몬스터들. 일단 밖으로 나온다면 전투력이 급감하기에 우리군의 상대가 되지 않았다.

병사들에게 썰려나가는 몬스터들을 뒤로한 채 나는 재도약했다. 아까와 마찬가지로 보통이라면 하지 않았을 행동들과 스스로도 이해하기 힘든 행동들을 반복해 갔다.

그 결과 양동작전을 꾸미고 있던 적군의 다른 부대를 색적했고 몰래 대형 마법을 준비하고 있던 마법사들을 저지했으며, 지휘본부로 특공을 걸어온 대형 몬스터들을 사전에 제거할 수 있었다.

그리고 지금 현재, 우리는 전투에서 승리했고 병사들은 내 이름을 연호하며 소리 지르고 있었다.

하지만 나는 다른 고민 때문에 거기에 신경 쓸 수 없었다. 본래라면 이들 중 상당수는 죽었을 터. 하지만 나는 그들을 살렸다.

다시 말해 내가 하고 있는 걱정은 이런 식으로 인과를 계속해서 바꿔가도 괜찮을까하는 걱정이다. 이게 나중에 더 큰 재앙으로 다시 찾아오지는 않을까?

그 대가를 나 하나만 희생해서 갚을 수 있다면 상관없는 일이지만 다른 아군들은 무슨 죄며, 말려들 내 가신들은 무슨 죄라는 말인가.

"전하가 걱정하시는 그런 일은 없을 겁니다."

고개를 돌려보니 먼지투성이가 된 레조가 나에게 걸어오고 있었다.

"내 생각까지 읽을 수 있나?"

"타인의 생각을 직접 읽는 능력 같은 건, 저한테 없지만 전하가 지금 생각하시는 것 정도는 그냥 알 수 있습니다. 아마 전하의 능력을 계속 사용해도 괜찮을지에 대해 고민하고 계셨겠죠."

"……."

"어디까지나 추측입니다만, 전혀 상관없을 겁니다. 전하는 이미 결정된 인과를 다시 바꾸는 게 아니라 전하가 원하는 결과가 나오도록 조율하시는 것이기 때문이죠. 그러니까 다시 말해 전하가 바라서서 나온 결과가 그대로 인과가 되는 겁니다."

"위안이 되는 말이긴 하지만, 정말 그렇게 생각하느냐?"

"물론입니다. 만약 그로 인해 재앙이 닥쳐온다면 전하께 직접 올 텐데 여태까지 그런 적은 한 번도 없지 않았습니까. 전에 말씀드린 것처럼 능력의 반동은 그 능력을 사용한 본인에게 직접 옵니다. 자연의 법칙 같은 거죠."

"그렇군. 고맙구나, 레조."

"별 말씀을. 그런데 어떠십니까? 능력에 대한 자각이 되어가고 계신지요."

"무언가 느껴지는 독특한 것이 있긴 하지만 아직은 잘 모르겠구나. 다만 부분적으로는 원하는 대로 사용할 수 있는 것 같다."

"그런 것 같군요. 아까 병사들의 이야기를 듣고 왔는데 전하의 행동들이 마치 미래를 보고 행동하시는 것 같았답니다."

"미래를 본다니, 말도 안 된다."

"뭐 어떻습니까. 인과타량 같은 능력을 지닌 여자도 있는데 있어서 이상할 건 없죠."

그런 이야기를 하고 있었는데 저 멀리서 어느 전령 하나가 뛰어오는 것이 보였다.

"전하! 급보이옵니다! 망자들이 일제히 북아공화국으로 향하고 있다 합니다!"

북아공화국이라고?!

CHAPTER 07

◆ SIDE : 에라르 ◆

"지금 당장 전군을 북아공화국으로 향하게 해야 합니다!"

"하지만 그걸 위한 함정일 수도."

"방위 병력은 각국마다 충분하게 있지 않습니까? 괜찮지 않을까요?"

"그 병력은 본대가 도착하기 전까지 시간을 벌기 위해 중장보병들만으로 구성된 부대들이지 않습니까! 얼마간은 버틸 수 있겠지만 망자들을 격퇴하기에는 무리라는 말입니다!"

"북아 출신이라고 너무 감정적이신 거 같은데 조금 침착해지시는 게 어떻겠습니까?"

"뭐요? 지금 말 다했소?"

기사들 사이에서 언쟁이 오가고 있었다.

북아에서 차출된 기사들은 당장 전군을 북아로 돌려야 한다고 주장하고 있었고 그 외의 국가에서 차출된 기사들은 함정일 가능성과, 자칫 잘못하다가는 전멸할 수도 있다는 주장으로 맞서고 있는 상태다.

"전하, 결단을."

그리고 각국의 수장들로부터 모든 전권을 위임받은 나는 지금 선택의 기로에 놓여있다. 물론 내 대답은 이미 정해져 있었지만.

"모두 진정하라."

일부러 목소리에 압력을 담아서 말한 덕분에 소란스럽던 회의장을 조용하게 만들 수 있었다.

"마음은 이해가 가지만 다들 너무 흥분하고 있는 것 같구나. 우리가 혼란스러워 할수록 적들이 바라는 바가 될 것이다. 그러니 우리는 이런 때일수록 침착하게 행동해야만 한다."

"하지만 한시가 급한 상황이옵니다. 부디 결단을."

"내 대답은 이미 정해져 있다. 나는 이제부터 북아로 향한다."

"전하!"

"전하! 하지만……."

각기 다른 의미를 품고 있는 외침들이 들려왔다. 한쪽은 안도를, 다른 한쪽은 우려를 나타내고 있는 목소리들. 하지만 아직 내 말은 끝나지 않았다.

"지금부터 구체적인 작전 계획을 종이에 적겠다. 비서관은 이를 필사하여 각 부대의 지휘관들에게 나눠주도록 하라. 읽어본 후에는 언제나 그랬듯이 바로 태우도록."

모든 지휘관급 기사들이 작전 내용을 읽은 것을 확인한 후 나는 선언했다.

"이번 전투로 우리는 대륙의 모든 망자들을 일거에 일소할 것이다."

◆ SIDE : 시리스 ◆

"그렇게 안절부절 하지 마, 크라우스. 놈들은 내 생각대로 움직이고 있으니까."

북아로 망자들을 향하게 한 후부터 적들의 움직임은 모두 내 예상대로였다.

북아공화국과 인접한 타국의 도시에 있던 모든 병력들이 북아의 수도로 향했으며 그 중간에 있던 병력들 역시 모두 수도로 향하고 있었다.

"황태자는? 놈은 어떻게 행동하고 있지?"

"여전히 잘 보이진 않지만 서아제국의 정찰병들이 확인

한 결과 본대가 움직이는 것 같다고 하고 있어. 하지만 시간에 맞추진 못할 거야. 북아를 쓸어버린 후에 그대로 몸을 돌려서 적들의 본대를 박살내버리면 돼."

"조금이라도 시간이 어긋나면 자칫하다가는 포위되어 버릴 수 있어."

"시간은 충분하다니까. 이제 결전이야. 설령 포위된다고 해도 망자들의 돌파력이라면 충분히 무너트릴 수 있어."

"그렇다면 다행이지만. 망자들과의 연결은 어때?"

"원활해. 움직임들도 생각대로 순조롭고."

"북아까지의 거리는?"

"이 이동속도라면 이제 하루내지 이틀 안에 수도로 도착할 거야. 중간에 있던 모든 부대가 고개를 돌려서 수도로 향했으니까 가는 길에 걸리적거리는 것도 없고 말이지."

"황태자는 영리한 놈이야. 단순히 북아를 구하기 위해서 전군을 희생시키지는 않을 거다. 그 뒤에 어떻게 될지 알고 있을 테니까."

"크라우스도 말했잖아? 그도 결국은 한 명의 사람일 뿐이라고. 적들이 본대를 돌리지 않았다면 위험할 수도 있었겠지만 이제 끝났어. 크라우스는 어디가 좋아? 원하는 곳의 왕으로 만들어 줄게. 하지만 내가 부르면 바로 와야 해?"

"그런 고민은 모든 게 정말 다 끝난 후에 하기로 하지."

"걱정뿐이라니까, 크라우스는."

"넌 요즘 신경질적인 걸 넘어서 거의 조울증에 가까운 증상을 보이고 있다는 건 알아? 기분이 좋았다가 나빴다가를 엄청나게 반복하고 있어서 옆에서 보면 걱정될 정도라고."

"날 걱정해 주는 건 사랑스럽지만 난 확실하게 괜찮아. 크라우스가 무슨 말을 하는지는 알겠지만 이 힘에 점점 익숙해지면서 오는 작은 부작용일 뿐이야. 시간이 지나면 분명 사라지게지."

"제발 그러길 바랄게."

크라우스의 우려와는 달리 내 몸은 날이 갈수록 이 힘에 익숙해지고 있다.

마력만 해도 이전보다 3배는 가까이 늘어났으며 아직 더 늘어나고 있는 추세. 이건 거의 팽창이라고 불러야 하지 않을까. 그리고 망자들과의 연결 역시 처음과는 비교할 수도 없을 정도로 명확해지고 있다.

요즘은 망자들의 눈을 통해서 여기서도 직접 내 눈으로 볼 수 있게 되었을 정도니까. 덕분에 부대 단위로 움직이기도 쉬워졌고 전체적인 움직임을 통솔하기도 편해졌다.

아, 아. 최고다. 난 말 그대로 지금 무적인 상태. 아무것도 두려워할 필요는 없다.

이제 저 눈엣가시 같은 황태자만 죽여 버린다면 대륙에서 날 막을 자는 아무도 없게 된다.

"이제 끝이야, 에라르 황태자."

약속한 것처럼 내 손으로 목을 못 베게 된 건 조금 아쉽지만 어쩔 수 없지. 하다못해 그 목을 벨 망자의 눈으로 직접 보아줄게.

◆ SIDE : 그라프니스 ◆

"상황이 이렇게 되니 별의별 생각이 다 드는군."

"갑옷을 입는 게 처음이라 그런 거 아니에요?"

옆에서 내가 갑옷을 입는 것을 도와주던 아내가 핀잔을 한다. 하지만 그럴 수도 있겠군. 한 평생을 정치가로서만 살아오다가 뜬금없이 전장에 서게 되었으니 긴장했던 걸 수도. 사실 내가 직접 싸울 일은 없겠지만 말이다.

"그런데 굳이 당신이 직접 나서야 해요? 당신이 잘못되기라도 하면 전……."

"걱정 마시오, 부인. 그리고 만약 나에게 무슨 일이 생긴다면 부총리가 바로 사태를 수습해 줄 것이오. 그 외에도 대비책은 많이 마련해두고 가는 것이니 너무 걱정 마오."

"전 지금 당신을 걱정하고 있는 거라고요. 그리고 혼자 남을 저를 말이죠."

"왜 혼자라 생각하시오, 딸들과 아들이 있지 않소."

"그치만……."

"수도가 공격받을 것이오. 젊은이들이 목숨을 걸고 나라를 지키기 위해 싸우는데 수상인 자가 혼자만 살겠다고 숨어있을 수는 없지. 뭐, 어차피 난 그저 상징 같은 거요. 이미 모든 전권은 에라르 황태자에게 위임했으니 그저 이 늙은이로 병사들을 조금이나마 독려할 수 있다면 내 역할은 다한 것이겠지."

"여보. 꼭 약속해주세요. 무사히 돌아오시겠다고요."

"물론이오. 나 역시 죽고 싶은 마음은 없으니. 그리고 내가 당신과의 약속을 어긴 적이 있었소?"

"없었죠. 그러니 믿어요."

"그럼 다녀오리다."

미안하오, 이번 약속만큼은 지킬 수 없을 지도 모르겠군.

그런 생각을 하며 나는 아내에게 가볍게 입맞춤을 하고 밖으로 나왔다. 밖에는 이미 다수의 기사들과 마차가 대기하고 있었다.

"정말 가셔야겠습니까, 수상 각하."

"어차피 모든 권한은 이미 위임하지 않았나. 이제 밥값을 하려면 이런 일이라도 해야지 뭐 어쩌겠나?"

내 농담에 기사들은 작게 웃으며 결국 납득해 주었고 나는 마차를 타고 성벽으로 향했다.

성벽에 도착해서 위를 올라가서 밖을 보니 성문 밖에서 대기하고 있는 우리 군이 보였다.

"병사들의 모든 무장을 황태자의 말대로 바꾼 것이 틀림 없겠지?"

"예. 모든 병사들이 중장보병으로 싸울 수 있게 조치를 취해뒀습니다. 모든 병사들의 병과를 바꿨고 무장 역시 중갑옷과 랜스, 대형 방패를 장비시켰습니다."

"잘했다. 망자들과의 조우는 얼마나 남았나?"

"앞으로 15분 정도면 시야에 들어올 것 같다는 정찰병의 보고가 있었습니다."

"그렇군. 그럼 이제 이 쪽지들을 각 부대의 지휘관들에게 서둘러 전달하도록."

"작전이 변경된 겁니까?"

"……."

"죄, 죄송합니다! 제가 그만 깜빡하고……."

"괜찮네. 그녀는 지금 우리 따위는 안중에도 없을 테니까. 아마 에라르 황태자를 주시하고 있을 테지. 어서 전달이나 해주게나."

"예!"

명을 받은 기사는 서둘러 뛰어가서 전서구들로 쪽지들을 각 부대에 전달했다. 이제 내가 할 일은, 할 수 있는 일은 하나뿐이군.

"병사들은 들으라! 수상 각하의 연설이 있으실 거다."

호위기사의 외침이 마법으로 증폭되어 전 부대에 전달되

었고 병사들이 나를 향해 고개를 돌리는 것이 보였다.

나는 호흡을 가다듬은 후 목소리를 증폭시켜주는 마법구를 손에 잡고 입을 열었다.

"주제넘은 말은 하지 않겠다. 귀관들은 나 따위와는 비교도 안 될 만큼 용감한 용사들이니까. 다만, 이것만큼은 말하고 싶다. 지금은 모두 알고 있다시피 우리 북아공화국만이 아닌 전 대륙의 위기다. 그리고 그 위협은 제대로 된 말조차 통하지 않는 정신 나간 여자 하나가 이끄는 망자들의 무리이지. 지금의 싸움은 이때까지와는 완전히 그 성질이 다른 전쟁이다. 망자들과 우리 인간들. 어느 쪽이 살아남아 세상을 살아갈 자격을 얻을 것인지에 대한 생존권 다툼이지. 당연한 말이지만 이 전쟁에 이제 대화로 해결할 수 있는 방법 따위는 없다. 이제는 그저 싸울 뿐. 하지만 싸우면서도 귀관들이 기억해줬으면 하는 게 있다. 우리는 인간이다. 우리는 생명이다. 우리는 살아 있다. 우리는 생각할 수 있다. 우리는 행동할 수 있다. 우리에게는 저 망자들에게는 없는 인간이라는 긍지가 있다. 우리는 사람이다! 우리는 인간이다! 우리는, 인류는 보여주어야만 한다. 세상을 살아갈 자격이 있는 것은 산자들임을. 저 망자 놈들이 아닌 바로 지금 현재 살아 있는 생명들임을. 미래를 만들어 갈 수 있는 것 역시 우리 인간만이 가능하다는 것을 말이다!"

나는 마지막으로 온 몸의 힘을 다해 외쳤다.

"자, 용사들이여, 이제 보여주어라! 우리야 말로 이 세상의 주인임을! 저 죽다만 놈들을 이번에야말로 완전히 흙으로 돌려보내는 거다!"

"와아아아아아—!"

나는 들고 있던 마력구를 보좌 기사에게 돌려주었다.

"멋진 연설이셨습니다, 각하."

멋지긴 개뿔이.

"상대가 망자들이 아니었다면 단순한 파시스트의 선동이었을 걸세."

"하지만 지금 상황에서는 적절한 연설이었다고 봅니다만."

"그렇게라도 생각해주니 고맙군."

그때 성벽에서 망을 보던 병사의 외침이 들려왔다.

"망자들이 보이기 시작합니다!"

"각 부대에 전달하라. 반드시 작전대로 움직일 수 있도록 하라고."

"옛!"

이제 정말 결정되게 되겠군.

인류의 끝이냐, 아니면 새로운 시작이냐. 그 모든 것은 당신에게 달렸소, 에라르 황태자.

◆ SIDE : 이름 모를 북아공화국군의 최고 지휘관 ◆

"망자들이 보이기 시작합니다!"

"알고 있다. 전원, 전투 준비!"

"전투 준비!"

"전투 준비!"

"전투 준비!"

내 호령에 맞춰 각 부대에 지휘관급 장교들이 병사들에게 전투 준비 명령을 내리고 있다. 그리고 병사들은 명령대로 대형 방패로 몸을 감싸고 롱 랜스를 앞으로 눕혀서 겨드랑 이에 단단히 고정하고 있었다.

"그야말로 파도로군요."

옆에 있던 부관의 중얼거림대로 망자들이 달려오는 모습 은 마치 거대한 헤일이 다가오는 것만 같은 모습이었다.

"각 부대에 작전 내용은 잘 전달되었나?"

"예. 틀림없이 모든 부대에 전달되었습니다."

멀리 있던 망자들의 모습이 점점 커지기 시작한다.

온몸에 갑옷을 두르고 있는 상태에서도 말을 탄 기병과 같은 속도를 내며 돌진해 오는 자들. 멀리서도 확인할 수 있 을 만큼 뚜렷한 귀화를 눈에 띄고 달려오는 자들.

그 모습들이 점차 가까워져 간다.

지금 여기 모여 있는 사람들은 지휘고하와 출신지를 막론

하고 같은 공포에 떨고 있을 것이다.

스스로의 눈을 속이고 싶을 정도로 두려운 자들에 대해. 멀리서도 느껴지는 귀기로 인해 몸이 얼어붙을 것만 같은 느낌에 대해. 이제 곧 죽은 자들에게 죽을 수도 있다는 두려움으로 인해.

하지만 고개를 돌릴 수는 없다. 그 누구도 고개를 돌릴 수 없다. 눈을 감아선 안 된다. 직시해야만 한다. 지금 이 자리에서 죽더라도 증명해야만 한다.

내가 살아 있었음을. 내가 현재를 지키려 했음을. 살아 있는 자들이 죽은 자들에게 저항했음을.

너무나 빨리 와버린 불합리한 죽음에 필사적으로 저항했음을. 우리는 증명해야만 한다.

"망자들이 이제 곧 궁수들의 사격 범위 안에 들어옵니다!"

"궁수들은 모두 사격 준비!"

"사격 준비!"

"사격 준비!"

"사격 준비!"

궁수들이 활에 시위를 메우는 모습이 눈에 들어왔다.

"망자들, 진입합니다!"

"쏴라!"

하늘을 수놓는 수많은 화살들이 전투의 시작을 알렸다.

◆ SIDE : 북아공화국의 이름 모를 병사 ◆

이걸 어떻게 표현해야만 좋을까.

지금 내가 느끼는 이 공포감을 어떤 식으로 설명해야 후대에까지 이 두려움이 잘 전달될 수 있을까.

새삼 평소 책을 읽지 않았던 자신이 원망 되지만 후대에 알리는 것도 일단 내가 지금 이 지옥에서 살아남았을 때의 이야기다.

하늘을 가르는 대량의 화살들로 전투는 시작되었지만 운 좋게 망자들의 머리를 꿰뚫은 소수의 화살들을 제외하면 망자들의 움직임에 큰 영향을 주지 못했다. 적들은 달려오던 그 속도 그대로 우리에게 부딪쳐 왔다.

"버텨라!"

"죽더라도 버텨!"

"우리 뒤에는 우리의 가족들이 있다! 그들을 위해 목숨을 버려다오!"

솔직히 나 같은 일반 사람에게는 망자들에게 세계가 유린당하든 말든 크게 신경 쓸 일이 아니었다. 하지만 그게 내 가족을 향한다면 이야기가 다르지.

나뿐만이 아니라 여기 서 있는 대분의 병사들이 그렇다. 게다가 난, 제길, 신혼이라고!

"으아아아!"

있는 힘껏 방패로 밀치며 달려드는 망자를 떨쳐냈지만 망자들은 한 번의 주춤거림도 없이 그 자세 그대로 다시 달려들었다.

"좌열이 밀린다! 저쪽으로 지원을 더 보내!"

"거기로 보내는 순간 우리가 밀릴 겁니다!"

"한쪽이 뚫리면 다 뚫리는 거야! 어서 가서 막아!"

지금 이곳에는 장병이고 장성이고 없다. 한 손이 아까운 상황이라 모두 나서서 죽어라 막을 뿐.

간간히 공격도 하고 있지만 망자들에게 큰 효과는 없다. 놈들은 몸에 구멍이 뚫리던 사지가 찢어지던 상관 않고 공격해 오니까.

이거 이렇게 해서 막을 수 있는 건가라는 의문이 잠깐 들었지만 정말 잠깐일 뿐이었다.

"멍청아! 정신을 어디다 두고 있는 거야!"

"미, 미안!"

뒤에서 받혀주는 동료가 아니었다면 그대로 망자에게 깔려 죽을 번했다. 위험하네.

나는 내 자리를 찾아서 간 다음 방패로 막아섰고 망자들과의 밀고 당기기가 다시 시작되었다. 망할 놈들, 힘도 더럽게 좋네!

얼마나 시간이 흘렀는지 모르겠다. 10분? 30분? 1시간? 체감상 느끼기에는 수 시간은 지난 것 같았지만 난 내가 이런 상태에서 그렇게 오래 버틸 수 없다는 걸 알고 있었기에 아마 실제로 지난 시간은 수십 분 정도가 아닐까.

어쨌건 내 몸은 이제 한계에 다다르고 있었다. 방패는 점점 밀리고 있었고 창은 무거워지고 있다. 아, 여기까지인가.

"지금이다! 놈들을 포위해!"

양쪽에서 지지해주고 있던 동료가 움직이는 바람에 나도 덩달아 움직이게 되었고 우리는 점점 옆으로 퍼져가게 되었다.

갑자기 왜이래? 이러면 중앙이 뚫려버리는 거 아닌가?

"지원군이 도착했다! 조금만 더 버텨! 그럼 이긴다!"

아까부터 소리가 들려오는 방향으로 고개를 돌려보니 소리치는 자는 총사령관이었다. 더 버티면 이긴다고? 이 상황에서 무슨 수로? 버티는 게 고작인데?

어, 잠깐. 그전에 뭐라고 말했었지?

"지원군이다!"

"에라르 황태가가 왔다!"

"버텨! 무조건 버텨라! 놈들이 산개하게 두어서는 아니 된다! 죽어도 붙잡아!"

내 의문은 다른 자들이 풀어주었고 나는 그 지원군이라는 자가 에라르 황태자라는 것을 알게 되었다.

하지만 아무리 그 소문의 황태자라고 해도 이 상황을 타개할 수 있을까?

상대 역시 예상하고 있을 텐데 포위하려다가 도리어 포위
되어 버리면 어쩌지. 그럼 진짜 다 죽는 건데.

그런데…… 왜 저렇게 빠른 거지?

◆ SIDE : 에라르 ◆

처음 망자들이 북아공화국으로 향했다는 소식을 들었을
때부터 느꼈던 감정이 있다. 이건 바로 기회라는 것.

그만큼의 위험도 따르는 상황이긴 했지만 지금의 불리한
형세를 역전시키기 위해서는 도박에 나서는 수밖에 없었다.
물론 내 목숨도 걸어야만 했고.

그리고 회의 도중 내 작전 계획을 적은 쪽지를 본 다른 자
들의 반응. 정확히는 쪽지들.

-마법사들을 포기하신다고요?

-마법 없이는 망자들과 싸울 수 없습니다!

-부디 재고를.

그리고 그에 대한 내 대답.

-마법사들을 버린 다는 것이 아니다. 지금과는 다른 방
식으로 써먹는 다는 말이지. 그것보다 마법병단장에게 질문
이 있다. 내가 말한 계획이 실현 가능한가?

-가능하긴 합니다만…… 위험이 너무 큽니다.

─이렇게라도 하지 않으면 제 시간을 맞출 수가 없다. 지금의 이동속도로는 경비기병들만 보낸다 한들 도착한다면 잿더미가 된 북아공화국과 건재한 망자들이 우리를 맞이해 줄 테지. 그렇게 되면 전멸이다. 그리고 미리 말해두지만 난 절대 북아공화국을 포기하지 않을 생각이다.

─전하!

그 외에도 다양한 반대에 부딪히기는 했지만 내 계획을 제외하면 마땅한 대안이 없었기에 결국 다른 지휘관들도 납득해 주었다.

일단 납득한 뒤로는 한시가 급한 상황이었기에 모두 신속하게 행동에 들어갔다.

모든 기병대를 중기병대로 무장시켰고 각국의 마법사들이 한데 모여 필드를 만든 다음 그 안에 있는 기병대 전원에게 '헤이스트'와 '스트렝스 메인터넌스', 그러니까 속도 강화 마법과 체력 유지 마법을 최대치까지 걸어주었다.

그 때문에 마법사들이 한동안 마법을 사용할 수 없을 정도로 마나 고갈이 일어나긴 했지만 어차피 북아로 갈 지원군은 이 중기병대뿐이기 때문에 상관없었다.

모든 준비를 마친 후 나 역시 중무장하고 서포트 마법의 버프를 받은 그 상태 그대로 랜스를 잡고 기병대의 선두에 섰고, 모든 기병대를 이끌고 북아로 내달리기 시작했다.

며칠을 쉬지 않고 달린 끝에 우리는 드디어 북아공화국의 수도로 도착할 수 있었다.

눈앞에서는 망자들과 북아공화국군의 격렬한 싸움을 볼 수 있었다. 그리고 북아공화국군은, 내가 도착하자마자 단순히 방어를 하던 태세에서 넓게 퍼지며 상대 망자들을 반원 형태로 포위하는 형식을 취하기 시작했다.

"전하! 북아공화국군이 계획대로 적들을 붙잡아두고 있었습니다!"

"좋아, 모두 준비들 하도록. 이대로 돌격이다!"

"예!"

몸 상태를 유지시켜주고 있던 버프가 사라지고 있는 게 느껴졌지만 이제는 상관없다. 싸울 체력은 충분히 보존시켜줬으니까.

"전군, 돌격!"

나는 랜스를 앞으로 세우며 달려갔고 그 뒤를 중기병대가 뒤따라 왔다.

그리고 대망의 격돌.

기병대는 중무장한 것 덕분에 말 그대로 하나의 철퇴가 되어서 망자들의 뒤를 강타했고 망자들은 그에 짓밟혀 다시 일어나지도 못하게 되었다.

가볍게 무장한 경기병대라면 뒤에서 공격한다 해도 이 정도의 파괴력은 낼 수 없지만 지금의 우리라면 다르다.

속도가 떨어진다는 단점은 '헤이스트'로 만회했기에 버

프가 사라진 후에도 그 속도를 그대로 유지하며 달릴 수 있었고 망자들은 속절없이 쓰러지기 시작했다.

선두에서 기병대를 이끌던 나는 망자들을 가르며 계속 나아가다가 오른쪽으로 방향을 돌렸다.

그렇게 해서 북아공화국군이 포위하고 있는 망자들을 그 안에서 한 바퀴 도는 형태로 대부분 짓밟을 수 있었고, 가장 중앙에 남아 있던 소수의 적들은 곧이어 북아공화국군이 완전히 포위해서 처리하면 대부분의 망자들을 해치울 수 있는 거다.

"전하! 좌측 측면에 또 다른 망자들의 군단이 습격해 옵니다!"

괜찮다. 놈들이 만약을 위해 병력을 분산시켜 대기해 놓았던 것은 예상했던 대로다.

하지만.

"제 시간에 맞추지 못한 것은 놈들이다! 승기는 우리 손에! 전군, 다시 돌격!"

포위망 밖으로 빠져 나온 우리들은 그 돌파력을 온전히 갖춘 채 다시 돌격했고, 우리를 향해 달려오던 망자들의 부대와 정면으로 맞부딪쳤다.

"갈라라—!"

두 세력의 충돌에서 먼저 무너진 것은 망자들. 하나의 화살처럼 쏘아진 우리 기병대는 쉴 새 없이 망자들을 유린해

갔고 망자들이 뒤늦게 좌우로 갈라졌지만 그것마저 이미 늦었었다.

기병대로 인해 망자들의 부대는 벌써 반으로 갈라진지 오래였고 거기서 다시 무리하게 분산시켜 포위하려 해본들 우리의 일을 쉽게 해줄 뿐이다.

"놓치지 마라! 적들에게 놈들이 잊고 있던 죽음의 공포를 다시 깨우쳐주어라!"

망자들의 움직임을 예상했었기에 사전에 이야기 해둔대로 내가 이끄는 기병대와 부대장급 기사가 이끄는 기병대가 갈라졌다. 좌우에서 크게 반원으로 달리며 망자들을 짓밟은 뒤, 기병대는 다시 하나의 부대로 합쳐졌다.

그리고 나는 미리 준비해둔 신호를 각 부대에 전달했고 하나의 화살처럼 움직이던 기병대는 이번에는 좌우로 넓게 퍼지기 시작했다. 마치 날개 넓게 펼친 새와 같은 형태를 취한 다음 조금씩 남아서 도망치려는 망자들로 향했고 망자들은 괴성을 지르며 돌진해 왔지만 이미 그 특유의 돌파력과 공격을 잃은 상태였다.

"한 놈도 남기지 마라! 모조리 쓸어버려!"

말 그대로 한 마리도 놓치지 않겠다는 듯이 집요한 추격을 벌이던 우리는 전장에 있던 망자들을 확실하게 전부 소탕할 수 있었다. 그리고 오늘 이날, 스티그란에 있었던 대부분의 망자들이 역사의 뒤안길로 사라졌다.

측면으로 습격해 오던 망자들을 청소한 우리는 다시 북아공화국군이 있는 곳으로 향했고 성벽 위와 밑에서 엄청난 환호소리가 들려오는 것이 느껴졌다.

"이―겼―다――!"

"우리들의 승리다!"

"북아공화국 만세! 에라르 황태자 만세!"

"살았어! 우린 살았다고!"

아무래도 목소리를 증폭시켜 주는 마법구까지 동원해서 함성을 지르고 있는 것 같다. 게다가 목소리들 중 하나는 그라프니스 수상 같았는데?

기병대가 성문에 다가가자 요구하기도 전에 성문이 열렸고 온 시민들이 나와서 북아공화국군과 우리들을 칭송하는 목소리가 들렸다.

이 환호를 우리만 받을 수는 없었기에 나는 일단 기병대를 성문 앞에서 멈춰 세우게 했고 북아공화국군 지휘관을 찾아서 말한 뒤 모두 함께 안으로 향하도록 했다.

그리고 나는 일단 말에서 내린 다음 성벽 위로 올라갔다. 예상했던 대로 그 위에는 그라프니스 수상이 환호를 지르며 울고 있었다.

"저…… 수상님?"

"우오오오오! 이겼다―!!! ……아, 에라르 황태자! 정말 고맙소! 그대는 우리 북아공화국의 구원자요!"

"아닙니다. 북아공화국군이 망자들을 잘 붙잡고 버텨주었기에 가능했던 일입니다. 만약 정면에서 덤볐다면 박살난 건 우리였겠죠."

"그렇게 되지 않도록 지시한 게 에라르 황태자, 당신이지 않소! 자, 이제 시민들의 환호성에 화답해주시오. 그대가 그렇게 있어서야 밑의 부하들도 마음 편히 기뻐하지 못할 거 아니오."

뒤를 돌아보자 북아공화국군과 기병대는 물론이고 시민들마저 나를 뚫어져라 쳐다보고 있는 게 느껴졌다. 올라올 때 벽을 타고 뛰어서 올라오지 말고 계단을 쓸 걸 그랬군.

나는 조금 겸연쩍긴 했지만 들고 있던 창을 높이 치켜 올렸고, 그에 화답하듯 거대한 함성이 다시 한 번 도시를 채워나갔다.

이제 남아있는 건 스티그란 본거지에 있는 방어를 위한 소수의 망자들과 서아제국군 뿐. 끝이 얼마 남지 않았다.

◆ SIDE : 시리스 ◆

"이게 뭐야? 지금 대체 무슨 일이 일어난 거야?!"

거의 대부분의 망자들과의 연결이 끊겼다. 이를 의미하는 건 망자들이 모두 파괴당했다는 것.

"말도 안 돼. 어째서?"

"대단하군, 에라르 황태자. 정말 감탄을 금할 길이 없어."

"…감탄? 크라우스, 지금 감탄이라고 했어?"

나도 모르게 살기를 내뿜었던 것 같다.

정신을 차리니 크라우스 옆에 있던 괴물이 앞으로 나서서 경계하고 있었으니까.

내가 지금 무슨 짓을.

"미, 미안해. 크라우스. 고의로 그런 게 아니었어."

"괜찮아. 그만큼 충격적인 일이었으니까. 자, 이제 어쩐다."

그런 말을 하며 턱에 손을 집은 자세로 고민에 빠진 크라우스였지만 나로서는 아직 무슨 일이 일어난 건지 이해하지 못했기에 크라우스에게 설명을 요구했다.

"응? 네가 다 말해줬잖아? 그런데도 모르겠다고?"

"모르겠으니까 묻는 거잖아! 빨리 설명해!"

"음. 안 보이던 적군 본대의 모습이 갑자기 보이게 됐고 널 부러진 마법사들이 가장 먼저 보였다고 했지?"

"응. 적군 중 장성급 하나의 현재를 보는 것으로 봤을 때 그런 모습이 보였어."

"그리고 북아공화국을 순조롭게 공격하고 있을 때 절대 나타날 수 없을 적군 기병대가 갑자기 나타났고? 거기에 그 기병대는 황태자 본인이 이끌고 있었고."

"맞아. 게다가 그 기병대는 엄청나게 무거운 갑옷을 입고 거대한 창을 들고 있는 중기병대였다고! 절대 제 시간에 도착하지 못해야 하는 거 아니야? 대체 어떻게 도착한 건데?"

"마법사들을 포기한 성과였겠지."

"망자들을 상대하면서 마법사들을 포기할 생각을 했다고?"

"대충 추측한 거지만 아마 각국 마법사들의 마력을 짜내서 기병대에게 속도 강화와 체력 유지 계열의 서포트 마법을 걸었을 거야. 그래서 중무장한 상태에서도 쉬지 않고 달려와서 제 시간에 맞출 수 있었던 거지. 그리고 북아공화국군이 망자들을 막고 있다가 황태자가 도착한 순간, 반월 형태로 바꿔서 포위하는 형태를 취했다고 했잖아? 그들의 목적은 처음부터 망자들의 격퇴, 혹은 수도 방어가 아니라 망자들을 붙잡아 두는 역할이었어. 황태자가 이끄는 기병대가 수월하게 망자들의 뒤통수를 칠 수 있도록 말이지. 그리고 마지막으로 남은 망자들을 북아공화국군과 기병대가 각자 포위진을 형성해서 각개격파라. 완벽하군. 물론 그로서도 상당한 위험을 감수한 작전이었겠지만 말이다."

스티그란의 망자들에게 유일하게 제대로 된 타격을 줄 수 있는 수단이 바로 마법이었는데, 그 마법을 포기했다? 고작 서포트 마법을 걸어주기 위해서? 그딴 짓을 해서 내 망자들을 몰살 시킨 거라고?

"농담이 아니잖아. 이건 농담도 되지 않는다고!"

"현실을 직시해, 시리스. 어쨌든 결과는 이렇게 나와 버렸어. 그리고 이걸 지시한 건 다름 아닌 너야."

"아아아아아아아악!"

화를 참지 못하고 소리 질러 버렸다. 소리라도 지르지 않고서는 도저히 참을 수가 없었다.

마력이 내 감정에 상응하듯이 요동치고 있다. 방안의 온갖 가구들이 박살나기 시작했고 건물 자체가 흔들리는 것만 같았지만 그럼에도 난 도저히 진정할 수가 없었다.

"진정해. 아직 완전히 진 건 아니니까. 망자들을 대다수 잃긴 했지만, 망자는 그 존재 자체로도 커다란 위협이야. 스티그란에 방어를 위해 조금 빼둔 망자들이 있잖아? 일단 지금은 그걸 이용해서 협정을 맺고 한동안 힘을 기르는 편이."

힘을 기른다고?

힘?

"좋은 아이디어야, 크라우스. 역시 너만은 다른 멍청이들과 달라."

"그거 고마운 소리군. 그럼 이제 서아의 순록에게 연락해서 다시 회담 준비를 하도록 해야겠어."

"아니, 네가 그걸 할 필요는 없어. 내가 직접 할게."

"응? 왜?"

"드라이어즈의 황제인 내가 직접 가서 말하겠어. 속국이라지만 그 정도 예의는 지켜줘야지. 너는 너의 부하들과 이곳을 지켜줘. 꼴사나운 모습을 너에게 보여주고 싶지 않아."

"꼴사나운 모습이라니. 그렇게 말하면 그걸 제안한 난 뭐가 되냐."

"아무튼! 절대 오지 마. 내 마지막 자존심을 지켜줘. 부탁이야."

나는 의도적으로 그런 말을 흘렸고 크라우스는 내 말에 주춤한 것 같았다. 그는 냉정해보여도 이런 것에는 약하니까.

"…정 그렇다면. 알겠다. 난 이곳을 지키고 있도록 하지. 대신 호위 망자들은 대동하고 가도록 해. 정황이 불리하다고 생각한 순록이 무슨 짓을 저지를지 모르니까."

"물론이야. 무슨 일 있으면 바로 도망쳐 올 테니 걱정하지 마."

그리고 나는 곧장 서아제국으로 향했다.

망자들이 모두 파괴당했다고? 흥. 상관없다. 망자들 따위 얼마든지 만들어주지. 지금까지와는 비교도 안 되는 숫자로 말이다!

CHAPTER 08

◆ SIDE : 루돌프 할 아그제닉스 ◆

짐은 서아제국의 황제다. 짐은 서아제국의 황제다. 짐은 황제의 서아제국이다. 짐은 서아의 제국황제이다.

"저기. 너 아까부터 뭘 중얼거리는 거야?"

고개를 올려 나를 밟고 있는 여자를 올려다보았다.

시리스 칸.

대륙에서 가장 미친 여자.

"어서 옥새나 내놓으라니까 왜 갑자기 쓸데없이 저항 질이야?"

"-라이트닝 쇼크-."

"아아아아아악!"

나를 호위해줘야 하는 기사들은 이미 싸늘한 시체로 변한 지 오래다. 나 역시 이제 그와 같이 되겠지.

하지만 죽어도, 어차피 빼앗길 걸 알아도, 내 손으로 주지는 못하겠다!

"응? 아, 맞다. 나 과거를 볼 수 있었지...응? 과거? 과거라는 게 지금이던가? 미래던가?"

날 고문하다 말고 갑자기 뜻 모를 소리를 지껄이며 고개를 이리저리 흔드는 시리스 칸.

빈틈이 보이긴 했지만 그녀를 공격해서 반격할 만한 힘은 이미 내게 없다. 젠장, 평소에 운동 좀 해두는 건데. 하긴 이건 운동으로 극복할 수 있는 게 아니긴 한가.

"왜, 왜 이렇게 갑자기 막나오는 것이냐. 도대체 왜? 우리 서아는 그대들의 모든 말에 복종했다. 그런데 이제 와서……."

"자진해서 복종한 게 아니라 복종할 수밖에 없었던 거면서 포장하지 말아줄래? 크라우스가 세뇌하고 있는 윌리엄 폰 데스트로가 만약 네 약점을 잡고 들고 일어나면 네 자리 같은 건 훅 날아가 버리니까 그 알량한 자리를 지키기 위해서 우리에게 굴복한 거잖아?"

"그, 그게 무슨 말이냐. 세뇌? 세뇌라고?! 설마 갑자기 그 친구가 이상해진 것도 네놈들 탓이었나!"

"어? 아, 이거 말하면 안 되는 건가? 뭐, 어때. 이제 죽을

놈인데. 그리고 한 가지 정정하자면 윌리엄은 처음부터 세
뇌를 풀지 못했었어. 크라우스가 그렇게 보이도록 조종한
것뿐이야."

"네, 네놈들! 용서치 않겠—!"

"너 같은 거의 용서 따위는 내 알 바 아니야."

그 말과 동시에 휘둘러지는 지팡이를 끝으로 내 시야는
가려졌다.

아—아— 부끄러워서 어찌 선조님들을 뵐 수 있을 고…….

◆ SIDE : 시리스 ◆

"뭐가 철저히 숨겨놓았다는 거야. 내 능력에 걸리면 이따
위 것을 찾는 건, 식은 죽 먹기지. 이럴 줄 알았으면 죽이지
말고 살려서 정식으로 승계시킬 걸."

나는 찾아낸 옥새를 들고 권좌에 앉았다. 이제 이게 있으
니 서아제국은 완전히 내 것이다. 그러니까 다 내 마음대로
해도 괜찮은 거겠지?

멍청한 백성들도, 토지도, 이 황성도, 모든 게 다 내 마음
대로.

"왜 살아 있는 거야? 왜 살아가려 하는 거야? 추한 생물
인 주제에. 세상에 존재할 가치도 없는 생물들인 주제에.

발버둥치지 마. 너희들은 그저 내게 복종하기만 하면 돼. 빌어먹을 개돼지들."

나는 몸 안의 마력을 증폭시켰다.

내 오른손에 있는 건 500년 전 멍청한 선조의 심장으로 만들어진 보석. 내 몸 안에서 흐르는 마력 역시 그와 같은 성질의 마력들. 이걸 핵으로 해서 다시 한 번 500년 전의 그날을 재현해 보이겠다.

"혹시나 해서 따라와 봤더니 역시나군. 당장 그만둬, 시리스."

"크라우스?!"

뭐야? 크라우스가 왜 여기에?

"아무리 나라도 이 가능성만큼은 생각하고 싶지 않았지만 역시 현실은 상상을 능가하는군. 시리스. 그건 미친 짓이야. 멈추도록 해."

어느새 다가왔는지 크라우스와 그의 부하들이 나를 둘러싸고 있었다.

"왜 내 명령을 어기고 이곳에 와 있는 거야?"

"네가 할 행동이 예상이 갔기 때문이지. 그리고 그 예상은 맞았고. 잘 들어. 너는 지금 미쳐가고 있어. 이제 드라이어즈의 부흥 따위가 문제가 아니야. 넌 치료를 받아야 해.

"무슨 말을 하는 거야? 내가 미쳐? 내 정신은 지금 이 이상 없을 정도로 맑고 투명해."

"네가 하려는 행동을 생각해본다면 농담으로도 들어줄 수 없는 이야기군."

"크라우스도 알잖아? 이놈들은 살아갈 가치가 없어. 그냥 망자로 만드는 게 내가 할 수 있는 최소한의 자비야."

"인간이 혐오스럽다는 건 동의하지만 그들의 삶은 그 자신들의 것이야. 제3자가 결정할 수 있는 권리 따위는 누구에게도 없어."

"이제 와서 그런 말을 해본들 이미 늦었어. 네 손 역시 피로 물들었으니까."

"맞아. 그리고 지금도 난 딱히 그들을 위해서 이러는 게 아니야. 단지 널 구하기 위해서 이러는 거지."

"날 구해? 뭐로부터?"

"증오로부터."

"그럴 필요는 없어. 이제 나와 그건 친구가 되었거든."

"친구는 가려 사겨야 한다는 걸 못 배웠냐. 그 친구라는 게 지금 널 집어삼키고 있다."

"지금까지 해왔던 것들과 뭐가 다르다는 건데? 우리는 여태까지 웃기지도 않는 목적을 위해서 사람들을 잔뜩 죽이고, 고문하고, 세뇌하고, 개조해왔잖아? 그게 그들이 원했던 거야? 아니잖아! 그런데 왜 지금 와서 날 말리는 건데? 숫자야? 몇몇 사람들을 죽일 각오는 있고 대량학살은 못 하겠어? 웃기지마!"

"별로 웃기려는 건 아니다만. 아까도 말했잖아. 그들이 어떻게 되든 상관없어. 휴머니즘적인 이야기를 하려는 것도 아니고. 네 말이 맞아. 이미 우리는 그들의 의사와는 상관없이 그들을 죽이고 짓밟아왔지. 방금 말한 제3자가 참견할 권리 따위는 갖다 버린 상황이지."

"그렇다면……!"

"서아제국의 백성들은 네 백성이기도 하다, 시리스. 그들은 적이 아니야. 그들은 네가 지키고 아껴야만 하는 백성이라고. 그들 없이는 나라 자체가 성립할 수 없어. 아까부터 말하는 거지만 나는 널 구하고 싶은 것과 그들의 필요성 때문에 막으려는 거다."

"……넌 크라우스가 아니네?"

"뭐?"

"크라우스라면 나에게 그런 말을 할 리가 없어. 그러니까 넌 크라우스가 아니야."

"시리스."

"이 보석을 내 손에 쑤셔 박은 뒤로 가끔 보이긴 했지. 이상한 것들이 말이야. 그리고 이제 확실해졌어. 이건 마지막 남은 내 인간성의 찌꺼기가 보여주는 환성이었다는 게 말이야."

"……전원 전투 준비."

"죄송하지만 지금의 시리스 님을 제압하긴 힘들 것 같은데요, 보스."

"제압은커녕 우리가 죽을 판인데요."

"그래도 어떻게 해봐. 나도 도울 테니까."

"나 원. 결국 이런 식으로 결말이 나는군."

"싫으면 오지 마, 라고 분명 말했다만."

"아뇨, 악당다워서 좋은데요."

"마력이 요동치기 시작했어요."

"더, 덮칠 까요…?"

"그 말을 다른 곳에서 해줬으면 좋았을…… 아픕니다, 무나 양. 이럴 때까지 발을 밟지 말아주세요."

"보스 변태."

환각들이 자기들끼리 뭐라 중얼거리고 있다.

제법 잘 만들어졌네. 하긴 내가 생각한 환상이니까 당연한가?

"시리스. 마지막으로 말할게. 만 번 양보한 다음 다시 만 번 양보해서 서아제국의 사람들을 망자로 만들어 본들 스티그란의 망자의 500분의 1의 힘도 발휘할 수 없어. 그건 그냥 움직이는 시체들이야."

"이 보석의 힘으로 강화하면 돼. 모자란 마력은 적들을 먹어치우면서 강화해 나가면 되고. 아, 이제 환각 따위들에게 설명해줄 필요도 없었지?"

환각이라 하지만 거슬리니까 일단 없애야겠다.

그렇게 마음먹고 지팡이를 휘두르려는 순간, 갑자기 문이 열리며 무장한 기사들이 들이닥쳤다.

"또 뭐야? 이런 건 처음 본다고."

"늦지 않았군, 윌리엄."

"예, 크라우스 님."

윌리엄? 윌리엄 폰 데스트로? 그가 왜 지금 여기에?

"이곳으로 오기 전에 불러뒀지. 기사들에게는 서아제국의 황제를 살해한 자가 지금 이 황궁 안에 있다고 말하라 했는데 결과적으로 거짓말한 건 아니게 되었군."

"…쓰레기들이 얼마나 있든 상관없어. 어차피 결과는 같을 테니까!"

나는 마력으로 가득 찬 지팡이를 휘둘렀다.

◆ SIDE : 크라우스 ◆

"쿨럭… 장난이 아니네. 이거."

예상했던 것 보다 시리스의 힘이 훨씬 강해졌다. 지팡이를 한 번 휘둘렀을 뿐인데 무거운 갑옷을 입은 기사들이 종이처럼 날아갔다.

우리 쪽은 그나마 마야의 결계로 충격은 줄였지만 날아가서 피토하는 건 똑같았다. 서 있을 수 있는 건, 무나 양과 월리엄뿐인가.

"크라우스. 역시 죽일 생각으로 싸워야 할 것 같습니다. 그렇게 한다면 제압이 가능할지도 모릅니다."

무나 양이 저 정도로 몰렸다는 표정을 하는 건 처음 본다. 동아의 황태자와 싸울 때도 이 정도는 아니었는데.

나는 가까스로 일어선 다음 입안에 고여 있던 침을 뱉은 후 대답했다.

"다들 방금 한 말 들었나? 죽일 생각으로 싸워!"

"예!"

켈리와 반이 순식간에 완전변형 형태로 변화해서 달려들었고 무나 양과 윌리엄 역시 양방향에서 시리스를 공격해 들어갔다.

"마야와 스포포는 서포트 마법을! 강인도를 올려주는 마법을 걸어! 레오르는 쓰러져 있는 기사들의 꿈으로 들어가서 깨어날 수 있게 도와주고 헤스와 지크는 깨어나는 즉시 회복마법을 걸어서 참전하게 해! 데이비드, 짐! 인형들로 헤스와 레오르가 방해 받지 않도록 벽을 만들어!"

나는 시리스가 쓰러지는 순간 암시를 걸어 얌전하게 만들기 위해 준비하고 있었지만 바로 다음 순간, 공격했던 모든 인원들이 튕겨져 나오고 있었다.

"큭!"

"커헉!"

"윽."

"크학!"

뭐야, 제길.

"시리스. 네가 검술에도 일가견이 있을 줄은 몰랐는데."

"아직 있었네, 가짜…… 너 누구였더라? 뭐 됐어. 중요한 건 아닌 거 같으니까."

"그 보석의 힘인가?"

"오, 제법 관찰력이 좋네? 내 부하로 써먹을 수도 있겠어. 맞아. 드라이어즈의 선조님께서 나에게 알려주시고 있어. 어떻게 움직이면 너희들을 죽여 버릴 수 있는지 말이야!"

나에게 자세히 보이지는 않지만 시리스는 아마 기사들이 떨어트린 검을 하나 주워서 나에게 돌진해 온 것 같고 그 공격을 무나 양과 윌리엄이 달려와서 막은 것 같았다.

"시리스. 아직 내 말이 들린다면 지금이라도 그만둬. 네 몸은 그 정도의 움직임을 소화하기 위한 단련이 전혀 되어 있지 않아. 그 보석 놈이 가르쳐주는 대로 움직이다가는 몸 자체가 붕괴되어 버릴 거야."

"가르쳐? 아니. 나는 지금 내 뜻대로 움직이고 있는 거다!"

시리스의 눈에 푸른 귀화가 깃들었다. 이건 안 좋은데.

무나 양과 윌리엄이 튕겨져 나갔고 내 위기에 뛰어와서 결계를 친 마야는 그 결계가 부서지면서 그 충격으로 날아가 버렸다. 정확히는 그랬던 것 같다는 말이다. 내 동체시력으로는 따라잡을 수 없는 움직임들이니까.

"흐음. 넌 누구지? 드라이어즈의 황태자인가?"

"난 시리스. 드라이어즈의 황제, 시리스 칸이다!"

"그렇군. 500년 동안의 세월 동안 자아는 진작 붕괴되어서 흔적조차 남지 않았고 남아 있는 증오만이 시리스의 증오와 섞여서 이 지경이 된 건가. 내 불찰이다. 500년간 축적되어온 증오를 얕보고 있었어. 작발화에 걸렸으니 모든 자아와 감정은 소멸하고 마력만 남아 있을 줄 알았는데 설마 마력 그 자체가 증오가 되어 있었을 줄은. 미안하다, 시리스."

"뭐라 중얼거리는 거냐? 아니, 이제 되었다. 죽어라!"

"하앗!"

"흡!"

어느새 다시 일어난 무나 양이 나에게 검을 휘두르려는 시리스를 걷어차서 날려버리고 윌리엄이 날아가는 시리스에게 추가타를 가한 것⋯⋯ 같다. 아마도.

"크라우스! 괜찮습니까?"

"덕분에요. 고마워요, 무나 양."

"네년! 네년이 감히 날! 망할 년! 네년은 처음부터 마음에 들지 않았어!"

"날 기억하는 겁니까, 시리스 칸?"

"네가 누군지 내가 어떻게 알아!"

"추하군요. 그게 당신의 결말입니까?"

"시끄럽다. 지긋지긋한 것들! 이제 죽어!"

시리스의 마력이 다시 팽창하기 시작했다. 자신이 마법을 쓸 수 있다는 걸 깨달은 것 같네.

"어이, 살아있는 놈들은 손들어 봐."

"그 놈의 손들기는 엄청 좋아하시네요, 보스."

"기, 기사들의 치료, 끝났습니다!"

"깨우느라 식겁했네. 이놈들은 왜 하나같이 그딴 꿈을 꾸는 거야?"

그 외에도 켈리와 반을 비롯한 몇 명은 손을 들어 자신들이 아직 살아있음을 밝혀왔다.

"자, 마지막 일이다. 잠들어버린 우리 공주님을 두들겨 깨워주자고."

나는 심장에 박혀있는 핵을 이용해서 몸의 모든 기운을 변화시킨 다음 입으로 내뱉었다. 이전과는 다르게 전체로 퍼지는 소리가 아닌, 오직 시리스만을 향해서.

목에서 피가 터져 나오고 혈관이 끊어지는 게 느껴지며 심장이 터질 것만 같이 박동하는 게 생생하게 들려왔지만 상관없었다.

오직 시리스만을 위해서.

난 그녀를 향해 용언을 폭발시켰다.

CHAPTER 09

◆ SIDE : 크라우스 ◆

피를 토해 만들어낸 아주 자그마한 빈틈.

시리스가 모으고 있던 마력이 흩어지며 그녀의 마력에도 미세한 흔들림이 생겨났다. 공격이라는 말을 굳이 할 필요도 없었다. 이게 마지막 기회라는 것을 이 자리에 있는 모두가 알고 있었기에.

피를 토하며 한 걸음 걸어갔다. 용의 힘으로 모든 신체능력이 강화되었지만 용언의 후유증으로 인해 움직이는 게 한계였다.

하지만 시력 또한 강화되었기에 아까와는 달리 다른 자들의 움직임을 똑똑히 볼 수 있었다.

가장 먼저 시리스에게 달려든 무나 양과 윌리엄이 그녀의 왼쪽 팔을 베어서 날리는 것이 보였다. 보석이 박혀 있는 오른쪽 팔 역시 베어지긴 했지만 아직 아슬아슬하게 달려 있었다. 다시 한 걸음 걸어갔다.

시리스가 두 사람을 걷어차고 무영창 마법으로 그녀에게 달려들던 반을 바람의 칼날로 갈기갈기 찢어버리는 모습이 눈에 들어왔다. 스포포와 켈리가 괴성과도 같은 비명을 질렀다.

피를 흘리며 계속 걸어갔다.

지크와 헤스가 무나 양과 윌리엄을 치료하는 동안 켈리와 기사들이 시간을 벌기 위해 시리스에게 검과 창과 발톱을 겨누고 공격해 나가는 것이 보였다.

시리스는 그 모든 공격을 가볍게 흘려버리고는 한 번, 단 한 번의 발놀림으로 모든 기사들의 상반신과 하반신을 분리시켜 버렸다.

피를 줄줄이 흘리며 앞으로 나아갔다. 피로 인해 옷이 빨갛게 되어간다.

날개가 찢겨나간 데몬 상태의 켈리와 레오르가 협공에 들어갔다. 시리스는 바닥에 떨어진 검을 발로 튕긴 다음 입으로 물었고 강하게 상하로 한 번 흔드는 것으로 켈리를 반으로 쪼개 버렸다.

쪼개진 켈리의 뒤에서 레오르가 뛰쳐나와 시리스의 심장

을 노리고 검을 내질렀지만 그녀는 몸을 회전해 그 공격을 피해버리고 회전했던 움직임에서 그대로 이어가며 검을 휘둘러서 레오르의 머리를 날렸다.

피를 너무 흘려서 순간적인 현기증으로 인해 무릎을 꿇어 버렸다. 아주 미세한 위력의 용언을 만들어서 삼키는 것으로 가까스로 정신을 잃지 않을 수 있었다.

마야와 스포포가 치료가 끝난 윌리엄과 무나 양에게 갖가지 서포트 마법을 걸고 있는 게 보였다. 모든 서포트를 다 받은 두 사람을 거의 나는 수준으로 시리스에게 접근해서 검을 휘둘렀지만.

"……!"

시리스는 왼쪽 팔을 재생시켜서 그대로 윌리엄을 목을 꿰뚫어 버렸다.

손에 마력이 담겨져 있는 걸로 보아 그 무식한 마력을 한 점에 집중시켜 위력을 올렸던 것 같다. 지켜보고 있던 마야의 경악 어린 말이 들려온다.

"재생까지 가능해?! 이제 더 이상 인간이라고 부를 수도 없는 거잖아!"

동감이다. 확실히 인간의 범주는 넘어섰군. 이제는 새로운 생명체라고 불러야 할 것 같다.

그런 생각을 하며 다시 일어나 걸었다. 아, 마침 검이 떨어져 있어서 주웠다. 필요했으니까.

시리스는 마찬 가지로 오른팔도 재생해서 검과 창을 동시에 휘두르며 무나 양을 몰아 붙여 갔다. 가까스로 버티고 있긴 하지만 아무래도 무리일 것 같군.

"마…… 쿨럭!"

"저 부르신 거예요, 보스?!"

목에 심각한 대미지를 입은 바람에 제대로 된 목소리가 나오지 않았지만 마야는 용케 알아듣고 달려왔다.

하지만 여전히 목소리가 나오지 않았기에 내 피를 이용해서 바닥에 글을 써서 마야에게 마지막 부탁을 남겼다.

"……? 이걸 왜? ……아니, 묻지 않을게요. 명령대로 하겠습니다! 일일이 피로 고맙다는 말 쓰지 말고 어서 가기나 해요! 그리고 다음 생에는 저랑 사귀는 거예요!"

글쎄. 어떻게 되려나.

나는 시리스에게 들키지 않기 위해 내가 피로 쓴 글씨를 발로 지운 다음 다시 시리스에게 걸어갔다.

이제 거리가 얼마 남지 않았다. 시리스와 무나 양이 치열하게 싸우고 있다. 역시 당신은 최고입니다, 무나 양. 사랑합니다. 평소에도 많이 말하긴 했지만 여기 오기 전에 한 번더 말하고 와서 다행이었네요.

그리고 내 사랑하는 그녀는 시리스에게 패해서 왼팔이 잘려진 채 날아가서 벽에 처박혔다.

굳이 왼팔을 자른 건 아까의 복수인가? 꽤 아팠나보군.

그리고 그녀 뒤를 인형을 앞세워서 돌격하는 데이비드와
짐, 그리고 지크가 덮쳤다.

시리스는 뒤로 돌아보지도 않았고 그저 무언가 말 한마디
를 중얼거린 뒤 고개를 나에게로 돌려버렸다. 뒤에서 공격해
가던 부하들과 인형들은 땅바닥에서 올라온 돌로 된 창에 꿰
뚫려 꼬챙이가 되었다. 뭐야, 니들 역시 사이좋았잖아.

"윽?!"

내가 만들어준 틈으로 모두가 다시 한 번 만들어준 틈, 그
틈을 비집고 나는 온 몸의 힘을 다해 도약했다.

"□□□□□□□□□!"

비장의 카드. 제로 거리 용언.

하지만 이것 역시 틈을 만들기 위한 수단에 지나지 않는다.

나는 온몸의 피가 터져가는 걸 느끼며 팔을 휘둘렀고, 팔
과 연결된 손이 잡고 있던 검은 시리스의 오른팔을 완전히
날려버렸다.

마력의 핵인 오른팔을 날려버렸으니 이제 정신을 차릴 수
있겠지. 그리고 확실히 하기 위해서 스포포가 파이어볼을
만들어서 내가 날린 오른팔에 다가가는 게 보였다.

어?

날려진 오른팔이 갑자기 튀어 오르더니 스포포를 아래에
서 위로 갈라버렸다. 그리고는 긴 혈관 같은 게 몇 가닥 나
와서, 시리스의, 몸에, 붙어, 간, 다?

이 녀석, 정말로 인간을 관둬버렸군. 보험을 들어두길 잘했어.

나는 그런 생각을 하면서 쓰러졌다. 정말 마지막 힘을 쥐어짜내서, 뒤로.

"-미러-!"

쓰러진 내 얼굴 앞에 거울이 나타났다.

고마워, 마야. 다시 태어나서 만난다면 정말 진지하게 생각해 볼게. 물론 무나 양에게 허락 맡아야겠지만.

그리고 에라르 황태자. 가는 길 마지막 선물이다. 잘 쓰도록.

나는 거울을 보며 필요한 조치를 취했다. 다행히 거울이 깨지기 전에 스스로에게 세뇌트랩을 걸어둘 수 있었다. 스티그란의 망자들의 예를 생각해 봤을 때 분명히 발동하겠지.

마법으로 만든 거울이 깨지고 나서 고개를 돌려보니 시리스가 헤스와 마야를 도륙내고 있었다. 특히 마야에게 가혹한 거 같은데.

그리고 천천히 나에게 다가왔다.

"크라우스!"

이건 역시 슬프군. 아니, 물론 다른 부하들의 죽음도 슬펐지만 나를 구하기 위해 달려온 무나 양이 시리스의 마법에 속박당해서 그대로 심장이 꿰뚫리는 모습은 정말 슬펐다. 조금 울 거 같을 정도로.

목소리가 나오지 않았기에 마지막으로 마음속으로 전했

다. 그녀라면 분명 읽어주겠지.

정말 사랑했습니다, 무나 양.

"저… 역시… 당신을… 사랑……."

시리스가 듣기 싫다는 듯이 무나 양의 심장에 꼽힌 검을 뽑아서 그녀의 머리를 꿰뚫었다.

이제 드디어 내 차례인가. 슬프긴 했지만 그와는 별개로 우리에게 있어서 나쁘지 않은 죽음이다. 아니, 오히려 과분하기까지 한 죽음들이다. 우리가 이제까지 해왔던 짓거리들에 비하면 말이다.

역시 악당의 최후는 이래야지. 비참하고 끔찍하게 고통스러운 결말. 같잖은 이유로 세계를 유린한 우리에게 어울리는 결말이다.

뭐, 비극성이 조금 부족하긴 했지만 그건 개인적으로 많이 겪었었으니 조금 봐줬으면 한다.

이제 의식을 붙잡고 있기도 힘들어지는군. 하지만 신체의 대미지 때문이지 정신 에너지는 아직 멀쩡했기에 다시 한 번 스스로에게 충격을 줘서 정신을 차릴 수 있었다.

정신 쪽 에너지는 멀쩡했던 게 다행이었다. 그렇지 않았다면 마지막에 걸었던 세뇌트랩도 걸 수 없었을 테니까.

그리고 시리스가 다가와서 검을 양손에 거꾸로 잡아 쥐고 내려치려는 게 보인다.

어서 해라. 그거 기다린다고 기절도 안 하고 의식을 붙잡고 있었다고. 살해당해야 할 놈이 먼저 기절해 버려서 고통도 느끼지 못하고 가버리면 웃기잖아. 부하들에게 공평하지도 않고.

그리고 나는, 내 목을 노려오는 검을, 내 목을 꿰뚫는 검을, 그 고통을 확실하게 느끼며…….

죽을 수 있었다.

◆ SIDE : 시리스 ◆

"어?"

뭐지 이 기분은?

무언가, 세상이, 아니, 그보다 더 거대한 무언가가 무너진 느낌이 들고 있다.

"……어?"

뭐야 이 검은? 검? 내가 왜 검을 쥐고 있지?

"…어?"

나는, 왜,

"……?"

크라우스의 목에 꽂힌 검을 쥐고 있는 거지?!

"아… 아아아아아아아아아아!"

나는 머리가 아팠다. 머리가 아팠기에 고개를 숙였다.

이건 머리가 아픈 거다. 머리가 아파야만 한다. 절대 가슴이 아픈 게 아니야! 이 온몸이 찢어질 것만 같은 아픔은 육체의 아픔이다. 절대 마음의 아픔이 아니야! 난 아니야. 내가 한 게 아니라고. 내가, 내가?

내가 크라우스를 죽였어?

어떻게? 어떻게 이런 일이 있을 수 있지? 꿈? 환각? 환상? 누군가의 환술에 걸렸나? 보석이 보여주는 끔찍한 미래의 예시일 뿐인가? 내가, 정말로 미쳐버린 건가? 차라리 미쳤으면 한다. 미치고 싶다. 나는 미쳐야만 한다. 크라우스의 목을 꿰뚫었을 때의 감각이 손에 생생하게 살아 있다.

미치지 않고서 배길 수 있어?

아냐. 미치면 안 된다. 크라우스를 살려야만 한다! 나는 그 일념 하나로 크라우스의 목에 박힌 검을 뽑은 뒤 내가 구사할 수 있는 모든 치료마법을 걸었다.
"왜, 일어나질 않아……? 왜? 왜!"
제발 일어나줘. 뭐든지 다 할게.
드라이어즈 따위는 이제 필요 없어. 다 버릴 게. 그러니까 일어나줘.

"어?"

내 간절한 마음에 반응한 것일까. 오른손에 박혀 있던 보석이 빛나고 있었다. 그리고.

"크라우스?!"

크라우스가 일어났다! 크라우스가, 크라우스가 다시 일어났다!

"크라우스? 내 말 들려? 뭐라도 말해줘. 아무 말이라도 괜찮아. 욕을 해도 좋아. 저주를 퍼부어도 좋아. 그러니까 무슨 말이든 해줘. 부탁이야!"

하지만 아무런 대답도 없다.

화가 났나? 당연하다. 난 방금 크라우스의 목을 찔렀었다. 화가 나지 않을 리가 없다.

그럼 어떻게 해야 하지? 크라우스의 화를 풀어주려면 어떻게 해야 하지?

나는 다시 간절히 바랐고 그에 호응하듯 보석이 다시 빛났다. 그 빛은 점점 넓게 퍼져나갔고 빛의 반경 안에 있던 쓰러진 자들이 하나 둘씩 일어나기 시작했다.

"이건……."

이렇게 하면 크라우스의 화가 풀릴까? 풀렸을까?

그런 기대를 담아 크라우스를 바라보았지만 그는 여전히 무표정한 얼굴을 하고 있었다.

"원하는 걸 말해줘. 뭐든. 다 들어줄게! 명령만 해줘, 제발!"

아무 말도 없다. 움직임도 없다. 그저 멍하니 허공만을 바라 볼뿐. 크라우스가, 크라우스가!

"……망자가 되었어?"

비명을 질렀다. 아니, 비명을 지른다고 생각했다. 하지만 내 몸은 그것마저 하지 못하고 있었다. 내 몸에서는 지금 비명조차 나오지 않고 있었다.

크라우스가 망자가 되었어? 이제 나에게 말을 걸어주지 않아? 나와 대화할 수 없어?

그건, 그건, 그건 너무나…….

"좋잖아."

크라우스가 나와 이야기 할 수 없다는 건 즉 다른 자들과도 말할 수 없다는 이야기. 나 외의 다른 여자들과 말할 수 없다는 이야기. 내 명령이라면 나 외의 누구도 보지 않는다는 이야기.

몸이 차갑다? 피부가 하얗다? 상관없다. 다 마법으로 해결 가능하다.

"뭐야, 진작 이렇게 할 걸 그랬잖아?"

무엇보다 그 눈엣가시 같았던 무나라는 여자가 사라져서 좋다.

저 여자, 전투력은 쓸 만했으니까 그냥 졸로 써먹어야지.

마음 같아서는 다시 잘게 썰어서 돼지 먹이로라도 주고 싶지만 그런 짓을 하면 크라우스가 슬퍼할 테니까 꾹 참는다.

"최고야! 역시 이 보석을 얻고 나서는 모든 일이 술술 풀리고 있어!"

마력이 넘실거리는 게 느껴진다. 마치 온 세상이 나를 축복해 주는 것만 같아!

나는 서아제국 황제의 권좌에 올랐다. 옆에는 크라우스. 내가 앉아 있는 곳은 황궁의 중심. 그리고 지금부터 내가 할 것은.

"자, 원념의 집합체들이여! 이제 내 명을 받아들라!"

나는 내 모든 마력을 오른손에 담았고 그것은 곧 폭발적으로 흩어지기 시작했다.

"느껴져, 크라우스! 도시의 모든 인간들이! 내 마력이 도시를 감싸고 있는 게 느껴져!"

결계 따위는 필요 없다. 바로 밖으로 내보낼 테니까.

오른손에 박혀 있는 보석은 일찍이 작발화에 걸렸던 자의 심장이 오랜 시간 동안 마력으로 응축되어 만들어진 것.

다시 말해 작발화가 그대로 걸려 있는 물건이며 그 물건은 지금 이 순간, 서아제국 수도 도시의 제국민들과 동화되었다! 이렇게 간단한 일이었다니!

"우리가 여태까지 너무 어렵게 생각하고 있었어, 크라우스. 세계는, 이렇게 간단한 거였어!"

나는 마력을 돌려서 보석과 서아제국민들을 동기화하기 시작했다. 물론 제국민들이 내 보석에 맞추는 형식으로 말이다.

"아차, 깜빡할 뻔했네. 힘이 모자랄 테니까 약간 개조를 해줘야 했었지?"

나는 마력으로 이어진 것을 이용해서 망자로 변해가는 서아제국민들에게 흉포성을, 잔인성을, 탐욕을, 산 자에 대한 증오를, 갈망을 부여했고 그들이 점점 미쳐가는 게 온몸으로 느껴졌다.

"자, 이제 너희들은 세상 누구보다도 추악한 존재가 되었다. 아니. 아니지. 말을 잘못했네. 추악한 존재에서 벗어나서 이제야 세상에 쓸모 있는 존재가 되었다고 말해야 맞는 말이겠지?"

남녀노소를 가리지 않은 내 마법은 80먹은 노인도, 3살배기 아기도 모두 평등하게 망자로 만들었고 현재 그 망자들은 자기들끼리 물고 뜯는 중이다.

"먹어치워라. 먹어치워. 강한 놈들만 남기고 약한 놈들은 먹어치워서 양분으로 삼아라! 너희들은 나의 병사들이다! 약한 존재 따위는 필요 없다! 세상의 승자는 언제나 강자 뿐!"

부모가 아이를 물어뜯는다. 여자가 남자를, 남자가 여자를, 노인이 젊은이를, 젊은이가 노인을, 어른이 아이를, 아이가 어른을, 친구가 친구를, 남편이 아내를, 아내가 남편을, 형이 동생을, 동생이 형을, 누이가 자매를, 그리고 또 다른 자매가 누이를 서로 서로, 물어뜯고 먹어치워 간다.

"서아제국의 국민들아! 잘 들어라! 너희들의 죄는……."

나는 황궁 테라스로 나가서 그 광경을 보며 커다랗게 소리쳤다.

"없다! 아하하하하하! 이유가 궁금한가? 이유? 그딴 건 없다! 언제나 일이 벌어진 뒤에 적당히 붙여 온 거야! 일은 언제나 갑자기 일어나는 거고! 뭐? 이유를 만드는 이유? 그 것 역시 간단하지. 스스로가, 우리가, 그들이 이 엿 같은 현실에 납득했다고 자신들을 속이기 위해서!"

먹구름이 다가오고 하늘이 어두워진다. 비가 내리며 온 도시를 습기가 지배한다. 하지만 지금의 나에게는 딱 좋은 날씨다.

"상쾌하구나! 상쾌해! 이렇게 개운한 기분이 있을 수가 있다니!"

남아 있는 망자들은 이제 서로 물어뜯기가 힘들어지고 있었기에 나는 그들의 행동을 모두 멈추었다. 대충 써먹을 만큼은 되겠군. 다음 계획은 크라우스가 짜주겠지.

"아, 맞다. 크라우스는 지금 말 못 하지? 아하, 아하하, 아하하하하하하!!!!"

나 바보 아니야? 지금 크라우스한테 작전 짜달라고 말하려 했어! 완전 바보야!

"아니지. 난 바보가 아니야. 바보가 어떻게 이런 걸 해?

그러니까 난…… 천재구나!"

너무 천재라서 깜빡했나보다. 자신이 천재인 것까지? 뭐야 이게, 웃기잖아!

"으음. 그런데 지금 다 좋은데 뭔가 잊어버린 기분이…… 중요한 거였던 거 같은데."

뭐였더라? 에잇, 알게 뭐야. 필요할 때 되면 다시 생각나겠지 뭐.

지금은 그딴 것보다 크라우스랑 노는 게 더 중요해!

나는 지금의 기분을 망치고 싶지 않았기에 하던 고민을 때려치운 다음 권좌로 돌아갔다.

◆ SIDE : 에라르 ◆

"이게 끝인가?"

"예. 스티그란의 모든 망자들은 이제 다 처리되었습니다."

사실상 처리가 아닌 도륙이라고 불러야 할 것이다. 각국에 퍼져 있던 망자들을 파괴한 후 전군을 이끌고 스티그란으로 쳐들어왔지만 보였던 것은 성벽 위의 움직임을 멈춘 망자들.

처음에는 무엇인가의 함정이라 생각하고 주의를 기울여 도시를 포위해 가며 투석기와 불화살을 이용해서 도시를 부쉬갔지만 망자들은 끝까지 아무런 움직임을 취하지 않았다.

해서 별개의 정예부대를 꾸려서 도시 안으로 들어온 결과, 정말로 모든 망자들이 움직임을 멈췄다는 것을 확인할 수 있었다.

그들은 우리가 눈앞까지 가도 그 어떤 반응도 없었으며 창으로 찔러도, 검으로 베어도, 온 몸에 화살이 꼽혀도, 그저 가만히 서 있기만 했다.

물론 움직이지 않아도 위험한 존재들인 건 확실하기에 그 후 전군을 스티그란 안으로 들여보내서 망자들을 하나하나 파괴해 갔지만, 마지막 망자의 머리를 날려서 불에 태울 때까지 그들은 여전히 움직이지 않았다.

그리고 현재, 모든 망자들을 태우고 나서 이 사태에 대한 의견을 모으기 위해 각국의 장성급 기사들이 모여서 회의를 열었지만 그 누구도 입을 여는 자가 없었다. 단순히 승리한 것이라고 보기에는 너무나 찜찜한 결과였기에.

결국 이야기를 시작한 것은 언제나 그렇듯이 나였다.

"서아제국으로 진군한다. 정말로 시리스 칸에게 무슨 일이 생겨서 망자들의 움직임이 멈춘 것이든, 이해하지 못할 함정이든 간에 지금 이렇게 앉아 있을 수만은 없다. 드라이어즈의 본거지 역시 서아제국 방향의 대륙 끝자락인 것으로 판명되었다. 그곳으로 가는 수밖에 없겠지. 우리는 마지막까지 이 전쟁의 끝을 두 눈으로 확인해야만 한다."

"위험하지 않겠습니까?"

"만일 그 위험한 일이 이미 진행되고 있다면 이렇게 가만히 있는 것이 더 위험할 수도 있다. 막을 수 있는 일이라면 당장 가서 막아야겠지."

사실 그 외의 다른 방도가 없다.

이해할 수 없는 일이 일어나긴 했지만 그런 일들은 이제까지 이미 숱하게 겪어 왔고 이런 일이 벌어진다면 직접 눈으로 확인하는 게 제일이라는 것을 난 경험으로 알고 있다.

"급보이옵니다!"

회의장 안으로 전령으로 보이는 자가 허겁지겁 들어오는 것이 보였다.

역시 무슨 수를 써놓은 건가. 시리스 칸은 둘째 치고 크라우스라는 남자가 이런 상황을 그냥 만들어 둔 것은 아니겠지. 분명 무언가 노림수가 있을 터.

나를 포함한 모든 기사들이 전령의 말을 듣기 위해 주의를 기울였다.

"서— 서아제국민들이 모, 모두 망자로 변화하였다 합니다!"

뭐?

"그게 무슨 소리냐? 자세히 말해보라!"

"히익!"

나도 모르게 언성이 높아지며 목소리에 압력이 가해졌던

것 같다. 기사들은 고통스러워하고 있고 전령은 이상한 비명소리를 내더니 거품을 물고 기절해 버렸다.

하지만 나 역시 혼란스럽기는 마찬가지였는데 아무리 상식에서 벗어난 집단이라지만 자신들의 백성까지 망자로 만들어버렸다고?!

어쨌건 보고를 다 받지 못했기에 나는 기세를 거두고 소식을 접한 다른 병사를 부르게 했다.

"서아제국민들이 모두 망자가 되었다고 들었다. 이게 무슨 말인지 설명해라. 정확히 어떤 형식으로 정보가 전달된 것이냐?"

"바, 방금 서아제국에 잠입한 밀정들이 급히 보내온 것으로 추정되는 전서구를 통해서 연락받았습니다. 도시 안에 직접 들어간 밀정들 역시 망자가 되었기에 도시 밖에서 관찰하던 자들이 연락해 온 것으로 보입니다."

"그 내용은?"

"서아제국에서 이상 현상이 발생, 불길한 마력이 서아제국 수도를 뒤덮었으며 그 마력을 몸으로 받은 자들은 모두 망자가 되었다고 합니다. 이 망자들은 종래의 스티그란 망자들과는 다르게 온몸과 눈의 귀화가 검었으며 서로를 잡아먹고 있다고 전해왔습니다."

"서로를 잡아먹는다고?!"

보고를 듣고 있던 기사들과 나 역시 귀를 의심했지만 전령은 분명히 망자들이 서로 '잡아먹고 있다' 라 말해왔다.

"그래서?"

"그런 행위를 한참을 반복하다가 밀정들이 전서구를 보내올 때쯤 멈춘 것으로 보인다고 합니다. 도시를 훔쳐보기 위해 사용했던 마도구가 도시를 감싼 이상한 마력 때문인지 오작동을 일으키기 시작해서 그 이상은 보지 못했다고 전해왔습니다."

전령의 말이 끝났을 때 기사들의 긴장은 극에 달했다.

"큰일이 아닙니까! 겨우 스티그란의 망자들을 물리쳤는데 또 다시 망자들이 나타나다니요!"

"그것보다 망자들을 인위적으로 만들어낼 수 있다는 것이 더 큰 문제입니다!"

"이렇게 가다가는 끝이 없습니다! 당장 가서 시리스 칸의 목을 쳐야 합니다!"

"하지만 만약 우리 병사들까지 망자가 되어 버린다면……."

"모두들 진정하라."

이번에는 의식적으로 조금의 압력을 담아 말을 뱉었고 그 덕에 소란스럽던 회의장을 조용하게 만들 수 있었다.

"만약 그들에게 마음대로 망자들 만들어낼 수 있는 능력이 있었다면 진작 사용했을 것이다. 여태까지 그렇게 하지 않은 것은 그만한 위험이 있었기 때문이겠지. 어쨌건 일단 전문가의 말을 들어보는 것이 좋겠군. 가서 엘리제를 불러와라."

엘리제는 곧장 회의실로 찾아왔고 나는 그녀에게 이번 사태에 대해 질문했다.

"망자들이 다시 나타났고, 그들이 서로를 잡아먹었다 하셨습니까?"

"그렇다. 그래서 마법사인 너에게 어떻게 된 일인지에 대한 의견을 듣고 싶다."

"추측일 뿐입니다만 괜찮으시겠습니까?"

"괜찮다. 말해 보아라."

"여기 계신 분들도 이제 아시다시피 스티그란의 망자들이 강했던 이유는 스티그란의 결계안의 마력들이 500년간 망자들에게 스며들었기 때문입니다. 물론 그 현상이 가능했던 것도 그들이 망자여서였지만요. 이 말은 즉, 급조한 망자들은 절대 스티그란의 망자들의 힘에 못 미친다는 말이 됩니다."

"그들이 서로를 먹어치운 것도 그와 관련이 있는가?"

"예. 망자화가 되었다면 적더라도 일정량의 마력이 쌓였을 테니 그것을 서로 먹어치우게 하여 망자들을 강화한 것이 아닐까 합니다. 물론 그렇다고 하여도 스티그란의 망자들만큼 강해지긴 불가능할 것입니다. 마력이란 것이 단순히 먹어치운다고 해서 쌓이는 것이 아니기에, 몸에 스며들어 융화되어가기 위해서는 그 나름의 시간이 걸립니다. 그것도 스스로 마력을 다룰 수 없이 단순히 마력을 쌓을 뿐인 망자라면 더더욱 그렇겠지요."

"그나마 다행이군. 그런데 이만한 일을 벌이기 위해서는 상당한 힘이 소요되지 않겠나? 또한 우리 병사들이 그 영향을 받지 않을까에 대해서도 알고 싶다만 너의 의견은 어떤가, 엘리제."

"동맹군의 병사들을 망자로 만드는 것은 불가능할 것이라 사료됩니다. 말씀하신 것처럼 이 같은 일을 벌이기 위해서는 상상할 수도 없을 정도의 대마력이 필요하기에 아마 한동안은 절대 같은 일을 반복할 수는 없을 겁니다."

"말해주어 고맙구나. 이만 물러가거라."

"예, 전하."

엘리제가 물러난 후 나는 다시 기사들에게 말했다.

"싸울 대상이 조금 달라지긴 했지만 할 일은 변하지 않았다. 우리는 서아로 향한다. 상황을 보아하니 아마 시리스 칸 역시 그곳에 있을 것이다. 무슨 일이 있어도 그 여자만큼은 죽여야만 한다."

"예. 당장은 무리지만 힘이 돌아온다면 언제 어느 곳에서 그와 같은 일을 벌일지 모르옵니다. 전 대륙의 인간들을 위해서라도 반드시 처단해야만 합니다!"

다른 기사들도 열렬히 그 의견에 동의하고 있었다. 하지만 나는 그 여자의 위험성과는 별개로 행위 그 자체에 분노하고 있었다.

그녀는 자신을 황제라 지칭하지 않았던가? 그리고 서아제국은 자신들의 속국이 되었다고 했다. 말이 속국이지 현재 드라이어즈의 상태로 볼 때 서아제국은 사실상 제2의 드라이어즈라고 봐야 할 것이다.

백성이 있어야만 나라가 있는 것이니 그녀가 자신의 나라를 드라이어즈 라고 칭하고 자신이 그 나라의 황제라 칭하기 위해서는 더더욱 말이다.

그런데 이 행위는 대체 뭐란 말인가. 서아제국의 사람들은 그녀 자신이 아끼고 사랑해야만 하는 백성들이 아닌가.

그런 자들을 망자로 만들었다고? 죽지도 못하고 살지도 못하는 그런 상태로? 게다가 서로를 잡아먹게 했어? 가족이, 친구가, 연인이, 부부가, 서로를, 서로를! 잡아먹게 했다고!

이제 더 이상 드라이어즈는 나라가 아니다. 시리스 칸은 황제가 아니다. 단순히 대륙에서 가장 미친 여자와 그 여자를 따르는 자들이 모인 미치광이 집단일 뿐.

나는 여태까지 최소한 그들을 '적수' 라고 생각하고 있었다. 수단은 좋지 않았고 그 병사들 역시 정상은 아니었지만 그래도 에피온이 저급한 자들에게 살해당했다고는 생각하고 싶지 않았다. 에피온은 그만한 적들과 싸우다 죽었다고, 차라리 그렇게 생각하고 싶었다.

하지만 아니다. 내가 틀렸다.

이놈들은 국가나 황제는커녕 그저 쓰레기들일 뿐이었다.

에피온은, 이런 쓰레기들에게 죽은 건가.

나는 자리에서 일어나서 기사들에게 외쳤다.

"반대 의견은 없겠지. 좋아, 전군에게 전하라. 서아로 진군한다!"

이제 우리가 하고 있는 것은 전쟁이 아니다.

"이제부터 우리는 세상의 쓰레기들을 치우러 간다."

청소지.

◆ SIDE : 시리스 ◆

"아얏!"

갑자기 머리가 아파왔다. 뭐지? 뭔가 여러 가지 것들이 끊어진 느낌인데?

"이게 뭘까, 크라우스?"

"그냥 두통이라고?"

"알았어, 약 먹고 일찍 잘게."

"아, 그런데 내가 뭔가 해야 할 일이 있었지 않아?"

"아무리 생각해도 기억이 안 나."

"응? 그런 거 없었어? 이상하네. 착각인가?"

"음… 에잇! 알게 뭐야! 그것보다 이제 뭐하고 놀까?"

"아앗! 깜빡했다! 해야 할 일이 생각났어!"

맙소사, 이걸 잊고 있었다니!

"우리 결혼해야지, 크라우스!"

"왜 말 안 해준 거야? 깜짝 파티?"

"자, 이건 결혼 예물!"

나는 크라우스의 손에 봉황이 각인된 금으로 만들어진 도장을 끼워주려 했지만 아무리 해도 들어가지 않았다. 사이즈가 안 맞네.

"이건 버리자. 다음에 더 좋은 걸 사줄게."

"아, 행복하다."

모든 게 완벽하다. 내가 간절히 원하던 것들이 지금 이곳에 다 있었다.

내가 태어난 이유인 권좌, 사랑하는 연인, 다스릴 백성, 나를 도와줄 충성스러운 가신들. 이 모든 게 전부 다 내 것이었다.

"완벽해, 완벽해."

내가 일생 동안 이것을 이루기 위해 얼마나 노력을 했⋯⋯었나?

뭘 했더라.

"뭘 하긴 했겠지. 그러니까 이 모든 게 지금 내 손에 있는 거 아니겠어?"

그렇다. 틀림없이 무언가 많이 한 것이다.

크라우스와 함께 이렇게 있기 위해서. 백성들을 갖기 위해서. 나라를 갖기 위해서.

"이제 영원히 함께 이 나라를 다스려 가자. 우리나라는 대륙 역사상 최고의 나라가 될 거야. 백성들도 다 착해졌고 신하들도 충성스럽고, 훌륭한 지도자가 둘이나 있으니까!"

"응? 황제는 나뿐이라고? 그럼 크라우스가 황비? 뭔가 웃기는데! 아하하하하하!"

"어쨌든 오늘이 우리 결혼기념일이네. 날짜 잘 기억해 크라우스."

"들어봐, 크라우스! 오늘이 우리 결혼 1주년이야! 어…? 아니야?"

"이제 며칠이 지난 것뿐이라고? 아닌데. 오늘은 어제 아니야?"

"아니다. 내일이 어제였나?"

"그렇구나! 이게 바로 영원이라는 거였어! 시간을 초월한 존재가 된 것이구나!"

"근데 이러면 곤란하지 않나? 결혼기념일을 챙길 수가……."

그런 심각한 고민을 하고 있었는데 어딘가에서 '쾅' 하는 소리가 들려왔다.

"응? 누가 놀러왔나? 근데 크라우스 친구 없잖아? 나도 없는데."

노크를 한 상대가 궁금해서 테라스로 나와서 밖을 보니

끔찍한 광경이 눈에 들어왔다.

"부, 불타고 있어?!"

내 도시가 불타고 있었고 백성들은 쓰러지고 있었다. 성문 밖에서부터 많은 돌덩이들과 함께 처음 보는 엄청난 수의 사람들이 성문을 마음대로 넘어오고 있었다. 감히! 내 도시에!

"내 도시에서 당장 나가!"

어떻게 이런 끔찍한 짓을! 이러고도 사람이야? 인간이라면 해서는 안 되는 일이 있는 거잖아! 최소한의 윤리 의식은 있어야 하잖아! 왜 나를 괴롭히는 거야! 왜 우리를 가만 놔두질 않는 거야!

내 죄 없는 백성들이 죽고 있다. 내 도시가 불타고 있다. 내 삶이 파괴되고 있다.

"안 돼. 절대 안 돼!"

그렇게는 못 놔둔다!

"백성들이여! 일어나라! 싸워라! 힘들겠지만 싸워야만 한다! 우리의 도시를 우리들 손으로 지키는 거다!"

내 처절한 외침에 화답하듯 백성들이 무기를 들고 나서서 싸우기 시작했다.

백성들은 놀라운 움직임으로 상대를 제압해 갔고 갑작스럽게 달려든 우리들에게 상대도 당황하기 시작한 것 같았다. 하지만.

"저건 또 뭐야?!"

이번에는 하늘에서 거대한 벼락과 불덩이들이 바람을 타고 날아오고 있었다.

"그렇겐 못 해!"

나는 지팡이를 올려 그것들을 향해 한번 휘둘렀고 마법을 이루는 마력 자체가 흩어진 마법들은 순식간에 사라졌다.

"두려워 마라, 백성들아! 너희에게는 내가 있다!"

우리는 할 수 있다. 우리가 함께라면 물리칠 수 있다! 나는 크라우스의 조언을 받아가며 백성들이 싸울 곳을 지시해 갔고 백성들은 그 명령에 신속하게 답해주었다.

"대단해! 한 번도 훈련한 적이 없는데 어떻게 이런 움직임들이 가능한 거야?"

"내가 황제인 덕분이라고? 기, 기쁘긴 하지만 그런 건 나중에 해줘!"

크라우스의 칭찬에 조금 당황했지만 나는 다시 정신을 차리고 큰 목소리로 백성들을 격려했다. 단순히 크게 하면 안 들릴 테니까 마법으로 증폭시켜서.

"우리가 함께라면 아무것도 무서울 게 없도다! 백성들이여! 일어나라!"

내 외침에 답해주는 듯한 거대한 함성이 들려왔다.

이긴다!

CHAPTER 10

◆ SIDE : 에라르 ◆

정말 완전히 미쳐버린 건가?

나도 모르게 욕설이 입 밖으로 나올 것만 같았다.

서아제국의 수도로 진군했지만 스티그란 때와 마찬가지로 아무런 반응들이 없었다. 하지만 이번에는 상대가 어떤 상태인지 아는 만큼 도시 전체를 포위해서 투석기와 마법들을 사용한 공격을 퍼부었던 것인데.

"백성들이여! 일어나라! 싸워라! 힘들겠지만 싸워야만 한다! 우리의 도시를 우리들 손으로 지키는 거다!"

시리스 칸의 저 미친 소리는 무엇이란 말인가. 그 지켜야 할 백성들을 자기 손으로 망자로 만들어버린 자가 왜 자신들이 피해자인양 말하고 있는 거지? 심지어 우리군 기사들과 병사들까지 싸우다 말고 황당해 하고 있다.

"저자의 정신 나간 소리는 무시하라! 저 여자는 미쳤다! 광인의 말에 현혹되지 말라!"

나는 전군에게 그렇게 외친 후 마법사들의 마법이 시리스 칸에게 상쇄되고 있으니 그 마법들을 도시가 아니라 성벽으로 날리도록 명령했다.

"-헬프레임-."

"-스톤 샤워-."

수많은 돌의 창이 불에 휩싸인 채 날아가서 성문을 강타했다. 3국의 모든 마법사들이 모인 공격은 강력했고 성문은 그 역할을 다하지 못한 채 무너져 내렸다.

"전군, 돌격!"

"와아아아아아아아!"

모든 병사들이 성문을 통해 쏟아져 들어가기 시작했다. 망자들이 뒤늦게 정신을 차린 것 마냥 저항하기 시작했지만 스티그란의 망자들에게 단련되어 있는 우리 군을 상대하기에는 턱없이 부족한 공격력이었다.

"상정했던 대로 나와 정예부대들은 함께 곧바로 서아의 황성으로 가서 시리스 칸의 목을 친다. 따라와라!"

병사들이 망자들을 막아가며 길을 열어주었고 우리는 그 길을 따라 황성으로 달려갔다.

물론 나 혼자 달린다면 더 빠르게 도착할 수 있겠지만 그럴 경우 다른 자들이 뒤처지게 되기에 함께 말을 타고 달렸다.

내가 강해졌다고 하지만 북아에서 싸운 자들이나 분명 그들과 함께 있을 윌리엄이 협공을 해온다면 나 혼자서는 힘들 수도 있기 때문이다.

"이제 곧 있으면 도착이다! 모두들 속도를 높이도록!"

"옛!"

가로막는 망자들을 말발굽으로 밟아가며 계속 전진했고 우리는 예상했던 것 보다 훨씬 수월하게 황성에 도착할 수 있었다.

"엘리제! 성문을 녹여라! 레조는 성문이 녹여지기 시작하면 스켈레톤을 소환하여 그 문을 부숴버려!"

"-디졸브드-."

"소환-스켈레톤-이프리트-."

엘리제가 성문을 녹여가자 레조가 거대한 스켈레톤을 소환하여 성문을 두들겼고 황성의 성문은 곧 파괴되기 시작했다.

"황성 안으로 들어간다!"

성안에는 무장한 망자들이 대기하고 있었지만 3국에서 정예중의 정예들로만 구성된 우리들에게는 상대가 되지 못했다. 애당초 이제 와서 스티그란의 망자도 아닌 급조망자들의 공격이 우리들에게 먹힐 리가 있나.

"시리스 칸! 어서 나와라!"

"아, 정말 시끄럽네! 너희 대체 누구야!"

중앙계단에서부터 시리스 칸을 필두로 하여 여러 명의 사람들이 모습을 드러내기 시작…했…다…?

저게 뭐야.

"서아제국민으로도 모자라서 자신을 따르던 수족들마저 망자로 만든 거냐!"

시리스 칸의 옆에 있던 자들은 틀림없이 크라우스라는 남자와 무나라고 했던 여자. 거기에 몇 번 본적이 있는 그리폰 남자를 포함한 수하들로 보이는 모든 자들이 망자가 되어 있었다.

"응? 망자? 아니, 멀쩡하게 살아 있는 사람을 보고 왜 망자라고 하는 거야? 그리고 너 대체 누구냐니까?"

"…정말 완전하게 미쳐버린 건가."

"미치다니 누가? 내가? 말을 잘못한 거 같은데. 미친 건 내가 아니라 너희잖아. 왜 남의 집에 함부로 쳐들어와서 이 난리를 피우는 건데?"

나를 비롯한 모든 자들이 이 정신 나간 상황에 아연실색하고 있었다. 겨우 이건가. 겨우 이게 대륙을 피로 물든 자들의 말로라는 말인가.

"내가 누구인지, 정말 모르는 거냐?"

"모르니까 묻고 있는 거지. 너 바보야?"

"그럼, 너 자신은 누구인지 알겠나?"

"나?"

"그래. 네 이름은 뭐지?"

"어… 그게 그러니까……."

시리스 칸은 내 질문에 정말로 진지한 태도로 고민하기 시작했다. 끝내 자기 자신마저 잃어버린 건가.

고민하던 시리스 칸은 갑자기 고개를 돌리더니 크라우스라는 남자의 모습을 한 망자에게 질문하기 시작했다.

"저기 크라우스. 내 이름이 뭐였지?"

"응? 난 이제 인간을 초월한 존재라서 이름 따위는 필요 없다고?"

"그래도 이름이 없으면 불편하지 않겠어?"

"그렇구나, 알겠어! 야, 거기 너!"

한참을 혼자 중얼거리던 그녀는 대뜸 나를 지목하며 외쳐왔다.

"크라우스가 그러는데 나는 이제 이름이 필요가 없는데. 그러니까 부르고 싶으면 그냥 폐하라고 불러. 난 이 도시의 황제니까."

더 이상의 이야기는 무의미하겠군.

"그렇다면 내가 상기시켜주지. 네 이름은 시리스 칸. 전 대륙을 피와 전쟁의 소용돌이로 몰아간 세기의 미친 쓰레기다. 그리고 내 이름은 에라르 데 오거닉. 동생의 원수를 갚기 위해 너를 찾아온 그냥 평범한 '형'이다."

"시리스 칸? 원수? 무슨 말을 하는 거야?"

"이제 되었다. 그저 넌 오늘 여기 이 자리에서 죽는 거다. 이건 협박이나 선언이 아니다. 확정사실이지."

그 말을 끝으로 난 전투 자세를 취했고 다른 자들 역시 전투태세에 들어갔다.

예상외의 사태였지만 언제나 그렇듯이 내가 할 일은 변하지 않는다. 그저 에피온의 원수를 갚을 뿐. 그런 나를 바라보며 시리스 칸이 웃는다.

"아하하하하! 너 좀 머리가 이상한 녀석 아니야? 혼자 뭐라 뭐라 중얼거리더니 이제는 나랑 싸우려 하네. 뭐, 좋아. 보아하니 멋대로 내 도시에 쳐들어온 놈들의 우두머리가 너지? 네 목을 들고 밖으로 나가면 다른 녀석들도 알아서 물러나겠지. 그전에 내 백성들에게 죽지 않는다면 말이지만."

시리스 칸이 계단 아래로 한 걸음 내려왔다. 그 순간, 시리스 칸을 둘러싸고 있던 기운의 성질 자체가 바뀌어 갔다.

"전원, 기를 해방하라!"

한눈에 보고 알았다. 지금의 시리스 칸은 광인이면서 광인이 가져서는 안 되는 힘을 가지고 있다는 것을 말이다.

이 여자 앞에서는 몇 명이 있든 무의미. 이 파도와 같은 마력의 폭풍에서 자아를 유지할 수 있는 건 동맹군에서도 지금 내가 데려온 정예들뿐이겠지. 시리스 칸의 갑작스러운 변화는 이 힘 때문인 건가?

"소용없어. 개미가 몇 마리가 있든 용을 이길 수는 없는 거잖아? 어? 크라우스? 갑자기 왜 그래?"

"내가 직접 나설 필요가 없다고? 하지만 버릇없는 불신자들에게는 내가 직접 신벌을 내려줘야 하는데."

"그걸 위한 하수인? 아, 크라우스의 부하들 말이구나!"

"흐음. 알았어. 가끔은 크라우스의 체면도 세워줘야지. 그럼 일단 한번 가서 싸워봐."

그 말을 끝으로 그녀의 주위에 있던 망자들의 기운이 변하기 시작했다.

밖의 망자들과는 달리 특제품인가 보군. 느껴지는 기가 전혀 틀리다. 그리고 특히나 주의해야 할 것은 무나라는 여자의 망자와 윌리엄으로 추정되는 남성의 모습을 한 망자인가.

"온다!"

크라우스라는 남자의 망자를 제외한 망자들은 한순간에 계단에서부터 우리에게로 쏘아져 내려왔고 우리들 역시 그들에게 도약하는 것으로 전투가 시작되었다.

◆ SIDE : 레조 ◆

"역시 정신 계열 사령술은 안 통하나!"

알고는 있었지만 혹시나 몰라 다시 써봤는데 역시였다.
마나만 낭비했네.

나는 정신을 흔들기 위해 소환했던 사령들을 직접 물리
공격 계열 사령들로 바꿔서 휘둘렀지만 내 상대가 되어주고
있는 망자는 그 공격을 그냥 몸으로 막아버렸다.

"당신, 살아있을 때도 한 맷집 하셨겠구만?!"

망자는 그에 답해주듯이 괴성을 지르더니 곧 데몬의 모습
으로 변해버렸다.

젠장, 이쪽은 기사들과 함께 협공하고 있었는데도 밀리고
있었는데 거기에서 형태변화라니?

"사기 아니냐고. 소환-스켈레톤-이프리트-."

사령들의 공격이 통하지 않았기에 그 녀석들은 다시 집어
넣고 아까 성문을 파괴하기 위해 소환했다가 돌려보냈었던
이프리트를 다시 소환해서 놈과 싸우게 했다.

불의 거인 이프리트의 뼈로 만들어진 거대한 스켈레톤이
데몬의 망자와 맞부딪히게 했지만 날아가는 건 이쪽이었다.

"힘으로는 못 상대하겠네. 스켈레톤! 놈을 붙잡아라!"

일대일로는 감당할 수가 없다. 내가 스켈레톤으로 데몬을
잡고 있는 동안 기사들이 공격하는 방식으로 싸울 수밖에.

"하앗!"

"차앗!"

"흐랴앗!"

정예로 뽑힌 기사들인 만큼 데몬의 망자에게 상처는 주고 있었지만 눈에 띌 만큼의 큰 대미지는 주지 못하고 있었다.

저 완력에, 스피드에, 재생능력까지 겸비라. 이런 놈인데도 이곳에 있는 망자들 중 가장 큰 기운이 느껴지는 건 이자가 아니라 현재 황태자 전하가 홀로 상대하고 계신 두 마리의 망자였다.

다른 자들도 곳곳에서 격렬하게 전투 중이었는데 숫자는 우리가 더 많았지만 전황은 팽팽하게 유지되고 있었다. 이자들, 망자가 되면서 더 강해진 건가?

"하지만 고작 그걸 위해 망자가 되진 않았겠지. 당신들도 어지간히 불쌍한 인생들이구만. 그러게 모실 주인은 신중하게 골랐어야지."

"크와아아아악!"

"미안하지만 무슨 말인지 모르겠는데. 하다못해 마지막 순간에 후회가 없었기를 바라."

비슷한 입장이라서 인가, 어쩐지 감정이입이 되네. 지금 내가 남 생각할 여유는 없지만 말이다.

"자, 다시 한 번 해보자고!"

나는 새로운 스켈레톤 둘을 더 소환해서 데몬의 망자를
공격해 갔다.

◆ SIDE : 엘리제 ◆

"정말 더럽게 성가신 자들이네요!"

거대한 뱀으로 변한 리델린 양과 함께 그리폰의 망자를
비롯한 망자들과 싸우고 있었지만 그들은 재빠른 움직임으
로 내 공격들을 피하고 있었습니다.

"-디졸브드-."

좀 맞도록 하세요! 내 마법이라면 맞기만 한다면 망자라 할
지라도 녹여버릴 수 있는데 정말 끔찍할 정도로 안 맞네요!

리델린 양도 상당히 빠른 축에 속할 텐데 상대의 움직임
에 애먹고 있었습니다. 특히 저 그리폰의 망자는 한번 싸워
서 이겨본 적이 있다고 들었던 것 같은데요.

"어차피 이렇게 된다면 한번에…! 리델린 양! 물러나세
요! -멜트 다운-."

마력으로 이루어진 회오리가 화살처럼 망자들에게 쏘아
져갑니다. 이 회오리는 닿는 순간 상대를 완전히 분해해서
녹아버리는 성질을 갖고 있는 마법. 거기에 제가 구사할 수
있는 마법들 중 가장 빠른 마법이죠!

"…어?"

제가 생성해낸 회오리로 만들어진 마력의 창이 상대에게 닿기 직전, 갑자기 소멸되어 버렸습니다. 아니, 마법을 이루고 있던 마력 그 자체가 분해되었어?

"너 말이야. 내 성에서 무슨 마법을 쓰는 거야?"

"꺄아아악!"

"엘리제! 큭, 젠장!"

시리스 칸의 목소리가 들림과 동시에 온몸에 한기가 쏟아져 들어왔기에 본능적으로 결계를 펼쳤지만 그녀의 마법을 완전히 막지는 못했습니다. 저 여자, 무영창으로 이런 위력의 마법을 사용하다니! 내 마법을 소멸시킨 것도 저 여자인 게 분명하군요.

에라르 님이 싸우시던 상대를 잠시 날려서 벽에 처박아 버리시고 제 곁으로 오셨습니다.

"엘리제! 괜찮아?!"

"그 말투, 오랜만이네요."

"헛소리하지 말고 정신 차려!"

"그럴게요. ─라이트닝─."

에라르 님의 말씀이 맞아요. 정신 차려야죠. 저는 에라르 님에게 다가오는 망자들에게 번개를 날리며 일어났습니다. 나름 기습이었는데도 안 맞네요.

"넌 눈으로 상대를 쫓기 때문에 저런 재빠른 자들을 상대로는 공격을 성립시키기 어려울 거다."

"눈으로 보지 않으면 뭐로 보나요?"

"기로 느껴야지. 이렇게."

에라르 님은 뒤로 돌아보지도 않으시고 뒤를 공격해 오던 망자의 공격을 검으로 막으셨고 그대로 발차기로 날려 버리셨습니다.

"진작 가르쳐 놓을 걸 그랬군. 넌 원래부터 강했기에 굳이 가르칠 필요를 느끼지 못했던 게 실수였어."

"앞으로 가르쳐주시면 되죠."

"물론 그래야지."

그런 말을 하시며 아까 싸우고 있으시던 망자들을 다시 공격해 오는 것을 막아서며 전투로 돌아가셨습니다. 하지만 아무리 에라르 님이라도 저 둘에게는 조금 애먹으시는 것 같군요.

강해지셨다고는 하지만 저 무나라는 여자는 북아공화국에서 에라르 님을 고전시켰다는 여자고 다른 한 명은 그 윌리엄 데스트로인 것 같으니 말이죠. 거기에 망자가 되면서 더 강화된 것 같으니 생각만 해도 아득해지네요.

"리델린 양?"

저도 일어서서 다시 망자들과 싸우던 중 그리폰의 망자와 싸우고 있던 리델린 양이 안절부절 못하고 있는 게 눈에 들어왔습니다. 에라르 님을 신경 쓰고 있는 거 같네요.

"리델린 양! 지금은 상대에게 집중하세요! 큭, 리제—."

쉬익—쉬익—.

하지만 여전히 불안한 모습을 보이고 있었습니다. 에라르 님이 완전히 밀리시고 계신 것도 아닌데 왜 저러는 걸까요?

하지만 저 역시 리델린 양에게 계속 신경 쓰고 있을 수는 없었습니다. 제 상대만으로도 벅찼거든요.

"도대체 왜 그러는…… 아!"

왜 눈치채지 못하고 있었을까요? 싸움에 집중하느라? 시리스 칸이 마력교란 필드를 펼쳐두어서?

"에라르 님! 위험해요! 프로텍—."

안 됩니다. 이미 늦었어요! 그리고 제 전 마력을 쏟아 부어도 저걸 막기는 힘들어요!

에라르 님은 눈치채고 계신 것 같았지만 두 망자에게 붙잡혀서 피하지 못하고 계신 것 같았습니다.

"안 돼! 에라르 님!"

쉬익!

시리스 칸이 복합적인 검은 마력으로 구성된 거대한 구의 마법을 에라르 님에게 쏘아낸 순간, 제가 결계를 에라르 님께 펼치려던 순간, 그보다 먼저 위험을 알아차리고 있던 리델린 양이 에라르 님께 쏘아져 갔습니다.

"리델린!"

에라르 님의 비명과도 외침과 함께 시리스 칸의 마법이 리델린 양에게 작렬.

"안 돼—!"

둔탁한 소리가 울리 퍼지는 순간 무서울 정도의 적막이 공간의 채워갔습니다.

먼지와 같은 안개가 걷어지며 모습을 드러낸 것은 거대한 뱀의 허물과.

"…리델린?"

동아제국의 상징을 그대로 구현해 낸 것과도 같은 푸른 비늘을 가진 아름다운

—용.

◆ SIDE : 에라르 ◆

"이게 대체……."

시리스 칸이 나에게 쏘기 위한 거대 마법을 준비하고 있다는 것은 알고 있었다.

당연히 피하려 했지만 만약 내가 피하려 했다가는 다른 자들이 휘말릴 위험이 있었고 결정적으로 집요하게 엉겨붙는 두 망자들 때문에 회피 행동도 여의치 않는 상황이었다.

때문에 조금의 피해를 감수하고서라도 무리하게 회피를 하려던 순간, 리델린이 다가와서 나 대신 시리스 칸의 마법을 맞았다. 그것도 직격으로.

그 여파로 인해 내가 상대하던 망자들이 날아가고 나 역시 겨우 자세만을 유지하고 있었던 상황.

리델린의 상태를 확인하기 위해 황급히 고개를 들었을 때 보였던 것은.

"……용?"

내 눈에 보였던 것은 평소 보였던 검은 뱀의 모습이 아니라 날카로운 인상과 푸른빛을 발하는 비늘을 가진 아름다운 자태.

우리 동아제국의 상징이자 나의 상징.

"리델린, 너야?"

작게 고개를 끄덕이는 청룡.

이 용이 정말 리델린이라고? 정신을 차리고 자세히 보니 청룡의 밑에 거대한 뱀의 허물이 보이고 있었다. 허물을 벗은 건가? 그리고 보니 확실히 리델린이 변화한 모습이 신목의 수호신과 흡사하다는 학자들의 말이 있었는데 그 수호신의 정체가 용이었다고? 아니, 진화했다고 해야 하나.

"일단 지금은 상황이 급박하니 나중에 다시 이야기 하자. 리델린. 싸울 수 있지?"

다시 끄덕이는 리델린. 그리고 그대로 고개를 돌려 망자들에게 입을 벌렸다. 그리고 나오는 푸른색의 불꽃.

"크아아아아악!"

망자들이 끔찍한 소리를 지르며 무너져 간다. 강한 망자 몇몇은 남아있긴 했지만 이로 인해 대부분의 망자는 일소되었다. 대단하군.

"야, 너. 누가 마음대로 내 부하들을 불태우래?"

제길. 역시 그냥 넘어가진 않는구나.

시리스 칸은 다시 마력을 모아서 우리에게 마법을 날렸지만 리델린 역시 푸른 불꽃을 뿜어내며 막아섰다.

"헤에. 제법이네? 그럼 이건 어때? -라이트닝 스톰-. -락 자벨린-."

이번에는 영창, 그것도 이중 속성 동시 발동이냐. 가지가지 하는군. 항상 생각하는 건데 왜 마법이라는 건 말 한마디로 이렇게 위력이 달라지는 건데.

범위가 너무 넓어서 회피하기도 벅차다. 그나마 리델린이 불꽃으로 막아주고 있지만 그럼에도 불구하고 상당수의 기사들이 죽어나가고 있다. 나는 여전히 윌리엄과 무나라는 망자들에게 붙잡혀 있었고.

제기랄. 좀처럼 놔주질 않는다. 어서 이 두 놈을 처리해야 다른 자들을 도울 수 있을 텐데 지금은 곁눈질로 상황을 파악하는 게 한계다.

"-헬프레임-. -황혼의 바람-."

시리스 칸이 쏘아낸 불꽃과 리델린이 뿜어내는 불꽃이 공중에서 맞부딪혔다.

리델린이 밀리는군. 상대의 불꽃은 바람으로 강화된 마법이라서 그런 건가?

"리델린, 일단 피해라!"

리델린은 뿜어내던 불꽃을 거둬드린 동시에 왼쪽으로 날아올랐고 시리스 칸의 불꽃은 리델린이 있던 자리를 그대로 강타하며 성이 흔들렸다.

무식하게 강한 마법이군. 이대로 계속 노마크로 방치해두기는 위험하다.

"엘리제! 나에게 서포트 마법을 걸어! 그리고 남은 마력으로는 싸우기 힘들 테니 넌 뒤로 빠져서 방어태세를 취해라!"

"에, 에라르 님의 움직임을 제가 어떻게 따라 잡으라는 말씀이세요?!"

"잠깐 기다려. ―하앗!"

이 두 망자가 상대하기 버겁기는 해도 잠깐의 틈 정도는 만들 수 있다. 아까도 그렇게 했고. 비록 튕겨내는 거라 아주 잠시의 틈일 뿐이고 제대로 된 타격도 아니지만 말이다.

나는 가급적 멀리 날려버리고는 곧장 엘리제에게 달려갔다.

"엘리제!"

"미리 준비해뒀습니다! 받으세요, 에라르 님!"

-스트라이킹- -헤이스트- -오토 쉴드- -레지스트
업- -라이프 에센스- -센서 부스트- -드래고닉 파워-.

엘리제의 앞에 당도한 순간, 그녀가 미리 만들어둔 보조
마법 덩어리가 내 몸 안으로 스며들어왔고 나는 그대로 그
녀에게 뒤를 돌아서 추격해 오던 망자들을 다시 걷어차서
날려버릴 수 있었다.

"숨겨둔 비장의 패였지만 상황이 이러니 어쩔 수 없지.
엘리제. 보조 마법들의 시간제한은?"

"5분 정도가 한계입니다."

"아슬아슬하겠군. 이제 되었다. 물러나서 결계를 치거라.
절대 내 명령 없이 전투에 개입하지 말도록."

엘리제에게 단단히 일러둔 후 나는 다시 도약했다. 정정.
도약이 아니라 거의 날았다, 라고 말해야 옳을 것이다.

두 망자 역시 벽을 박차고 나에게 다시 돌격해 왔고 그대
로 세 사람의 격돌, 망자들의 검이 정확하게 내 급소들을 노
려왔지만 내가 취한 행동은 이제까지의 회피가 아닌 정면
돌파.

이 질긴 녀석들을 완전히 파괴하기 위해서는 하나씩 상대
해서 철저하게 파괴해야만 한다. 지금까지는 어느 정도의
피해를 감수하지 않는 한 불가능한 일이었지만 엘리제의 보
조마법으로 강화된 지금이라면 가능하다.

"흐음. 나를 상대하기 위해 힘을 아끼고 있었나 보네? 하

지만 헛수고야. 내가 그냥 그걸 보고만 있을 거 같아?"

정답이다. 현재의 시리스 칸을 상대하기 위해서는 이쪽 역시 가급적 온전한 상태에서 싸움에 임해야만 한다. 그러나 그녀는 그것을 용납하지 않겠다는 듯 나에게 마법을 난사해 왔다.

"리델린! 견제를 부탁한다. 절대 직접 맞서지는 마!"

리델린의 불꽃이라면 완전 상쇄는 무리라도 내가 싸울 동안 시간은 벌 수 있다. 하지만 오래 끈다면 리델린이 위험해지고 나도 이 상태로 있을 수 있는 시간제한도 있으니 이제 서둘러서 결판을 내야 한다.

다리에 기운을 모아 높이 튀어 올라갔고 추격해 오는 망자들과 다시 공중에서 격돌, 수십 합의 검격을 순식간에 주고받은 후 무나라는 여자 망자의 배를 걷어차서 위쪽에 있는 창문으로 날려버렸다. 다시 올 때까지 5초는 걸릴 테지.

처음은 너다, 윌리엄.

1대1이라면 확실하게 이길 수 있다. 일단 달려드는 윌리엄의 검을 위로 쳐서 틈을 만든 다음 그대로 몸을 회전시켜서 그의 머리를 강타, 바닥에 처박았다.

공중을 박차고 아래 방향으로 화살처럼 날아간 나는 일어나려는 윌리엄을 하강하던 그대로 무릎으로 찍어 내리며 더 깊이 바닥에 꽂아 넣었다.

그리고 휘두른 검은 윌리엄의 사지를 차례차례 사방으로

날렸고 마지막으로 머리를 베어서 위로 차올린 다음 검을 꽂아서 기를 불어넣는 것으로 머리 자체를 폭파, 확실하게 파괴했다.

이제 느껴지는 망자들의 기운은 시리스 칸의 옆에 있는 크라우스라는 남자 망자를 제외하면 단 셋.

레조들이 고전하고 있는 데몬의 망자의 뒤로 다가가서 반으로 쪼갠 다음 손바닥에 기를 모아 데몬의 머리에서 터트리는 것으로 격파, 다시 바닥을 박차 올라 그리폰의 망자 위로 이동한 후 그리폰의 양 날개를 잘라서 떨어트렸다.

마찬가지로 머리를 날리고 터트리는 것으로 파괴. 위를 올려다보니 아까 창문 밖으로 날렸던 무나라는 여자 망자가 그 창문으로 다시 뛰어 넘어 오는 것이 보였다.

내려오기 전에 내가 먼저 도약하는 것으로 접근한 다음 공중에서 사투를 벌였고 바닥에 내려올 때쯤에는 왼쪽 팔을 날려 놓을 수 있었다.

"개인적인 생각이지만 솔직히 말하자면 아쉽다는 생각이 드는구나. 그대와 윌리엄과는 정식으로 붙어보고 싶었는데 말이다. 뭐, 이미 들리지 않겠지만."

나는 검의 손잡이에 있던 장치를 조작하여 창으로 만들었고 창에 기운을 담은 다음 그대로 돌진, 그녀의 머리를 꿰뚫어서 터트렸다.

이걸로 이곳에 있는 모든 망자들은 정리가 되었군.

"이제 너만 남았다, 시리스 칸."

"너 지금 누구한테 창을 겨누는 거야?"

대답하는 대신 그대로 계단을 넘어서 그녀에게 창을 내질렀다. 하지만.

"큭!"

내 공격을 튕겨냈다고? 그것도 마법으로 막은 것도 아니고,

"검으로?!"

"왜 놀라는 거야? 내가 검을 쓰니까 이상해?"

저 여자 마법사가 아니었나.

저 수준의 마법을 구사하면서 내 공격을 쳐낼 정도의 검술이라니 반칙이잖아.

"그런데 우리는 이제 둘뿐인데 너희는 그렇게나 많이 남았네. 좀 치사하지 않아?"

어느 입이 '치사하다' 라는 말을 지껄이는 거지.

"그러니까 수를 조금 줄일게."

"…! 전원, 산개하라!"

"−얼티메이트 데토네이션−."

엄청난 폭발음과 함께 황성이 터져나갔다.

"쿨럭! 제길. 이건 말도 안 돼."

성의 잔해 속에서 빠져나오며 입안에 고인 피를 토해냈다.

순간적으로 몸의 기를 전방으로 집중시켜서 충격은 줄일 수 있었지만 그래도 상당한 대미지를 입었다. 내가 이런데 다른 사람들은?

"모두, 무사한가! 대답해!"

내 외침에 저 멀리서 잔해가 움직이는 것이 느껴졌다.

나는 서둘러 그곳으로 향해서 잔해를 걷어찼고 그 밑에서 변신이 풀린 리델린과 엘리제 그리고 레조가 있는 것이 보였다.

"저, 전하……."

"에, 에라르 님……. 리, 리델린 양이…… 저, 저희도 결계를 펼치긴 했습니다만 역부족이라……."

리델린이 자신의 몸을 방패막이로 해서 두 사람을 보호해주었던 것 같다.

또 아까처럼 무리한 행동을 한 것인가.

"리델린은 살아 있다. 어서 치료해주도록 해라."

"에라르 님은요?!"

"나는 아직 할 일이 있다. 둘은 리델린을 데리고 가급적 여기서 멀어지도록 해라."

"알겠습니다. 엘리제 양. 우리는 여기 있어 봐야 방해만 될 뿐이니 어서 가도록 하죠."

망설이는 엘리제와 달리 레조는 냅다 납득해버리고 리델린을 들어 업은 다음 뛸 준비를 하고 있었다.

"……그대는 좀 망설여 주는 게 어떨까 한다만."

"제 도움이 필요하십니까?"

"아니, 전혀."

"그럼 왜요?"

"좀 그런 신파적인 거 있지 않나."

"전하는 신파극 싫어하시는 줄로 압니다만."

"뭐, 그건 그렇긴 한데."

"어차피 전하는 안 죽습니다. 그런데 제가 왜 걱정을 합니까?"

"그대의 그 믿음에 대해서는 언제 한번 날 잡고 길게 이야기해보고 싶군. 나보다 나를 더 믿는다는 말이지."

"전하가 알고 계시는 사람들 중 전하를 가장 안 믿고 계신 건 다름 아닌 전하십니다."

"그거야 이미 들었지……. 어쨌건 무슨 말을 하려는지 알겠다. 이제 어서 가도록 하여라."

"에라르 님! 꼭 돌아오셔야 해요!"

"물론이다."

"전하, 파이팅."

"자네는 나중에 나 좀 봄세."

엘리제들이 멀어지는 것을 확인 한 후 고개를 돌려 뒤를 돌아보았다. 한 번의 마법으로 동맹군의 정예부대를 전멸시키다니.

정작 그 말도 안 되는 일을 저지른 장본인은 태연하게 잔해 위에 서 있었다. 자신이 애지중지하는 걸로 보이는 망자와 함께.

"아 진짜! 황성이 무너져 버렸잖아! 이거 어떻게 책임질 거야!"

"황성을 무너트린 건 다름 아닌 너 자신이다."

"니들이 마음대로 쳐들어오니까 어쩔 수 없이 그랬던 거잖아! 그러니까 다 네 탓이야!"

알고는 있었지만 역시 이 여자와 이야기하면 할수록 내 손해인 것만 같다.

"헛소리는 그쯤하고 하던 거 계속해야지 않겠나?"

"……? 그만큼의 실력 차를 알게 되었으면서도 아직 덤빌 셈이야? 그냥 얌전히 죽지?"

"우문이군. 그리고 만약 내가 죽는 한이 있더라도 너만은 데리고 가겠다."

"에엑. 싫어. 넌 전혀 내 취향이 아니거든?"

"그딴 건 내 알바 아니야."

대답과 동시에 도약해서 창을 내질렀지만 시리스 칸은 가볍게 움직여서 내 공격을 피해버렸다. 그렇다면 이건 어떠냐.

"야!"

나는 그녀에게 했던 공격을 그대로 그녀 옆에 있던 망자에게로 향했다. 예상했던 대로 시리스 칸은 기겁하며 내 등 뒤로 마법을 날려 왔다.

"무슨 짓이야?! 크라우스가 다칠 뻔 했잖아!"

"망자로 만들어 놓은 주제에 잘도 그런 말을 지껄이는군."

"또 뜻 모를 소리를 하네. 누가 망자야?"

"잘 보는 게 어때? 네 옆에 있는 건 누가 봐도 망자다."

"너나 잘 봐. 정말 이상한 사람이네. 그렇지, 크라우스?"

정신을 흔들어보려 했지만 완전히 미친 광인에게는 그런 것도 통하지 않는 모양이다.

"어쨌든 감히 크라우스를 공격해? 너, 이제 안 봐줄 거야!"

그렇게 말함과 동시에 시리스 칸은 순간 내 시야에서 사라졌다.

"큭!"

겨, 겨우 따라잡았다. 아주 조금만 늦었더라도 목이 날아갔을 거다.

"짜증나네. 어서 죽어!"

하지만 이어지는 시리스 칸의 맹공. 강화 상태인 내가 눈으로 쫓기도 어려울 정도의 속도라니!

이제 엘리제가 걸어준 보조 마법의 효과도 서서히 풀려져 가는데 이렇게 가다가는 동귀어진도 어렵다.

"아까의 위세는 어디로 갔데? 나는 아직 힘의 반도 안 썼어."

허풍에도 정도라는 게 있다, 얼간아! 라고 소리치고 싶었지만 실제로 점점 빨라지는 공격에 대응하기가 어려워지고 있었다.

간신히 막아내고 있지만 반격할 틈은 보이지 않았고 반격은커녕 내가 입는 상처만 많아지고 있다.

"꽤 숨을 헐떡이기 시작했네. 드디어 힘을 다 써 버린 거야?"

그녀의 말처럼 방어에 들어가는 힘의 소비가 너무나 크다. 이렇게 가다가는 그냥 개죽음이고 자만하는 건 아니지만 내가 죽는 다면 동맹국에서, 전 대륙에서 이 여자를 상대할 자는 이제 없다.

시리스 칸이 미치긴 했어도 바보는 아니니 정면으로 수십만의 병사들과 싸우진 않을 테고 도망 다니면서 망자들을 만들어 내기 시작할 텐데. 그렇게 힘을 키워 가면 점차 대적할 수 없는 괴물집단이 탄생되어 버릴 게 분명하다.

따라서 이 여자를 확실히 죽이기 위해서는 지금이 호기이자 유일한 기회.

제발, 이번에는 허풍이길 바란다!

"어? 뭐, 뭐야?"

그런 간절한 소망을 담아 나는 기를 폭발시켜서 정신과 합치시켰다.

CHAPTER 11

◆ SIDE : 에라르 ◆

전쟁을 겪으며 깨닫게 된 내 능력을 최대한으로 자각해서 소망한 다음 증폭된 기와 일치시키는 것으로 내 힘을 순간적으로 배로 폭등시킨다.

정신과 육체의 기를 합치시키는 것은 말처럼 쉬운 일이 아니기에 이 상태를 유지할 수 있는 시간은 불과 3초. 이 시간 안에 승부를 내야만 한다.

나는 스스로에게 걸어둔 리미터를 완전히 해제시켰다.

"하아아아아앗!"

내가 생각하기도 전에, 자각하기도 전에, 어떤 움직임을 취할지 정하지 않아도 몸이 내 소망의 성취를 위해서 마음대로 움직여간다.

지금 내 소망은 단 하나. 시리스 칸의 파괴.

지금까지와 다른 점이라면 소망성취를 위한 루트가 하나가 아닌 여러 개가 보인다는 점과 내 행동을 내가 마음대로 제어할 수 있다는 점이다. 자동적으로 움직이되 어떻게 움직일지는 내가 정한다는 말이지.

온몸에서 방출되는 기를 창끝으로 담아 내지른다. 시리스 칸은 회피하려 했지만 공격에 뒤따른 충격파에 휘말려서 뒤로 몇 발자국 밀려나갔다.

그 간격을 유지하며 연속적인 찌르기로 상대를 압박해 간다. 주위의 잔해가 폭발되어 날아오르고 대지에 수많은 자상이 한순간에 생겨났다.

단 한 번의 공격에 온몸이 부서질 것만 같은 충격에 놓인다. 하지만 무시. 오히려 기를 한층 더 폭증시켜서 추격을 가한다.

내가 공격하던 창을 검으로 막아내는 시리스 칸. 그녀의 검과 내 창이 교차할 때 창날에 담아둔 기를 방출, 그 충격으로 인해 검이 튀어 오른 틈을 타 그녀의 왼팔을 날려버렸다.

남은 시간은 2초.

시리스 칸이 남아 있는 오른손의 지팡이를 휘두르자 주위가 거대한 불의 장벽으로 둘러싸여지며 그 안으로 하늘에서 번개의 창이 비처럼 내리꽂히기 시작한다.

엄청난 빛들이 시야를 가리지만 상관없다. 기감을 최대한으로 펼치는 것으로 그녀의 움직임을 하나하나 감지할 수 있었다.

번개의 창을 쳐내는 것과 동시에 그녀의 앞으로 돌진, 이렇게 가까이 접근한다면 아까와 같은 마법은 사용하지 못할 테지. 돌진을 가했을 때의 에너지를 추진력으로 삼아 그녀의 심장을 노리고 공격해 들어갔다.

푸른 기가 내 몸을 휘감아가고 있음과 동시에 창에 두르고 있던 기도, 용의 형상으로 변해간다. 그 창날은 용의 머리가 되어 시리스 칸의 심장을 뜯어먹기 위해 나아갔지만.

"까불지 마!"

장타?! 그녀는 단순히 손바닥에 마력을 더 한 건으로 용의 머리는 내리쳐버렸다. 하지만 공격 그 자체를 멈출 수는 없겠지.

처음 노렸던 심장은 찌르지 못했지만 내 공격은 시리스 칸의 배에 직격했으며 커다란 구멍을 만들어냈다.

"아직, 아직 멀었어!"

나는 거기서 멈추지 않고 손에 쥐고 있는 드래고닉 랜스 상태의 창을 기를 이용해서 빠르게 회전시켰고 그녀의 몸을 안에서부터 갈기갈기 찢어내기 시작했다.

"으아아아아앗!"

남은 시간, 이제 1초.

두려울 정도의 생명력이군. 몸통이 완전히 박살나고 있는 상태인데도 그 상처 부분에 마력을 주입해서 내 공격에 저항하고 있었다. 용오름과도 같았던 회전이 멈춰가고 있었지만 내 공격은 아직 끝난 게 아니었다.

나는 창날의 반대 끝부분을 조작해서 창을 검의 형태로 되돌렸고 시리스 칸의 몸 안에 박혀있는 칼날을 위로 치솟게 했다.

"아파!"

당연히 아프라고 하는 거다, 머저리.

그녀는 오른손에 있는 지팡이를 매개로 빛으로 만들어진 검을 만들어서 내 심장을 노려왔고 나는 간발의 차로 급소는 피할 수 있었지만 그 빛의 검 역시 내 몸에 꽂히게 되었다.

"적당히 하고 죽어버려!"

말했지? 내가 죽을 때는 너도 함께 라고. 이제 남은 시간이 없다.

나는 마지막 생명을 쥐어짜내서 검을 위로 올려갔고 시리스 칸은 마력으로 검을 내리누르고 있었다. 머리를 반으로 갈라버리긴 힘들겠군. 그렇다면.

"차앗!"

"윽?!"

위로 올리기 위해 가해지던 힘을 한순간에 아래로 향하게 했다. 내 검을 마력으로 내리누르던 그녀의 힘이 더해져서 그녀의 복부부터 발끝까지 한 번에 잘라버릴 수 있었다.

그리고 이제 마지막으로 머리를 날려버리면…… 큭!

"킄!"

"아까웠네? 하지만 칭찬해줄게. 지금 공격은 나도 상당히 아팠어."

내 몸에 꽂은 빛의 검이 형태를 바꿔서 몸 안을 유린하더니 심장을 움켜쥐었다.

"널 죽여서 망자로 만든 다음 아까 도망친 녀석들과 싸우게 만들어 줄게. 아—주 재밌을 거야!"

심장을 장악하고 있는 손을 어떻게든 떨쳐내려 했지만 몸에 남아있는 기운이 얼마 없다. 이렇게 끝나는 것인가?! 이런, 제기랄—!

"잘 가."

푸욱!

"어?"

"쿨럭!"

무슨 일이 일어난 것인가.

시리스 칸은 아직 내 심장을 움켜쥐고 있었는데 다른 곳에서부터 심장에 공격이 들어왔다. 피를 토하며 겨우 고개를 돌려 시선을 뒤로 향했을 때 보였던 것은.

"크라우스? 어라, 나 명령 안 했는데? 어? 명령? 왜 내가 명령을 해?"

시리스 칸의 착란은 일단 차지하고 이제 와서 갑자기 나에게 공격을 가한 이유는 뭐지? 나에 대한 적대감이 망자가 되어서도 잔재로 남을 만큼 강했었나? 그리고 내 심장에 박아 넣은 이것은…….

"커헉!"

나는 다시 피를 토했지만 한 가지만큼은 확실하게 알 수 있었다. 그는 내게 공격을 가한 게 아니었다는 것을 말이다. 이건…….

"어, 어라?"

시리스 칸이 황급히 움켜주고 있던 내 심장에서부터 손을 빼낸다. 그곳에서 빼낸 그녀의 손은 새카맣게 타들어가 있었다.

"뭐야?! 지금 무슨 일이 일어나고 있는 거야?"

새로운 기운이 내 몸을 채워간다. 아까 소모한 생명력도, 체력도, 기도, 모든 것이 회복되어가는 게 느껴지고 있다. 마치 새로 태어나고 있는 것만 같은 기분이군.

그리고 이것이 어디서부터 시작되었는지 확실하게 알 수 있었다.

"용의 기운…? 설마?!"

"아무래도 그 설마가 맞는 거 같군, 시리스 칸."

"말도 안 돼! 크라우스가 왜!"

크라우스는 죽기 전 자신에게 강력한 암시 혹은 세뇌를 걸어뒀던 것 같다.

조건은 한 가지. 아마 내가 죽거나 그에 준하는 상태가 되었을 경우 자신의 심장에 박혀있는 보석, 느낌으로 보건데 아마 북아공화국에서 사용했던 용언을 사용 가능케 해준 것이 분명한 용의 피를 정제한 보석을 자신의 심장으로부터 꺼내서 내 심장에 꽂도록 말이다.

"정말 이유를 모르겠나? 나조차 알 것 같은데?"

"네가, 네가 무슨 짓을 한 게 분명해!"

"틀렸다, 시리스 칸. 그는 자신의 목숨이 다하는 그 순간까지도 널 구하고 싶었던 거다. 그리고 그의 목적은 내 목적과 결론적으로 합치하는 것 같군. 물론 그 의도는 완전히 다르지만 말이다."

내 목적은 시리스 칸의 완전한 파괴. 크라우스의 목적은 시리스 칸의 죽음으로서 실현되는 구원.

말 그대로 결과는 같다.

"넌 여기서 죽는다, 시리스 칸."

"큭, 방금 전까지 다 죽어가던 주제에 잘난 척하지마! 아까는 기습을 당한 거라 완전히 발휘할 수 없었지만 내가 진심을 내면 이렇게 된다고!"

시리스 칸의 뒤로 거대한 마법들이 나타났다. 거대한 화염구, 돌로 만들어진 창들, 얼음으로 만들어진 검들, 번개로 이루어진 용들까지.

"어때? 단순히 근접전으로도 날 이기지 못했던 네가 마법과 병행해서 싸우는 날 이길 수……."

"있다."

"…뭐?"

"이야기는 이제 끝이다. 직접 보여주도록 하지."

전혀 질 것 같은 느낌이 들지 않는군. 현재 내 몸을 구성하고 있는 기운들은 전부 용의 기운들로 바뀌어졌다. 그리고 그 기운들은 종래의 내가 가지고 있던 기운들과는 차원이 다를 정도로 강대한 힘이다.

"죽어버려—!"

시리스 칸이 만들어낸 마법들을 일제히 나에게 쏘아냈다. 아까라면 막기는커녕 피하기도 버거웠겠지. 그러나 지금이라면.

–풍신창–.

나는 검을 다시 창으로 만들었고 내 손에 쥐어진 창은 바람으로 이루어진 용의 현상으로 변했다. 그리고 그것을 그대로 내질렀고 시리스의 마법들과 맞부딪히는 걸로 상쇄되었다.

"고작 그거 막았다고 기고만장하지 마!"

거대한 빛의 검을 손에 쥔 시리스 칸이 휘둘러 온다. 나 역시 검에 기를 더 불어넣어서 기로 이루어진 거대한 창을 만들어서 돌진했고 나와 그녀는 서로가 있던 곳의 중앙에서 충돌했다.

"따, 따라하지 말라고!"

그녀가 떠드는 말을 무시하며 나는 계속해서 창을 휘둘렀고 두 사람이 다루는 거대한 무기들의 사투에 안 그래도 폐허가 되었던 주변이 이제는 잔해 하나 남지 않게 되어 갔다.

이어 시리스의 마법으로 만들어진 각 속성별로 이루어진 무기의 형상을 한 마법들이 각 방향에서 쇄도해 왔다. 내가 방어 혹은 상쇄에 들어가면 그 틈을 노려올 생각인가.

어림없다.

거대한 진동을 담은 기운을 사방으로 쏘아내며 대지를 흔들었다.

시리스 칸이 날려 보낸 마법들은 모두 소멸했고 역으로 내가 그 틈을 타 날린 무형의 기를 지닌 창이 시리스 칸의 어깨를 스쳐갔다.

"더럽게 잘 막네! 작작하고 좀 죽으라고!"

그건 이쪽에서 하고 싶은 말이다. 어느 정도 충격은 받았을 텐데도 저렇게 멀쩡하다니 질려버릴 정도다.

게다가 조금 전 내가 반격을 준비하는 도중 한 것인지 아까 잘라낸 왼팔마저 어느새 멀쩡하게 붙어 있다. 인성 갖다 버리면서 인간까지 관뒀나 보군.

"-엘리멘탈 노바-."

"각 속성별 공격이 통하지 않았다고 이제는 다 합쳐서 공격해 오는 거냐. 정말 무식한 녀석이다. 그리고 저게 가능하다는 게 더 끔찍하고."

아무리 지금의 나라도 이번 것은 상쇄하기 힘들 것 같다. 엄밀히 말해 가능하긴 하지만 그 후 충격을 서로 받는다고 했을 때를 생각하면 재생능력이 있는 저쪽이 유리하다.

창날 부분에 기를 집중한 뒤 다가오는 거대한 구의 모양을 한 마법을 그 자체로 갈라버렸다. 뒤쪽 양방향에서 들려오는 엄청난 폭발음. 그리고 난 공중에서 다시 한 번 도약해서 찔러간다.

"어딜 감히!"

이번에는 번개의 검인가.

-용두참-.

내가 쏘아낸 거대한 용의 머리가 시리스 칸의 번개 검을 물고 부숴 간다.

그녀는 재빨리 검을 거둔 후 뒤로 빠져나갔는데 회피행동을 하면서도 마법을 난사해대었고 나 역시 기운을 쏘아내며 상쇄해가면서 공격을 이어나갔다.

내 손에서 시작된 회오리바람이 거대한 용오름이 되어 시리스 칸을 향해가자 그녀도 질세라 아까 만든 원소 집합체에 이번에는 어둠까지 끌어들여서 만든 거대한 구를 던졌고 공중에서 두 가지의 커다란 에너지들이 부딪히며 서로를 무너트려갔다.

원거리 공격 수단의 위력은 거의 동등. 그렇다면 다시 접근전으로 가볼까?

시리스 칸 역시 비슷한 생각을 한 것인지 빛으로 만들어진 화염을 둘러서 달려들었다. 그리고 다시 시작되는 격돌. 수십을 넘어 수백 합의 싸움. 단 몇 초 안에 이루어진 공방.

"큭."

"아악!"

튕겨져 나온 것은 거의 동시였다. 대미지는 그녀 쪽이 더 많이 받았지만 그놈의 재생능력이 역시 문제인 것 같다.

몇 번이나 공격을 가해봐도 분명 어지간한 공격으로는 금방 원래대로 돌아와 버린다. 역시 완전히 소멸시킬 만한 공격을 한 번에 가해야만 하나.

문제는 그런 공격을 할 때까지 힘을 모으려면 추정컨대 대략 1분 정도의 시간이 걸리고 상대가 내가 힘을 모을 동안 손가락만 빨고 있지는 않을 거라는 말이지.

"이 빌어먹을 놈!"

시리스 칸은 욕설을 내뱉으며 다시 덤벼왔고 아까의 사투가 되풀이 되었다.

5번째 공방이 끝났을 때 그녀가 입을 열었다.

"후후후. 파워는 비슷하지만 스테미너에서 차이가 나는

것 같네?"

역시 눈치채고 있었나.

"나는 재생능력이 있기 때문에 대부분의 상처는 치료가 가능하지만 너는 그렇지 않겠지?"

"그 능력도 무한하지는 않을 터. 실제로 재생할 때마다 너의 기 역시 줄어들고 있다."

"맞아. 하지만 싸움에 지장은 전혀 없지. 반대로 넌 어떨까?"

정곡을 찔렸군. 시리스 칸은 기는 줄어들었는지 몰라도 여전히 전투에 임할 수 있는 상태가 처음과 같다. 하지만 나는 조금씩이긴 하지만 피로가 서서히 몸에 쌓여가고 있다.

"처음에 했던 제안을 다시 할게. 얌전히 죽어. 지금이라면 고통 없이 보내주겠다고 약속하지."

"나도 처음에 했던 말을 다시 한 번 해주마. 내가 죽을 때는 너 역시 죽을 거다."

"아무리 생각해도 승산이 없는 싸움인데 왜 그렇게까지 덤벼드는 거야?"

"말했지 않나. 나는 그저 동생의 원수를 갚으러 온 것이라고!"

겸사겸사 대륙도 구하고 말이지.

하지만 내가 불리한 건 변함이 없었다. 그녀의 말처럼 내 몸은 점차 지쳐갔고 공격은 둔해졌으며 공격 역시 잘 맞추지 못하고 있었다. 시리스 칸은 아직도 멀쩡한 상태였는데.

6번째, 7번째 공방이 되풀이 되어갔다. 그리고 시간이 흘러 마침내 13번째의 공방이 끝났을 때, 내 몸은 거의 한계에 달하고 있었다.

"아무리 용의 힘이라고 해도 얻자마자 마음대로 사용할 수 알았어? 천만에. 용의 힘은 그리 쉽게 다룰 수 있는 게 아니야. 크라우스도 몇 개월이나 걸려서 제대로 소화할 수 있었는걸. 그것도 보통 사람들과는 다르게 엄청 빨리 익숙해진 거였다고."

이 여자 정말 미친 거 맞나? 아까부터 정곡만 찔러오는데.

"몸의 부담이 엄청나지? 그러니까 이제 그만 편해지라고. 것 봐. 결국 내가 아까 말한 대로 됐잖아?"

"조금 다르지."

"뭐?"

내가 승산도 보이지 않는 싸움에서 대책 없이 싸우기만 하고 있었을 줄 알았다면 큰 오산이다. 시리스 칸은 눈치챘어야 했다. 내가 너무 빨리 밀리기 시작했다는 것을!

"북아에서 이 친구한테 애먹은 기술이 하나 있었지."

"……설마?!"

나는 숨을 한껏 들이쉰 다음 온 힘을 다해 내 뱉었다.

"□□□□□□□□□!"

"안됐지만 그건 이미 크라우스가 잔뜩 써먹은 수야! 이제 나에게는 안 통해!"

상관없다. 내가 용언을 사용한 것 그 자체에서 시리스 칸이 아주 잠깐 당황한 그 짧은 순간. 그 순간을 노리고 사용한 것이었으니까.

나는 그녀와의 사투 동안 조금씩 모아서 체내에 압축했던 기를 폭발시켰다.

-구룡출수-.

내지른 창에서부터 거대한 아홉 마리의 용이 나타나 시리스 칸에게로 달려들었다.

CHAPTER 12

◆ SIDE : 에라르 ◆

엄청난 괴음과 함께 주변의 풍경이 변화해간다.

아홉 마리의 거대한 용이 지나간 곳은 아무것도 남지 않았다. 단 한 가지를 제외하고.

"쿨럭!"

"그 공격을 맞고도 아직 살아 있나."

시리스 칸의 몸은 재생하려 하고 있었지만 육체의 대미지가 더 컸기에 재생이 손상을 따라가지 못하고 몸 자체가 무너져 내리고 있었다.

"하아… 하아…."

"괴로워 보이는군. 이제 곧 편안하게 만들어주겠다."

"미래와 과거의 싸움이라. 결국 이렇게 되는 거네."

"······제정신으로 돌아온 거냐."

"제정신? 아하하하하하! 난 처음부터 멀쩡했는데?"

"미친 짓을 하고 있었지만 완전히 미친 건 아니었다는 건가."

"뭐, 중간까지는 미쳐 있었던 게 맞아. 그러니까 크라우스를 내 손으로 죽여 버리는 정신 나간 짓을 해버린 거지. 그 후로도 잠깐 제정신으로 돌아오긴 했었지만······ 응. 내가 생각해도 역시 미쳤던 게 맞네."

"그런데도 처음부터 멀쩡했다는 말이 나오나? 자신의 백성을, 가신을, 그 지경으로 만들어 놓고도?"

"어리석구나, 용이여. 미친 자와 그렇지 않은 자의 사이에는 그저 종이 한 장이 있을 뿐이라고."

"그 종이를 찢어버리지 않기 위해 우리는 매일 노력하며 살아가고 있는 거다."

"귀찮잖아, 그런 거."

"그걸 귀찮아하는 순간, 너 같은 괴물이 탄생하는 거지. 보통 사람들은 모두 그걸 알고 있어."

"잘나셨군. 자, 이제 어서 끝내. 개선식에 내 목이라도 들고 들어가던가."

"그런 흉물을 백성들에게 보여줄 수는 없지. 그저 네가 죽었다는 사실 그 하나만으로도 전 대륙이 기뻐할 거다."

"나도 참 거물이 되었네."

"……마지막으로 남길 말은?"

"흠. 500년 전처럼 너희들의 미래에 불안이라도 남길까 했지만, 관둘래. 이제 다 귀찮아. 그냥 평범하게 유언을 남기도록 하지. 전 대륙에 내 저주가 내릴 것이다! ……어때?"

"쓰레기다운 허접한 유언이군. 그리고 네 유언 따위 아무도 알지 못할 거다."

"너무하네."

"시리스 칸. 무엇을 바랐지?"

"모든 것을……이라고 생각했지만 사실 내가 바란 것은 아주 소박한 것이었네."

"후회하나?"

"물론 후회막심이야. 모든 게. 내 구구절절한 사연을 듣고 싶어?"

"관심 없다. 넌 그저 악당인 그대로 죽으면 돼."

"동감이야. 그렇다면 에라르 데 오거닉. 당신을 뭘 바랐지?"

"그저 균형을. 대륙의 모든 사람들이 지금처럼 서로 끝없이 싸우고 욕하고 울고 슬퍼하고 절망하고 죽고 살며, 서로를 사랑하고 희망하고 웃고 화해하며 기뻐하는, 그 모든 것을 받아들이게 되는 그런 현재를 유지하고 싶다."

"뭔가 더 좋게 만들겠다는 생각은 안 해? 이 구제할 길 없는 어리석은 종자들을 내가 구원하노라 같은 거."

"난 내가 어디까지 할 수 있는지 이제 잘 알아. 그리고 사람은, 한 특정한 개인이 이끌어 변혁 하는 게 아니라 우리 개개인 스스로가 변해가야만 해. 그래야만 의미가 있어."

"역시 너와는 견해가 많이 다르네. 모든 것에서. 그렇기에 적당하군. 드라이어즈의 망집을 끝낼 상대로 말이야. 어쨌든 잡설이 너무 길었다. 이제 시작해."

나는 창을 다시 검으로 만든 후 그 검을 높이 치켜든 후 입을 열었다.

"내 이름은 에라르 데 오거닉. 자랑스러운 동아제국의 황태자이자, 네놈들 손에 죽어간 에피온 데 오거닉의 형이다. 나는 동생의 원한을 갚기 위해, 그리고 대륙의 안정을 위해, 너의 목을 베겠다."

"베고 나서 내 오른손에 박힌 보석도 꼭 파괴하도록 해."

"그게 '핵'인가?"

"500년 전 드라이어즈 황태자의 심장이 마력으로 응축된 보석이야. 황태자가 황태자를 끝낸다라."

"재미없는 농담이군."

"크라우스는?"

"저기 잔해 속에 처박혀 있군. 바로 보내줄 테니 기다리고 있어."

"바보네. 먼저 가고 있을 테니까 어서 쫓아가라고 해야
지. 빨리 해. 크라우스 만나러 가야 하니까."

"소원대로."

나는 치켜 올렸던 검을 휘둘렀다.

◆ SIDE : 레조 ◆

"어떻게 하죠? 어떻게 하죠? 어떻게 하죠?"

"일단 그 말부터 멈추는 걸로 시작하는 게 좋을 것 같군
요, 엘리제 양. 세이라 양도 그만 멈춰주시면 감사하겠습니
다. 어지러우니까 말이죠."

두 사람은 안절부절 못한 상태로 제자리에서 빙글빙글 돌
고 있었다.

현재 모든 군은 전하가 명령하신대로 서아제국 수도에서
빠져나온 상태.

지휘관들을 설득하느라 애먹긴 했지만 에라르 전하의 방
해가 되면 안 된다는 내 말에 어찌어찌 납득시킬 수 있었다.
정확히 말하자면 내 언변보다는 전하가 예전에 건네주신 증
표가 그 역할을 톡톡히 해냈지만.

그래서 도시 밖으로 나오긴 했는데 밖에서도 들릴 정도로
커다란 굉음이 도시에서 들려오고 있다. 천지가 흔들린다는

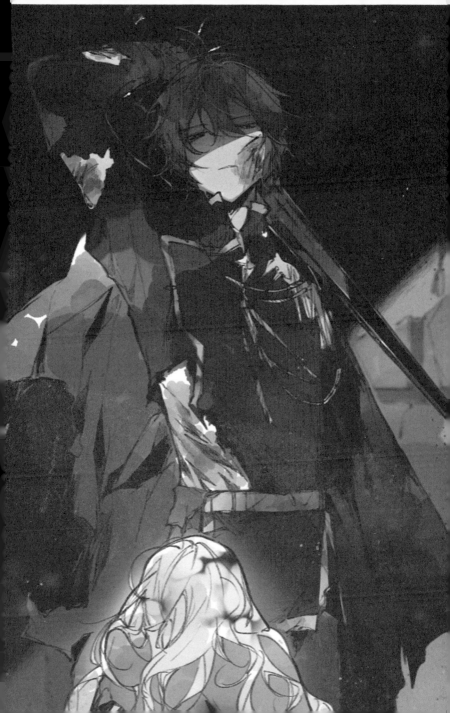

느낌이 이런 것이었군. 땅은 정말 흔들리고 있지만.

"왜 병사들을 빼낸 겁니까?! 당장 다시 들어가야만 합니다!"

"하지만 전하의 명이지 않았소!"

"고작 한 명의 여자 때문에 이 많은 병사가 피해야 한다는 것이 말이 됩니까!"

"그 한 명의 여자에게 정예부대가 몰살당했다는 소리 못 들었소! 우리가 가봐야 전하의 방해만 될 뿐이오!"

"그러다 전하께 무슨 일이라도 생긴다면 어쩌실 겁니까!"

"황태자 전하가 지실 리가 없지 않소!"

각 지휘관급 기사들과 장성급 기사들은 한데 모여 다시 도시 안으로 들어갈지 말지에 대해서 격렬하게 토론하고 있는 중이다.

당연한 말이지만 그 괴물을 상대로 숫자만 많아서야 소용이 없다. 그만큼의 시체만 더 쌓일 뿐이겠지.

그러고 나서 잡으면 그나마 다행이지만 99.99퍼센트 못 잡는다. 아마 불리하다 판단되면 냅다 튀어버릴 텐데 우리 중 그녀를 따라 잡을 수 있는 건 에라르 전하뿐이니까.

"어, 장군님들. 잠시 조용히 해주시겠습니까?"

"아, 레조 님! 레조 님도 이리 오셔서 한 말씀 해주시지요! 도대체가……."

"돌입합시다."

"……예?!"

"하지만 전하의 명이 있으셨다고 하지 않으셨습니까?"

"굉음이 멎었네요. 싸움이 끝난 것 같습니다."

기사들은 그제야 귀를 기울이며 도시 방향을 보았고 내 말대로 굉음이 멎었다는 것을 확인할 수 있었다.

"저, 정말입니다! 계속해서 들려오던 소리가 멎었습니다!"

"마지막에 제법 큰 소리가 났던 걸로 보아 어찌되었든 승부가 갈린 것 같군요. 들어가 봅시다. 환호성을 지를지 비명을 지를지 결정해야 하니까 말이죠."

"저, 전군! 다시 도시 안으로 돌입한다!"

대장군의 호령에 각 지휘관들이 자신의 부대로 허겁지겁 이동했고 우리는 다시 도시 안으로 들어갔다. 그리고 보이는 싸움의 흔적들.

"도대체 무슨 싸움이 있었기에……."

"이건 뭐. 도시가 아니라 그냥 폐허라고 불러야겠군요."

서아제국의 수도는 철저하게 유린당한 상태였다. 멀쩡히 서 있는 건물이 없었으며 단순히 조각조각 난 것이 아니라 대부분 가루가 되어있었다.

서아제국은 이제 역사서에서만 그 흔적을 찾을 수 있게 되었군.

"황성 방향으로 진군한다!"

"저 멀리 누군가 서 있는 모습이 보입니다!"

워낙 깨끗하게 정리된 상태라서 그런지 망원경으로 주위를 둘러보던 정찰병들이 금방 누군가를 찾아냈다. 자, 이제 그 누군가가 누구일지 확인해 볼까.

뭐, 답은 이미 알고 있지만.

그리고 10분 정도 더 걸었을 때, 정찰병이 내 예상을 확실한 답으로 알려주었다.

"저, 전하십니다! 일어서 계신 것은 에라르 전하이십니다!!!"

"어, 어서 달리도록…… 아."

정찰병이 망원경으로 다시 재차 확인해서 확실하게 알려주자마자 리델린 양이, 용으로 변해서 날아갔고 그 위에는 엘리제 양과 세이라 양이 타고 있었다.

나는 분위기를 재빠르게 파악하고 그냥 말에 타고 달려갔다. 절. 대. 나만 태워주지 않아서 삐진 게 아니다. 내가 분위기를 파악하고 자진해서 안 탄 거다.

겨우 전하가 계신 곳으로 도착하니 울고 있는 세 여자에게 붙잡혀서 버둥거리고 있는 전하를 뵐 수 있었다.

"와, 왔는가?"

"영웅호색이라더니 전하를 두고 하는 말이었군요."

"그러지 말고 좀 도와주게. 도저히 떨어지질 않아."

"누구 죽이실 일 있으십니까. 전 그런 눈치 없는 짓 안 합니다."

"그럼 지금하고 있는 건 뭔가?"

"현재 전하의 모습을 그림으로 그려두고 있습니다. 후대가 길이길이 놀려먹을……이 아니라 자랑스러운 승리의 현장을 실감할 수 있게 말입니다."

"당장 그만두게!"

뒤를 이어 다른 기사들과 병사들도 왔지만 그들 역시 세 명의 여성으로 인한 전하의 모습에 당황하다가 그냥 자기들끼리 만세를 외치고 승리의 환호성을 지르기 시작했다. 그리고 전하의 옆에는 두 개의 수급이 있었는데 완전히 파괴당했기에 수급이라 하기는 애매했지만 보아하니 대강 머리인 것 같기는 했다.

하나는 시리스 칸이고 하나는 그 옆에 있던 남자 망자인가.

"그 옆의 가루는 뭡니까?"

"시리스 칸이 망자들을 다룰 때 썼던 걸로 추정되는 보석이다. 일단 파괴하긴 했는데 힘을 완전히 잃었는지는 모르겠군. 한번 확인해 주겠나?"

나는 가루를 조금 집어서 살펴보았고 전하가 올바르게 파괴하셨다는 것을 알 수 있었다.

"그냥 가루군요. 이건 이제 아무런 힘도 없습니다."

"다행이군. 파괴했는데 다른 곳으로 날아가서 또 무언가 말썽을 일으키지 않을까 걱정했거든."

전하가 걱정을 끝내서서일까, 갑자기 바람이 불더니 가루들이 일제히 허공으로 흩어지기 시작했다. 정말 끝났군.

"몸은 괜찮으십니까? 그런데 가슴에 그건 뭡니까? 안쪽 심장에 뭔가 박혀있는 느낌인데요."

"이야기 하자면 길다. 돌아가면서 천천히 말하도록 하지. 그리고 이제 그만 떨어져주지 않겠나?!"

망자들과의 전쟁은 끝났다. 대륙의 모든 망자들은 그들의 자행한 파괴의 흔적만을 남긴 채 하나도 빠짐없이 소멸했고 서아제국은 개 박살이 나버렸다.

이제 남은 건 드라이어즈의 본거지로 가서 잔당 놈들 대충 청소하고 개선하기만 하면 되겠군.

"아— 서류가 쌓이겠네."

전쟁 후 처리 과정을 생각하니 급격하게 우울해진다. 한 몇 달은 일에 치이며 살게 되겠군.

하지만 뭐 어떤가. 이게 바로 산 자의 권리 아니겠나. 망자들은 할 수 없는 살아있기에 할 수 있는 놀랍고도 평범한 고민들.

그렇게 생각하기로 하고 나는 전하와 황비 후보 분들을 뒤로 한 채 돌아갈 채비를 하자고 말하기 위해 지휘관들에게로 걸어갔다.

이 양반들. 아직 소리 지르고 있네.

◆ SIDE : 티라미스 ◆

전쟁에서 승리했다는 소식이 동아제국으로 퍼진지 보름째 되던 날. 온 나라가 축제 분위기에 젖어 있다.

엄밀히 말해 그 소식이 퍼진 후부터 계속 이런 상태였지만 오늘은 그 분위기가 극에 달했다는 느낌이다.

"에라르가 돌아오는 거니까 당연하려나."

서아제국 방향의 대륙의 끝자락에 있는 드라이어즈의 본거지에 가서 잔당들을 마저 청소한 다음 돌아오는 거라 시간이 좀 걸리기는 했지만 어쨌든 개선은 개선. 도시의 모든 거리가 떠들썩하다.

"에피온 오빠. 이제 편히 눈감도록 해. 에라르가 오빠의 원수를 확실하게 갚아줬으니까."

나는 묘비를 수건으로 닦으며 그렇게 말했다. 이제 에피온 오빠도 마음 놓고 쉴 수 있겠지.

"에라르가 돌아오면 아버님이 개선식과 동시에 대관식을 진행하시겠다고 하셨어. 오빠도 알다시피 에라르는 그냥 놔두면 언제까지고 질질 끌기만 할 테니까 이참에 확 끝내버리고 남은 생을 어머님과 함께 느긋하게 보내시겠데. 그러니까 오빠. 오빠가 했던 모든 행동들은 절대 헛되지 않았어. 에라르는 오빠 덕분에 자신을 알게 되었고, 오빠 덕분에 마음을 다잡을 수 있었잖아? 그 결과를 봐. 에라르는 세상을 구했어."

아주 조금이긴 했지만 바람이 불어왔다. 이곳은 황성 지하에 있는 실내라 불지 않을 텐데도. 에피온 오빠가 대답해 준 걸까?

"티라미스 님! 여기 계셨군요! 빨리 나오세요, 에라르 황태자 전하가 이제 곧 당도하실 거래요!"

메이드 하나가 급하게 뛰어와서 나에게 소식을 알려주었다. 응. 가서 마중해 줘야지.

"쉬어. 에피온 오빠. 에라르랑 또 놀러올게."

자그마한 바람이 다시 이마를 스치고 지나갔다.

EPILOGUE

◆ SIDE : 에라르 ◆

"그리하여 그들은 행복하게 잘 살았습니다.—라는 결말은 안 되는 건가?"

"보통 폐하께서 말씀하신 이야기들의 뒤편에서는 수많은 행정관들이 영웅들의 뒤처리를 위해 코피 흘리며 일하고 있다는 사실이 잘 전해지고 있지 않기는 하죠. 폐하는 본인께서 영웅이시기는 하지만, 어찌되었든 행복하게 잘 살고 계시지 않습니까. 그러니 어서 서류에 도장이나 찍으시죠."

전쟁이 끝난 지 어느덧 3개월.

본국으로 돌아오자마자 아버님께서 개선식과 함께 대관

식을 말 그대로 '해치워' 버리셨고 나는 어버버버 하다 보니 황제가 되어 있었다.

이거, 이래도 돼? 황제라는 자리를 이렇게 날치기로 넘겨 버려도 되는 건가.

그리고 나는 현재, 산더미 같은 서류의 산에 파묻혀서 도장 찍는 기계가 되어 있었다.

대부분의 상세한 일은 레조를 비롯한 행정관들의 일이지만 마지막 결제를 위한 도장을 찍기 전에도 어느 정도의 검토가 필요하다. 그걸 지금 내가 하고 있는 거고.

"난 여태껏 내가⋯⋯."

"폐하. 또 어투가 바뀌셨습니다."

"⋯⋯짐은 여태까지 짐 스스로 안에서 하는 일을 좋아한다고 생각했는데 알고 보니 상당히 외향적인 일이 맞았나 보군."

레조가 만족한 듯 고개를 끄덕이고 있다. 이 자식 그냥 남아공화국에 반품해 버릴까 보다.

"이 말투는 아무리 시간이 지나도 익숙해지지가 않는구나."

"폐하께서 황위에 오르신 지 아직 얼마 되지 않으셨으니까 말입니다. 이십 몇 년을 사용한 어투가 쉽게 고쳐지실 리가 있겠습니까?"

그것도 있지만 어째 아버님의 말투를 따라하는 것 같아

서 심히 부끄럽다. 아직 이십대 초중반인 내가 중장년 흉내를 내는 것 같기도 하고. 그리고 레조는 내 말투를 유심히 듣다가 조금이라도 원래 말투가 나오면 가차 없이 참견해 온다.

"어떤가, 에라르여. 황제라는 것도 쉬운 일이 아니지 않느냐! 하하하하하!"

그리고 일하는 아들 옆에서 쾌활하게 웃고 계신 선황제폐하인 우리 아버님. 요즘 들어 가끔 놀러 오셔서 날 약 올리신다.

가족들과의 사이가 좋아지는 것은 나 역시 옛날부터 바라마지 않았던 일이긴 하지만 새신랑이라고 놀리는 건 좀 자제해주셨으면 한다.

"……상당히 후련해 보이십니다, 아버님?"

"후련하다 말다. 요즘 아주 새로 태어난 것만 같은 기분이다. 모든 걸 훌훌 털어버리고 그저 사랑하는 부인과 오손도손하게 놀고먹으면 되는데 이와 같은 극락이 따로 있으랴!"

"그러면 어머님께 가시지 왜 이리로 오신 겁니까."

"네 어미는 지금 너의 부인들과 함께 차를 마시고 있다. 아, 그러고 보니 이거 말하지 마라고 했는데."

"차 마시는 걸 말씀하지 말라하셨습니까?"

비밀 이야기라도 하시는 건가.

어쨌든 아버님은 말씀하실 생각 만만이신지 히죽 히죽 웃으시며 입을 여셨다. 저러다 뒷감당은 또 어찌 하시려고.

"에라르여. 우리는 손주가 보고 싶다."

나는 아버님의 말씀을 애써 외면하며 고개를 돌렸지만 고개를 돌린 방향에서 레조도 웃고 있었기에 어쩔 수 없이 다시 아버님께로 시선을 향할 수밖에 없었다.

"저희는 아직 3개월밖에 되지 않았습니다. 아직 태어나지도 않은 아이를 어떻게 보여드립니까."

여담이지만 가족들이 '해치워' 버린 일들 중에서는 개선식과 대관식 외에도 결혼식이란 것이 있었다. 그것도 차례차례 3명과.

나는 그 후, 내 삶을 내가 좀 더 주도하며 살아야 했었던 것 아닌가, 하는 고민에 빠졌었지만 이미 때는 늦었었다. 사실 나쁘기는커녕 좋기도 했고.

"그러니까 빨리 태어나게 힘쓰라는 것이지 않느냐. 사랑에 기간 따위는 무의미하다. 게다가 넌 부인이 셋이나 있지 않는가, 에라르여."

근엄한 목소리로 말씀해보신들 내용이 저러면 아무 소용 없다. 그리고 힘을 쓰라고 말씀하셔본들 어차피 매일 밤 쥐어 짜이고 있어서 체력이 남아나질 않을 지경인데 여기서 어떻게 더 힘을 쓰라는 말씀이실까.

"선황제폐하. 세 분이 아니라 네 분이 되실 수도 있을 것 같습니다.”

“호오. 북아에서 연락이 왔더냐.”

“예. 상당히 채근하고 있는 터라 대응하기가 심히 곤란할 지경입니다.”

“까짓 거 그냥 받아주면 안 되나?”

“저도 그게 좋을 것 같습니다만 폐하께서…….”

레조는 말끝을 흐리면서 시선을 나에게 시선을 향했다. 그리고 덩달아 따라오는 또 다른 시선.

“에라르여. 무슨 문제가 있느냐?”

“……요즘 아버님을 보면 황제의 자리에 계시던 그분이 맞나 싶을 정도입니다. 당연히 ‘까짓 거’로 단순하게 말해서는 안 되는 일이지 않습니까!”

“왜.”

“북아의 수상의 자녀와 혼인을 한다면 명실상부한 동맹 관계가 성립되어 버립니다. 물론 지난 전쟁 때 지금은 멸망한 서아를 제외한 전 국가가 동맹을 맺기는 했지만 전쟁이 끝난 후 사후처리 뒤에 모든 것을 원래대로 되돌리지 않았습니까.”

“즉, 북아에서 받으면 남아에서도 받아야 한다?”

“만일 백번 양보해서 그렇게 된다고 해도 또 문제입니다. 양 국의 수장의 자녀가 저에게 온다면 마치 조공 혹은 인질을 보내는 모양새가 되어버리지 않겠습니까.”

"뭐, 외교에서도 좀 귀찮아지겠지만 네가 바라는 균형을 가장 확실하게 유지할 수 있게 되는 일이 아니겠느냐?"

"그게 말처럼 쉬운 일이 아니라는 것은 아버님이 가장 잘 알고 계실 거고요."

"다시 생각해 봐도 역시 괜찮을 거 같은데. 그러다가 두 나라 사이에서 안 되겠다 싶으면 그냥 대륙을 통합해버리지 그러냐."

"아버님!"

"난 농담하는 거 아니다, 에라르여. 네가 안 할 뿐이지 충분히 가능한 일이다. 딱히 피를 흘리지 않고서도 말이지. 물론 다른 고통이 뒤따르긴 하겠지만 얻는 걸 생각한다면 감수할 만한 대가일 테고."

그런 말씀을 하시는 아버님의 눈빛은 사뭇 진지하셨지만 난 제2의 드라이어즈 사태가 일어나지 않는 한 절대 그런 일을 벌일 생각이 없다.

"뭐, 지금 당장 하라는 것은 아니니 너무 심려치 말거라. 다만 네가 사용할 수 있는 방법은 차고 넘친다는 것만 알아두도록."

"……알겠습니다. 어쨌든 레조. 짐이 다시 서한을 쓸 테니 북아공화국으로 답장을 보내 거라."

"이미 두 번이나 거절하시지 않으셨습니까. 그런데도 계속해서 다가온다는 건 이미 체면이고 뭐고 다 갖다 버린 겁니다. 이렇게 해서라도 폐하의 곁으로 보낼 수만 있다면 그게 더 이익이라고 생각하고 있는 거죠."

"그렇다면 이 문제를 어찌해야 하겠나."

"일단 제가 이야기를 좀 끌어서 시간을 벌어보겠습니다. 그때까지 함께 다른 대안을 생각해 보는 게 좋을 것 같습니다만."

"알겠다. 그럼 그 문제는 잠시 뒤로 미뤄두자꾸나."

"예, 폐하."

레조는 다시 제 할 일로 돌아갔고 아버님은 다시 말을 꺼내셨다.

"잠시 이야기가 새긴 했지만 어쨌건 그거다. 우리는 손주가 보고 싶다."

"아직 그 이야기입니까."

"물론 나 역시 3명이나 되는 부인을 매일 밤 상대하기 위해서 네가 자양강장 물약까지 마실 정도로 노력한 다는 건 알고 있다."

"그 물약 아버님이 주신 겁니다만. 제가 그런 식으로 노력하고 있다는 투는 자제해주시지 않으시겠습니까."

용의 힘까지 얻은 내가 설마 체력이 달리게 되는 일이 생길 줄은 꿈에도 몰랐다.

아침부터 저녁까지 일에 치여 살다가 밤새도록 짜이고, 잠깐 잠들었다가 다시 하루를 반복. 이러다 보니 지치지 않을 리가 있나.

"음, 그랬나? 어쨌든 그 문제로 네 어미와 부인들이 아마지금쯤 회의를 하고 있을 거다. 해서 이 아비도 아비로서 해줄 수 있는 걸 주기위해 이리 온 것이지."

"새로운 물약이라면 정중하게 사양하겠습니다."

"흐흠. 그냥 물약 따위가 아니다. 이것이야말로 우리 황실 남성들에게서 대대로 내려오는 조합으로 만든 보약 중의보약으로——."

그 말을 시작으로 약에 대한 내력과 역사, 효능, 효과를본 사람들 등의 이야기가 아버님의 유창한 언변으로 설명되어갔다. 황제가 아니라 장사를 하셨다면 돈을 삽으로 퍼 나르지 않으셨을까.

"……해서 이것을 마시면 말 그대로 용이 되어버릴 수가있다는 것인데. 듣고 있느냐 에라르여?"

아버님의 말씀을 한 귀로 흘리며 일을 하고 있었는데 어느새 말씀이 끝나셨나보다.

"듣고 있습니다. 그리고 제 부인들 중 한 명은 진짜 용입니다만."

그래서 그런가. 체력이 나 못지않다. 덕분에 매일 밤 생사를 오가고 있지.

"말 그대로 용들이 맺어진 것 아니냐! 나는 개인적으로너와 그 아이가 맺어진 것이 가장 마음에 든다. 백성들에게 가장 인기 많은 황비도 다름 아닌 리델린이라지 않느냐."

그런 인기도 순위는 또 언제 매긴 겁니까.

내가 그런 생각을 하거나 말거나 아버님은 말씀을 계속하셨다.

"우리 동아의 상징인 푸른 용이 너와 맺어진 게 백성들에게 어떻게 비춰지는지 전혀 모르고 있나 보구나. 나중에 시간이 된다면 한 번 알아보는 것도 좋을 것이다. 멀리 갈 것도 없이 신하들 중 아무에게나 물어봐도 좋겠지. 분명 재밌는 대답을 들을 수 있을 것이다."

"나중에 한번 물어보도록 하죠. 어쨌든 결론은 이 약을 먹으면 되는 겁니까?"

"꾸준히 섭취할 수 있도록 황실 약제사에게 미리 언질을 해뒀다. 이제 그렇게 퀭하게 다니지 않아도 될 것이다. 참 좋은 아비가 아니더냐. 후하하하하하하!"

그걸 보통 본인 입으로 말하는 겁니까…….

좋은 아버님이신 건 맞기야 합니다만. 아버님의 이야기가 끝나자 옆에서 안 듣는 척 다 듣고 있던 레조가 일어나서 다가왔다.

"확실히 피곤해 보이십니다, 폐하. 오늘은 이쯤하시는 것이 어떻겠습니까."

"으음. 그러도록 할까."

솔직히 피곤해 죽을 거 같기에 레조의 제안은 몹시 반가운 것이었다. 까놓고 말해서 부인들에게 치유 받고 싶을 정도다. 물론 그 다음은 다시 쥐어 짜이겠지만.

"그럼 다들 퇴청하는 게 좋겠구나. 하던 일들 마무리하고 돌아가거라. 짐도 처소로 돌아가겠다."

"예. 폐하. 편히 쉬시기를."

"아버님은 어쩌실 겁니까?"

"같이 가자꾸나. 이쯤이면 이제 그쪽도 이야기가 끝났을 테지."

그렇게 말씀하시며 일어나시는 아버님. 그쪽 이야기라는 부분이 상당히 신경 쓰입니다만. 설마 나에게 주신 것처럼 체력강화 물약 같은 거라도 주신 건 아니겠지. 안 그대도 매일 밤 엘리제가 보조마법까지 모두에게 걸어주고 있는데.

"이제 전쟁의 후처리도 대부분 끝났구나."

"예. 이전 서아와의 전쟁 때도 그랬지만 상당히 애먹이는 작업이더군요. 이번에는 털어먹을 귀족들도 없어서 더 힘들었습니다."

"털어먹다니. 하하. 네 입에서 그런 표현이 나오니 재미있구나. 그리고 그때의 그 행동은 역시 의도한 것들이었군?"

"뭐, 결과적으로는 말이죠."

"전쟁이 끝난 것도 다행이지만 이 아비는 네가 에피온의 일에서 벗어난 것 같아 그것이 가장 기쁘구나."

"언제까지고 침울해 있을 수는 없는 것 아니겠습니까. 특히나 제가 앉아 있는 자리에서라면 더더욱 그렇고 말입니다."

"그렇지. 그리고 에피온 역시 그런 것을 바라지 않을 테다. 그 아이라면 지금처럼 가끔 찾아가주는 걸로 만족할 테지."

"저 역시 그렇게 생각합니다. 아, 그리고 에피온의 이야기가 나와서 말인데 티라미스는 아직 그쪽으로는 소식이 없습니까?"

함께 걸어가고 계시던 아버님은 뒤에 따라오는 호위병들과 메이드들을 잠시 돌아보셨고 그들이 약간의 거리를 두고 걷자 작은 목소리로 말하셨다.

"왜 없겠느냐. 하지만…… 후. 본인이 절대 생각이 없다는 것을 어찌하겠느냐는 말이다."

"어른스러운 모습에 저도 가끔 깜빡하긴 합니다만 나이로 치면 아직 어린 아이지 않습니까. 곧 있으면 말하지 않아도 다른 또래의 영애들처럼 서서히 이성에 관심을 가지게 될 겁니다."

"그건 그것대로 서글퍼지는군. 역시 사위로 들어올 녀석은 한 대 정도 때리고 시작해야겠다."

"동감입니다."

"……네가 때리면 잔해조차 남지 않을 테니 이 아비만 한 대 때리는 걸로 하자꾸나. 티라미스를 과부로 만들 수는 없지 않겠느냐."

그렇게 말씀하시며 어색하게 웃으시는 아버님.

나는 이제 다른 가족들과 부인들과도 서로 착각하지 않는
다. 서로 솔직하게 이야기하며 평화로이 지내는 꿈과 같은
나날들.

그날, 내가 내게 과분한 삶에, 현실에 적응하지 못해서 발
생한 서로의 착각과 오해를 끝내지 못했다면 절대 올 수 없
었던 현실이자 미래.

그걸 열어준 것은 너다, 에피온. 이제 나는, 이 형은, 이
현실에 적응할 수 있게 되었단다. 목숨을 걸고 이 형을 구해
준 것에 내 모든 걸 담아 감사를 바치겠다.

"이제부터 하룻밤에 한 사람씩이에요!"

조금 정정. 아직 완전히 다 적응하지는 못한 것 같구나.

처소로 도착하자마자 어머님이 아버님을 끌고 돌아가셨
고 두 분이 돌아가시자마자 엘리제가 대뜸 그런 말을 꺼내
왔다.

"일단 물어보마. 뭘?"

"아시면서."

"아침부터 지금까지 회의한 결과 한 사람씩 확실하게 하
는 게 아이를 가지는 것에 도움이 되지 않을까 싶었습니
다."

끄덕끄덕.

나는 무심결에 '순서는 어쩌려고?'라고 물어볼 뻔 했지만 가까스로 삼킬 수 있었다. 만약 아직 정하지 않았다면 다시 토론에 불을 붙이는 꼴이 되어 버릴 테니까.

"오늘은 리델린이 그 다음은 제가, 마지막으로 세이라 입니다. 앞으로 이 순서대로 안아주세요."

다행히도 내 걱정은 기우였던 것 같다. 그런데 의외의 순서로군.

"순서는 어떻게 정한 것이지?"

"가위가 보를 자르고 바위는 가위를 부수죠. 그리고 보는 바위를 뭉개더군요."

"합리적인 방법이었습니다."

끄덕끄덕.

"……."

음. 다른 생각은 하지 말자. 그냥 평화롭게 정해졌으면 된 것이지. 어쨌든 이제 물약은 줄여도 될 것 같다.

"일단 피곤하니 조금 쉬고 싶구나."

"네, 폐하. 이쪽으로 오세요."

나는 세 명의 부인을 따라 침대로 가서 함께 누웠다. 아아. 극락이군.

"일은 어떻게 돼가고 있으신가요?"

"대부분 정리가 되었다. 애당초 뭘 얻기 위한 전쟁이 아니었으니 나눠먹을 것도 별달리 없었고 말이다. 다만 사상

자들이나 드라이어즈가 여태까지 행한 일들과 그 여파에 대한 뒤처리 때문에 지금까지 시간이 걸린 것이지."

"그럼 이제 한숨 돌리실 수 있으신 건가요?"

"각국에 남아 있던 드라이어즈의 잔당들도 대부분 정리가 되었고 본거지의 감옥에 남아 있던 자들도 전부 처형했으니……. 지금처럼 바쁜 일들은 이제 없을 것 같구나."

어디까지나 희망사항이지만.

"완벽하게 '해피니스 컨티뉴'네요."

"음? 해피엔딩이 아니라?"

"저도 예전부터 그 말이 싫었습니다. 해피라는 말은 좋지만 엔딩이라는 말이 말이죠. 마치 뒤의 이야기의 상상이 막히는 것만 같은 느낌이 들었거든요."

"행복해서 끝난 게 아니라 그 순간이 계속되기에 행복인 거잖아요?"

끄덕끄덕.

"확실히 그 편이 더 듣기 좋구나."

"그렇죠?"

계속되는 행복이라. 좋지.

옛날이야기들의 마지막 문장에는 마침표가 찍히지만 그 안의 인물들을 그 후로도 싸우고 화해하고 울고 웃으며 행복하고 즐겁게 살아갈 것이다. 그러니 그들에게는 마침표가 큰 의미를 지니지 않게 되겠지.

그것은 현재를 살아가는 우리들에게도 마찬가지고.

해서 나는 감사한다. 현재를 살아갈 수 있게 만들어준 이제까지의 모든 것에. 현재의 모든 것에. 앞으로의 모든 것에.

이 세상에서 가장 위험하고 두려운 존재를 세상에서 가장 멋지고 아름다운 선물로 바꿔준 모두에게 감사한다.

언젠가 본적이 있는 것만 같은 이 맑디맑은 하늘 아래, 세상은 여전히 사랑과 증오의 혼돈으로 둥글게 뭉쳐진 채 데굴데굴 굴러가고 있었다. 수많은 사람들의 손으로. 그리고 그 수많은 사람들 속에, 자기만의 착각에서 깨어나 이제는 현실에 적응할 수 있게 된 남자의 손 하나 정도는 더 해도 되겠지.

이 남자는 아무래도 상당히 운이 좋은 축에 드는 것 같으니까 분명 조금이라도 좋은 방향으로 공을 굴릴 수 있지 않을까. 희망을 담아 그렇게 소망해본다.

──세상의 저울질 하는 두 가지의 거대한 감정. 그 두 개의 추들 중 더 무거운 것. 그게 사랑이기를.

〈황태자의 현실적응기 4〉 끝

IF STORY
−크라우스 일행을 거둔 사람이 에라르였다면−

. . .

◆ SIDE : 에라르 ◆

위험하다. 위험이 닥쳐오고 있다.

서아제국을 상대로 싸울 때도, 스티그란의 망자들에게 돌진할 때도 이만한 위협은 느껴본 적이 없다.

그러나 지금 이 순간 나는 이전에 없었던 거대한 두려움을 느끼고 있었다.

시시각각 다가오는 세상의 어둠에게서 나는 더 이상 도망칠 수 없는 것인가!

"……뭐하시는 겁니까, 폐하?"

"나왔구나!"

"……? 나왔습니다만. 뭘 하시는지는 모르겠지만 어서 돌아가셔서 업무를 보시는 것이 좋지 않을까 사료됩니다."

"그대의 두려움에 경악하고 있었다."

"전하가 계신 곳이라면 레조가 주술로 찾아줬습니다. 편리하더군요."

"제길, 레조를 잊고 있었군! 아니, 그게 아니라 대륙을 통일시켜버린 그대의 능력에 두려움을 느끼고 있었다는 말이었다."

"그 말 그대로 돌려드리겠습니다. 그리고 제가 아니라 폐하가 하신 일이죠. 어차피 폐하도 그걸 노리고 여러 가지 사전 준비를 해두신 거지 않습니까. 전 별로 한 게 없습니다. 그냥 폐하께서 미리 준비해 두신 걸 잘 활용한 것뿐이죠."

"짐은 그런 것은 생각해본 적도 없다!"

나는 여기저기 그저 빚을 만들어두면 나중에 동아제국에 좋지 않을까 하는 정도의 생각뿐이었다고. 그런데 그걸 써먹어서 대륙을 통합해버릴 줄은 상상도 못했다.

"멸망 직전의 나라들을 구하고 세계를 구하셔서 놓고 그런 말을 해보신들 설득력이 없습니다."

"그대도 함께 하지 않았나! 그렇다면 짐이 그런 것을 바란 게 아니란 것쯤은 알고 있을 텐데."

"그럼 세계가 원했나 보군요. 전하의 소망이 이렇게 이루어지도록 말입니다."

크라우스는 정말 별거 아니라는 듯이 말했지만 그는 드라이어즈와의 전쟁 때 동맹관계를 유지하고 있던 4국을 전쟁이 끝난 후에 말도 안 되는 수완으로 그대로 통일 제국 드레고니아로 만들어버렸다. 몇 번을 생각해봐도 황당하기 그지없다.

"어쨌든 할 일이 아직 산더미 같습니다. 서아야 원래 제국이었으니 별 상관이 없지만 남아와 북아는 공화국이었기 때문에 법률적인 문제라던가 사회적인 균형을 맞추기 위해서 해야 할 일들이 많으니까 말이죠. 하긴 이 문제는 시간이 해결해 줄 겁니다만. 애초에 이번 세대에 끝날 일도 아니고요."

"그렇다면 역시 전에 짐이 제안한 것을 받아드리겠나?"

"아뇨. 전 지금처럼 일하는 게 좋습니다. 영지관리 따위, 귀찮기만 할 거 같고 말이죠."

"지금 일은 귀찮지 않은 건가?"

"재밌거든요. 재밌는 일이 귀찮을 리가 없지 않습니까. 쫓아내려 하신들 이미 늦었습니다. 저희를 멋대로 구원해버리신 건 폐하시니 말이죠. 죽을 때까지 옆에서 일할 겁니다."

"지금까지 일해 온 상으로 영토를 주겠다는 걸 쫓아내려는 것으로 생각하는 건 세상에서 너희와 레조뿐일 거다."

"저희들에게는 같은 말입니다. 어서 가시죠. 아까도 말씀드렸지만 처리해야 할 서류가 산더미입니다."

나는 결국 숨어 있기를 포기하고 일어나서 크라우스를 따라 집무실로 향했다.

일하는 것 자체가 싫은 건 아니다. 내가 앉은 자리의 무게 또한 잘 알고 있고. 다만 나 역시 사람이기에 가끔은 휴식이 필요하다.

"아, 그러고 보니 좀 있으면 에피온 님과 티라미스 님이 황성으로 돌아오실 겁니다. 서둘러 일을 처리하시면 마중하실 수 있겠군요."

"반대로 말하면 일을 끝내지 못하면 동생들을 마중할 수도 없다는 건가."

"잘 아시네요."

"폭거다!"

"폐하가 황제십니다만. 그리고 자신들 때문에 폐하가 일을 내팽겨 쳐두고 왔다는 걸 두 분이 아시게 되면 슬퍼하실 겁니다."

"으음……. 그렇게 말하니 할 말이 없군."

집무실로 돌아온 나는 책상에 올려져 있는 서류들을 보고 한숨을 한 번 내쉰 뒤, 서류들의 검토를 재개했다.

서둘러 처리한다고는 하지만 그렇다고 절대 대충할 수는 없다. 단 하나의 실수로 모든 백성들이 고통 받을 수 있으니까.

게다가 지금은 원래 다스리던 영토며 백성들의 숫자가 4배 가까이 늘어난 상태다.

물론 나 혼자 그 많은 일을 다 하는 건 아니고 내가 하는 건 최종 검토 및 재가의 여부를 따지는 것에 불과하지만 그 말이 그 말이다. 이전과는 비교도 안 될 만큼 책임이 막중하다는 거지.

그로부터 수 시간 뒤, 나는 검토를 끝낸 마지막 서류에 도장을 찍는 것으로 오늘 해야 할 일을 다 끝낼 수 있었다.

"끄, 끝났군."

"대단하십니다, 폐하. 평소보다 3시간이나 빨리 끝내셨습니다."

크라우스의 말을 듣고 창밖을 보니 확실히 아직 해가 지지 않고 있었다. 이로서 오랜만에 느긋하게 동생들과…….

"다행입니다. 이제 (구)북아와 남아의 영토에서 온 사자들을 만나시면 되겠군요."

"……뭐?"

"그들과의 회의를 마치신다면 에피온 님과 티라미스 님이 딱 맞게 도착하실 것 같습니다."

"사자가 온다니? 짐은 듣지 못했다만."

"미리 말씀드리지 못한 점 사죄드립니다. 본래라면 내일 처리할 안건이었기에 내일 아침 회의에서 말씀드릴 생각이었습니다만 폐하께서 예상보다 일을 빨리 처리해주신 덕분에 오늘 중으로 볼 수 있겠다고 생각했습니다.”

“그래서 멋대로 약속을 잡아버린 것이냐.”

“예.”

“너무 당당하지 않느냐!”

“어떤 벌이든 달게 받겠습니다!”

“기세 좋게 외치지 마!”

“정 싫으시다면 취소할까요? 물론 안 그대로 소외감을 느끼고 있는 (구)남아공화국에서 온 사자가 특히나 절망할게 분명하지만 말입니다.”

“이 악마 같은 자 같으니. 그런데 그게 무슨 말이냐. 남아공화국이 소외감을 느끼고 있다니.”

“(구)남아공화국입니다. 아무튼 이유야 자명하지 않습니까. 뭐, 사실 저도 최근에야 알게 된 것이지만요. 설명하자면 (구)서아제국은 말 그대로 동아와 같은 제국이었고 (구)북아공화국은 멜라닌 님을 폐하의 첩으로 보내서 돈독한 사이가 되었죠. 그런데 (구)남아공화국은 아무런 접점이 없습니다. 해서 알게 모르게 소외감을 느끼는 자들이 꽤나 많다고 합니다.”

“그런가…. 생각지도 못한 문제로군. 어떻게 하면 좋을 것 같은가?”

“가장 좋은 건 그쪽에서도 비를 한 분 받으시는 겁니다만 마땅한 사람이 없는 게 현실이죠. 그래서 말입니다만.”

"티라미스와 에피온을 정략을 위한 도구로 사용하는 것은 절대 안 된다."

"물론입니다. 절 어떻게 보시고. 그런 말이 아니라 폐하를 적대하다 공화국 국민들에게 처형된 전임자 대신 이번에 새로 (구)남아공화국으로 보내질 차기 영주…… 아직은 총독이라 불러야겠지만. 아무튼 그 자리에 앉을 인물을 전하가 직접 선출해주시면 어떨까 합니다. 가급적 전하와 대외적으로도 친분이 있거나 아니면 아예 전하의 가신들 중 한 명을 보내는 것도 좋겠군요."

"반발은 없겠느냐?"

"당연히 있을 겁니다만 그보다는 환영의 말을 건 내는 자들이 더 많을 겁니다. 어차피 모든 자들을 공평하게 대하는 건 불가능하죠. 단지 그런 느낌으로 보이게만 하면 됩니다."

"그런 자라면 너와 레조가 가장 적임인 것 같지만."

"안 갈 겁니다. 레조도 마찬가지일 거고요. 아, 그리고 레조에게서 방금 연락이 왔었는데 마법학회의 장악은 순조롭게 진행 중이라고 합니다. 올해 안으로 완전히 장악 가능할 거라는 말이 있었습니다."

"다행이군. 계속 힘써달라고 전해주게. 그런데 자네의 부하들 중에는 남아로 갈만한 인재가 없겠나?"

"없습니다. 좋은 녀석들이긴 하지만 그럴 만한 그릇은 되지 못합니다."

"흐음. 한두 명 정도 더 떠오르는 자가 있긴 하지만, 일단 이 문제는 차차 생각해보도록 하지. 아직 선출 때까지 시간은 충분히 남았으니까."

"예, 폐하. 그럼 오늘은 어떻게 하시겠습니까?"

"만나도록 하겠다. 어차피 내일 할 일이었지 않나. 미리 해두는 게 더 편할 것 같군."

"예. 그럼 바로 알현실로 오라 전하겠습니다."

회의는 장장 3시간에 걸쳐 겨우 끝났다. 주요 안건은 다름 아닌 이름 짓기. 언제까지고 앞에다가 (구)를 붙여 부를 수는 없으니까.

아직 확실히 정하지는 못했지만 몇 가지 후보를 추릴 수는 있었고 사자들은 돌아가서 다시 회의를 거친 뒤에 찾아오겠다고 하고 돌아갔다.

"이제 마음 편히 짐의 동생들을 만날 수 있는 거겠지?"

"제 허가 따위는 필요 없습니다. 폐하는 드레고니아의 황제시니 말이죠. 저는 다만 후의 일을 걱정했을 뿐입니다."

말이나 못 하면…… 아니 됐다. 나만 일했던 것도 아니고 크라우스 역시 내가 일하는 동안 곁에서 쉬지 않고 일을 했으니까. 그도 피곤하기는 마찬가지 일 테지.

"그대도 이제 퇴청하도록 하게. 그러고 보니 아이는 잘 크고 있나?"

"예. 덕분에. 저도 무나 양도 아이를 키우는 건 당연히 처음이라 여러모로 힘이 들긴 하지만 상당히 보람 있는 하루하루입니다. 어서 폐하의 후계자도 태어나셨으면 좋겠군요."

"노력해보도록 하지. 아이에게 필요한 것이 있다면 무엇이든 말하게. 짐이 들어줄 수 있는 것이라면 무엇이든 들어줄 터이니."

"황공하옵니다."

"그래. 헌데 에피온과 티라미스는 아직 인가?"

"벌써 아까 도착하셨습니다."

"……일단 묻고 싶네만 '아까' 라는 게 언제를 말하는 겐가?"

"폐하께서 서류작업을 마치셨을 때쯤요?"

"……미리 말하지 않은 이유는?"

"그야 물론 폐하께서는 회의에 들어가셔야 했으니까 말이죠. 두 분께도 양해를 구해뒀으니 걱정하지 않으셔도 됩니다."

"자네 잠깐 남아서 이야기 좀 하세."

"아까 퇴청하라 하셨으니 전 이만 명하신대로 집으로 돌아갈까 합니다만."

"못 가."

"아내와 아이가 기다립니다."

"이제 와서 그런 말을 해본들 늦었네!"

나는 그 후 한참 동안 크라우스에게 '상사와 부하의 원활한 커뮤니케이션'에 대한 강의를 했고 동생들을 만날 수 있었던 것은 그로부터 한 시간 뒤에 겨우 만날 수 있었다.

◆ SIDE : 크라우스 ◆

"나 왔어요. 무나 양."

"일찍 오셨네요, 크라우스?"

"더 일찍 올 수도 있었지만 폐하께 혼나는 바람에 조금 더 늦어졌네요."

"또 마음대로 폐하의 일정에 손을 댄 건가요? 그러지 마라니까요."

"평소라면 괜찮았겠지만 오늘은 에피온 님과 티라미스 님이 황궁으로 돌아오시는 날이라 더 화나셨던 거 같아요."

"폐하께서 화내실 만하군요. 두 분을 얼마나 아끼시는지 전 대륙에서 모르는 사람이 없을 정도니 말이죠."

물론 진짜 화내시지는 않으시지만. 나 역시 선은 분명하게 지키고 있고 말이다.

"너무 상심하지 말아요, 크라우스. 폐하도 크라우스가 폐하의 짐을 덜어드리기 위해 얼마나 노력하고 계신지 잘 알고 계시니까 말이에요."

사실 상심은 1도 안 했지만 부인이 해주는 걱정이 기분 좋았기에 그냥 그런 척 하기로 했다.

"물론 알고 있습니다. 다만 우리가 지금 이렇게 평화로이 살 수 있는 게 모두 폐하 덕분이니 조금이나마 보탬이 되고 싶었을 뿐이에요."

"크라우스는 충분히 잘 하고 있어요. 그리고 폐하께 감사한 것은 저 역시, 아니 그 때 거둬진 모두가 그렇게 생각하고 있고요."

"네, 무나 양."

나는 무나 양에게 가볍게 입맞춤을 한 후 아이가 있는 아기 방으로 향했다.

"우리 딸은 자고 있나요?"

"방금 잠 들었어요."

"응? 오늘은 꽤 늦게 잠들었네요."

"아빠가 보고 싶었나 봐요. 오늘따라 유난히 안 자서 재우느라 힘들었어요."

"내일은 휴일이니 많이 놀아주도록 하죠."

"그럼 오늘 밤은 제 상대를 해주셔야 해요?"

그런 말을 하며 안겨오는 무나 양.

결혼하고 나서부터 부쩍 애교가 많이 늘었다. 아이가 태어난 후에는 더 그렇고. 솔직히 말하면 귀여워 죽을 거 같다.

나는 그대로 무나 양을 안아들고 우리 부부의 침실로 가서 함께 누웠다.

"행복해요, 크라우스."

"아아. 정말 행복하네요. 그때를 생각하면 무서울 정도에요."

"그날 용기를 내길 잘했죠?"

"네. 무나 양 덕분이에요."

우리는 원래 동아제국을 떠나려 했었다. 떠올리기도 싫은 끔찍한 일들 때문에. 하지만 그렇게 하지 않은 건 지금 내 품안에 안겨 있는 여인 덕분이었다.

"그때 무나 양이 말했었죠. 한 번만 가서 이야기해 보자고. 딱 한 번만. 그 한 번으로 인해 삶이 이렇게 바뀔 줄은 꿈에도 몰랐어요."

"저 역시 그때는 그저 떠나고 싶은 마음뿐이었어요."

"알아요. 제 걱정을 해서 그런 말을 한 거. 정말 고마워요."

"뭘 새삼스럽게."

당시 황태자였던 황제폐하를 찾아간 나는 모든 것을 있는 그대로 다 이야기했었다.

스톤헤드의 만행부터 세뇌한 윌리엄을 이용해서 동아제국을 패전시켰다는 것까지.

여차하면 무나 양이 나를 안고 도망갈 생각이었지만 우리는 그럴 필요가 없었다.

우릴 위해 울어주시고 고개 숙여 사죄하는 폐하의 모습을 보았기에.

그분은 그 후 숙청한 주전파 귀족들에게서 뜯어낸 자금과 스스로 가지고 계셨던 상인 조합의 힘을 이용해서 전쟁에서 가장 많이 생겨나지만 사람들의 관심에서는 끝에서 1, 2위를 둘, 과부와 고아를 위한 정책을 마련하셨고 그 외에도 전쟁으로 고통 받은 자들에 대한 지원을 아끼지 않으셨다. 고아원의 죽어간 사람들과 아이들도 양지바른 곳에 곱게 다시 묻어주셨고.

사실 나는 그때까지만 해도 믿지 않았다. 아마 내 능력이 탐나서 잠깐 쇼를 보여주시는 거라고만 생각했었으니까.

하지만 어디로 가도 정착해서 먹고 살만한 여비를 챙겨주시며 우리를 직접 배웅해주시는 폐하의 모습을 보고 내가 착각을 하고 있었다는 것 깨달을 수 있었다.

하지만 그러고도 못 믿어서 잠시 대륙을 떠돌다가 몇몇 부하들을 만나게 되었고 그들을 데리고 다시 동아제국으로 돌아왔었지.

그때 돌아온 우리를 보고 놀라시던 폐하의 얼굴은 정말 인상적이었다.

"대륙을 떠돌아다니며 많은 사람들을 만났지만 폐하 같은 분은 없었죠. 모두 우릴 이용하기 위해 눈을 번득였을 뿐."

"크라우스는 그때 분명 동아제국에서 우릴 감시하기 위한 자들을 붙였을 거라고 의심하기도 했었죠."

"지금 생각해보면 자의식과잉이었네요."

"그런 일을 겪고 난 후였으니까 특별히 이상한 일도 아니라고 생각해요."

그렇게 되어서 폐하의 밑에서 일하다 보니 지금에 이르게 되었다.

불과 몇 년 만에, 내 인생은 완전히 달라졌다. 인생만이 아니라 나 자신도.

"앞으로도 잘할 수 있을 거예요."

"물론입니다, 무나 양. 이제는 먹여 살려야 할 가족들도 있으니까요."

나는 다시 그녀에게 입을 맞췄고 그녀 역시 부드럽게 나를 받아주었다.

자, 오늘 밤도 힘써볼까.

후기

안녕하세요, 독자 여러분. 본 작의 작가인 라경휘(필명:영화보는곰)라고 합니다. 마지막권이 발매가 되었습니다. 제가 작가 생활을 시작하고 5년. 처음으로 쓴 작품이 종이책으로 완결까지 나왔네요. 감회가 새롭다 못해 전율이 흘러 뒤로 넘어졌었습니다. 아프네요.

마지막권의 이야기는 어떠셨습니까? 1권부터 이어진 에라르의 이야기는요? 부디 만족스러우셨기를 진심으로 바랍니다. 저희 작가라는 족속들은 독자 분들의 만족감으로 먹고 살거든요. 그래서인지 요즘 저는 배 곯으며 살고 있습니다. 배고파요, 독자 여러분.

뭐 반쯤 농담입니다. 마지막 후기를 적으려니 이런저런 생각이 많이 들어서요. 황태자의 현실적응기는 이로서 끝났습니다. 우리의 황태자는 드디어 현실에 적응했고 그 안에서 행복한 나날을 언제까지고 계속해서 이어나갈 테죠. 부럽네요.

그리고 동시에 감사하기도 합니다. 당연히 독자 여러분께 드릴 감사는 말할 필요도 없이 어마 무시하지만 그와 함께 저는 이 작품에도 깊은 감사를 느끼고 있습니다. (아, 금전적인 부분에서는 말고요. 저, 이거 써도 얼마 못 받았거든요.)

제가 2020년 올해로 28살입니다. 사회적으로나 통념적으로나 아직 젊다고 할 수 있는 나이지만 이제 마냥 어린 나이도 아니죠. 그래서인지 가끔 생각합니다. 만약 작가를 하지 않았다면 지금쯤 뭐하고 있었을까? 하고요.

아마 죽었을 확률이 높습니다. 육체적으로든, 정신적으로든.

이 일은 제게 아주 의미가 깊으면서 살아갈 생계수단이며 삶의 이유인 일입니다. 무엇을 하지 못하고, 무엇도 하지 못한 채 방황하고 고뇌하며 괴로워하던 시절, 광명이 되어 저를 찾아와 세상을 살게 해주었거든요.

해서 전 이야기를 계속 씁니다. 배고프고 지치고 가끔 딴 생각이 들어 발을 멈출 때도 있을 겁니다. 지금까지도 그랬고요. 근데 이게 웃긴 게 그럴 때가 있으면 또 다시 걷게 될 때도 있더라고요. 근데 그 끝에 뭐가 있을지는 저도 알 수 없습니다.

어쩌면 말년에 홀로 외로이 굶어죽을 수도 있고 대박이 나서 성공한 작가가 되어 할 수 있는 거, 하고 싶었던 거 다 하며 살 수도 있겠죠. 뭐가 될지는 아무도 모릅니다. 따라서 저는 두렵습니다. 졸라 무서워요. 아마 에라르가 느꼈던 두려움이 이런 것이 아니었을까요.

하지만 에라르는 극복하여 황제가 되었고 세 명이나 되는 아름다운 부인들과 충성스런 신하들을 얻었습니다. 꼭 소설 속 이야기만이 아니라 고통 끝에 낙원이 펼쳐진다는 건 이미 여러 차례 증명된 사실입니다. 그러니 저나 독자 분들이라고 못할 이유는 없을 겁니다.

진짜로요. 전 말년에 혼자 외로이 굶어 죽기 싫거든요. 돈 많이 벌어서 하고 싶은 거 다 하고 세상의 모든 걸 누리며 살다가 102살에 조용히 떠날 겁니다.

……예, 잡설이 좀 길어졌네요. 어쨌든 마지막권까지 함께 해주신 독자 여러분들께 다시 한 번 진심어린 감사를 표합니다. 종이책으로 다시 뵙게 될지, 아니면 인터넷 웹소설로 활동하는 저로(필명:영화보는곰) 다시 뵙게 될지는 모르겠지만 항상 건강하시고 좋은 작품으로 뵐 수 있기를 희망하겠습니다.

마지막으로 언제나처럼 신세를 져온 분들께 인사를 드리며 후기를 이만 줄이려합니다. 항상 저를 지지해주시고 응원해주시는 부모님과 하나 뿐인 동생. 팀장님. 편집자님. 일러스트레이터님. 노블엔진. 그리고 벌써 5년 전인가요, 제가 여러 경험을 쌓을 수 있게 도와주신 이모와 이모부, 두 명의 귀여운 사촌동생들에게도 고맙다고 말하고 싶습니다.

모든 분들께 무한한 감사를 보냅니다.

감사합니다. 고맙습니다. 건강이 최곱니다. 모두 항상 건강하시길!

－라경휘

황태자의 현실적응기 4

2020년 02월 15일 제1판 인쇄
2020년 02월 25일 제1쇄 발행

지음 라경휘 | **일러스트** RURET

펴낸이 임광순 | **제작 디자인팀장** 오태철
편집팀 이경근 · 정현웅
디자인팀 한혜빈 · 김태원

펴낸곳 영상출판미디어(주)
등록번호 제 2002-000003호
주소 21311 인천광역시 부평구 평천로 132 (청천동)
전화 032-505-2973(代) | **FAX** 032-505-2982

ISBN 979-11-6524-246-6
ISBN 979-11-319-9275-3 (세트)

ⓒ2020, 라경휘
이 책은 영상출판미디어(주)가 작가와의 계약에 따라 발행한 것이므로
본사의 서면동의 없이는 어떠한 방법으로도 이용할 수 없습니다.

※ 잘못된 책은 본사나 구입처에서 교환하여 드립니다.
※ 저자와의 합의하에 인지를 붙이지 않습니다.